rororo

rororo

Zu diesem Buch

Die Ende der achtziger Jahre entstandene Dramentrilogie des ungarischen Schriftstellers Péter Nádas ist geprägt von seinen Erfahrungen mit Unterdrückung und Zensur. Die poetische Dichte ihrer theatralischen Bilder hebt die Stücke jedoch über zeitliche, historisch-politische Grenzen hinaus. «Hausputz» ist eine szenische Phantasie über die Gier nach Leben und die Gefahr ihrer Erstickung. In «Begegnung», einem erotischen Opfer-Täter-Text, durchlaufen eine alte Frau und ein junger Mann gemeinsam einen alptraumartigen Erinnerungsprozeß, und in «Beerdigung» versuchen sich «Schauspieler» und «Schauspielerin» über den Särgen ihrer Vergangenheit im freien Spiel von Rollentausch, Darstellung und Selbstbehauptung. Der Band beginnt mit einem fiktiven Interview über Fragen zum Theater, das Nádas mit sich selbst geführt hat, und endet mit Ausschnitten aus seinem Tagebuch über die Uraufführungsproben von «Hausputz».

Péter Nádas wurde 1942 in Budapest geboren, erhielt 1991 den Österreichischen Staatspreis für Europäische Literatur für seinen Roman «Buch der Erinnerung». 1992 wurde er mit dem ungarischen Kossuth-Preis ausgezeichnet, 1995 mit dem Leipziger Buchpreis zur europäischen Verständigung. Péter Nádas lebt in Budapest und Gombosszeg.

Péter Nádas

Ohne Pause

Drei Stücke

Hausputz · Begegnung · Beerdigung

Aus dem Ungarischen
von Ilma Rakusa

Rowohlt Taschenbuch Verlag

Deutsche Erstausgabe
Veröffentlicht im Rowohlt Taschenbuch Verlag GmbH,
Reinbek bei Hamburg, Oktober 1999

Umschlaggestaltung Susanne Heeder
(Foto: nonstock/Bilderberg)
Satz aus der Janson PostScript PageOne
Gesamtherstellung Clausen & Bosse, Leck
Printed in Germany
ISBN 3 499 22578 6

Inhalt

Fragen, Versuch einer Antwort

Was bedeutet Theater für dich?

Ich weiß es nicht. Etwas Dunkles. Wie das nachmittägliche Aufwachen in der Kindheit. Heißes Dunkel. Und Stille. Auch wenn geredet wird, herrscht Stille. Die Bühnenbretter knarren, die Kleider rascheln, ein Aufschrei, zwei Schwerter stoßen klirrend aneinander, oder zwei Kelche, Brüllen, Seufzen – diese Geräusche sind sehr wichtig. Dunkel und Stille, Wärme und Licht, Geräusche. Und Atmen. Auch das Atmen ist sehr wichtig. Theater bedeutet für mich: Ich sitze in einer atmenden, dunklen Hülle, und im fernen Lichtschein, unter einer riesigen weißen Säule drückt Anna Tökés ihre Hand zuerst an die Brust, dann an den Hals, ihr steifer Körper kippt, wie ein gefällter Baum, nach vorn, sie sagt auch etwas, viel sogar, doch das Ganze besagt lediglich, daß sie jemanden sehr liebt, der sie nicht liebt, weil er eine andere liebt, und der darum wegging und Anna Tökés unter jener Säule zurückließ, und nun beginne auch ich zu atmen wie sie. Ich keuche, obwohl ich mich beherrsche. Das tun auch die andern, die ebenfalls beherrscht sind. Wir keuchen gemeinsam. Obwohl jeder nur seine eigene Lunge benutzt. Es wäre gut, zu wissen, was Theater bedeutet: nicht nur für mich, sondern allgemein. Ist es Massenhysterie in festgelegtem Rahmen? Drückt es das Bedürfnis des Menschen aus, daß man sich in seine persönlichsten Angelegenheiten einmischt, in sein Atmen? Ist es

Zusammenatmen, doch ein freiwilliges? Rituelle Unordnung? Konsens der Gefühle, Ordnung? Das eine wie das andere, vielleicht. Aber das ist nur eine Annäherung. Kann ich nochmals von vorne beginnen?

Bitte. Wir haben Zeit.

Im Theater ist es womöglich erlaubt, über exhibitionistische Dinge zu reden. Wenn ich auf der Straße gehe, wenn ich reise, schaue ich zwanghaft Gesichter an. Und ich möchte auch die dazugehörigen Körper sehen. Möchte Gesicht und Körper all meiner Reisegefährten mustern. Das Wort *Reisegefährte* ist zwar zufällig über meine Lippen gekommen, ist aber schillernd, man kann gut mit ihm spielen, denn wir alle, die wir uns in den Straßenbahnen drängen oder durch die Straßen hetzen, sind letzten Endes Zeitgenossen beziehungsweise Reisegefährten in dieser Zeit. Und eben das, eben sie möchte ich sehen und fühlen. Mit meinem Blick taste ich ab, wie sie sind, ob sie gut für mich wären. Wenn sie mir gehörten. Ein flüchtiges Erlebnis, denn so viele Menschen können mir nicht gehören, und was ich im Moment der Betrachtung fühle und denke, vergesse ich sowieso. Dennoch kann ich diesen Zwang, zu schauen und zu vergleichen, durch nichts ersetzen. Obwohl es eine unangenehme Gewohnheit ist. Eine unschickliche. Aber seit die großen Rolltreppen der Budapester Metro in Betrieb sind, sehe ich, daß meine unschickliche Neugier massenhaft und instinktiv ist. Die Hinauffahrenden schauen mit unverhohlener Neugier in die Gesichter der Hinunterfahrenden, und umgekehrt. Und man kann auch feststellen, daß sich von unten besser schauen läßt. Das Gesicht wird nicht von Haar und Stirn verschattet. Diese Rolltreppen sind das beste Volkstheater. Wir können ohne unmittelbare Folgen in fremde Leben hineinblicken. Dabei verrät eine einzelne Körpergeste, ein einzelner Gesichtsausdruck Herkunft, Erziehung und Schicksal kruder, als wenn man versuchte, das gleiche mit Worten zu umschreiben. Es gibt keine Ausnahme und keine Ausflucht. Ein kontrolliertes Gesicht verrät sich ebenso wie ein unkontrolliertes. Trotz aller gesellschaftlichen Regeln sind wir nackt voreinander. Und das Theater ist womöglich nichts anderes als die Wahrnehmung und Demonstration dieser Nacktheit. Es dehnt den Moment der Beobachtung, der Empfindung und der Resonanz auf Stunden aus. Auch Marx war der Auffassung, daß wir Akteure in unserem eigenen Drama seien; Shakespeare aber hielt sogar den Sturm für Theater. Sie haben beide recht; das Theater der Menschen ist die Geschichte, das Theater der Elemente der Sturm, zwischen ihnen aber gibt es im Grunde keine Grenzen, weshalb sie sehr gut zusammenpassen. Auf der Bühne. Denn wenn ein jeder *Erlebender* und *Beobachter* ist, wenn *alles* Theater ist und *jeder* Akteur, dann muß es einen Ort geben, wo ein paar Menschen so tun, als könnten sie Natur und Geschichte erzeugen, einen Ort, wo wir jeden Abend hingehen können, wenn wir wollen, und uns ansehen können, was wir tun und was mit uns getan wird. Wo sie es uns zeigen. Wo sie uns vorspielen, was wir spielen. Darum ist nicht wichtig, daß das Theater *gut* ist, sondern daß es *ist*. Doch der Satz ist umkehrbar. Mag die Existenz des Theaters auch ein qualitätsunabhängiges Grundbedürfnis sein: wenn es denn einen Ort *geben muß*, an den – wie Jouvet sagt – jeden Abend siebenhundert Leute hingehen, ohne daß jemand sie einlädt, ohne bestimmten Grund und Absprache, dann ist schlechtes Theater Verbrechen und Vertrauensbruch, oder noch mal anders: wenn das Theater schlecht ist, so bedeutet dies, daß die Gesellschaft an einer noch zu diagnostizierenden Krankheit leidet, daß sie womöglich schlecht mit ihren Gefühlen umgeht, daß sie blind, taub und stumm ist, obwohl sie Augen, Mund und Ohren hat, daß sie also, wie ein schlechter Schauspieler, sich nur verstellt. Sie verstellt und verbirgt sich, sie verstummt, sie spielt Theater. Und das kann sehr irreführend sein. Fast glauben wir ihr. Denn das Theater ist die Kunst des *als ob*, des *was wäre, wenn*, des *was wäre gewesen, wenn*. Als wäre ich selbst die von ihrem Liebhaber verlassene Anna Tökés. Was wäre, wenn ich sie verlassen hätte? Was wäre gewesen, wenn ich als Königin, als Maria Lebjadkina, als Meuchelmörder, als Graf Bóni, als Artur oder Edek geboren worden wäre? Das ist keine Heuchelei! Ohne die infantilen Spiele von Vorstellung und Vergleich gibt es keine gesunde Gesellschaft. Natürlich ist auch das nur *eine* Annäherung.

All das gilt auch für die übrigen Künste, etwa für die Literatur.
Ja, aber nicht *so*! Einmal saß ich bei einem Konzert in der ersten Reihe. Igor Oistrach spielte die große Nummer der Musikvirtuosen, Mendelssohns Violinkonzert in e-Moll. Die Solo-Geige setzt schon im zweiten Takt ein und dominiert das ganze achtundzwanzigminütige Stück. Oistrach ist dicklich. Zuerst begann sein – vollkommen kontrolliertes – Gesicht zu glänzen, dann fielen Schweißtropfen von seiner Stirn. Fielen in seine Augen. Rannen den Nasenrücken hinab, auf sein Kinn und von dort schließlich auf die Geige. Unter den Saiten rann der Schweiß auf sein Handgelenk und tropfte auf den Boden. Ich mußte den Blick abwenden. Es war interessant, doch hatte diese Kraftanstrengung nichts mit der Musik zu tun, die Oistrach spielte. Überhaupt mit keiner Musik. Eine Privatsache, die zu beobachten ich nicht das Recht hatte, und kein Spiel. Was er mir sagen wollte,

teilte er mit der Musik, nicht mit seinem Gesicht, mit seinem Körper mit. Und genauso verhält es sich, wenn ich einen Kunstgegenstand betrachte oder ein Buch lese. Mich interessiert nicht, ob der Maler zwischen zwei Pinselstrichen schlief oder Liebe machte, es geht mich nichts an, ob der Schriftsteller zwischen zwei Sätzen seines Dramas über Magenschmerzen klagte oder gähnte. Das sind private Dinge, man muß sie alleine tun, auch die Reaktion auf sie ist entsprechend. Das Theater jedoch kalkuliert nicht nur die körperlichen Gegebenheiten und intimen Fähigkeiten des Schauspielers ein, der seine Rolle spielt, es rechnet auch damit, daß die Manifestation dieser Gegebenheiten und Fähigkeiten von mehreren hundert verschiedenen, doch auf Intimität bedachten, in diese schwarze Hülle gesperrten Menschen wahrgenommen wird. Das Theater ist die einzige wirkliche Gemeinschaftskunst. Die Kunst rituellen Zusammenatmens. Wenn dieses Zusammenatmen nie gelingt, muß man vielleicht überlegen, wieso die Gesellschaft sich nicht stark und gesund genug fühlt, um ihre eigenen Lächerlichkeiten und Schrecken sichtbar zu machen oder sichtbar machen zu lassen. Und wenn sie es nicht tut beziehungsweise nicht zuläßt, wenn die Spielregeln falsch sind, dann ist es nur natürlich, daß sich das Theater lieber taub, blind und stumm stellt – daß es zu seiner Selbsterhaltung Theater spielt. Ich bin fast sicher, daß in einer geistigen Atmosphäre, in der es zur Selbstverständlichkeit gehört, jede Ecke und Kante abzuschleifen, gesunde und ungesunde Extreme abzuschwächen, ja abzuwürgen, gutes Theater nicht gedeihen kann. Vielleicht kann man Gedichte und Romane schreiben oder Bilder malen. Wenn sie gut sind, halten sie stand. Wenn nicht, macht es auch nichts. Doch auf der Bühne kann man nicht mit seichten kleinen Seelenscharmützeln ein Drama ersetzen. Siebenhundert Leute würden da einschlafen. Auch kann man das Theater nicht auf morgen vertagen, denn es wird heute gebraucht. Ebensowenig kann sich das Theater auf die Umstände stützen, denn wir wissen, daß es in seiner Macht steht, akademische und an Selbstverkrampfung leidende Epochen zu sprengen. Es steht in seiner Macht, gegen das zu rebellieren, womit man es erwürgen wollte. In solchen Momenten fallen die Zuschauer ohnmächtig vom Stuhl, werden handgreiflich oder schluchzen in gegenseitiger Umarmung.

Vorhin hast du Maria Lebjadkina, Graf Bóni, Artur und Edek erwähnt. Warum gerade sie?
Graf Bóni bezieht sich eher auf die Operette und hat mit einem Kindheitserlebnis von mir zu tun, das gewöhnlich und trivial war, es geschah eine richtige Tragödie, wie sie nur einmal vorkommt; ich saß auf der Veranda, draußen blies der Wind, und obwohl mein Vater sagte, ich dürfe das Radio jetzt nicht einschalten, tat ich es doch; es kam eine Operettenarie, und ich fing zu heulen an, und von da an heulte ich immer. Denkt man einmal genau über diese Fähigkeit zur Empathie nach, über dieses Gefühl, das den Tod mit einer Operette verknüpft, und läßt man sich später durch den eigenen Snobismus nicht beirren, so kann man auch dank Graf Bóni verstehen, was es zu verstehen gibt, selbst wenn man ihn nicht mag. An Maria Lebjadkina dachte ich wegen der Inszenierung der *Dämonen* in Kaposvár, denn hier fühlte ich mich zum ersten Mal seit Jahren in einem echten Theater, abgesehen von jenen zwei Aufführungen, die meines Erachtens einzigartig waren und zweifellos so lange richtungweisend bleiben werden, bis ich wieder etwas Vergleichbares sehe: *Tango* im Warschauer Teatr

Współczesny, im Frühjahr neunzehnhundertachtundsechzig, darauf beziehen sich die Namen Artur und Edek, nämlich auf jenen Augenblick, als schon der honigsüße Tango erklingt und Onkel Eugeniusz in Edeks Armen über Arturs Leichnam hinwegtanzt, der honigsüße Tango dröhnt noch in der Garderobe, dröhnt bis auf die Straße, endlos; der Meuchelmörder aber bezieht sich auf Manfred Wekwerths Inszenierung von *Richard III.* im Berliner Deutschen Theater, wo Sieger Richmond im letzten Moment eben jene Ordnung übernimmt, die sein Vorgänger hinterlassen hatte, er wird sie ebenso fortführen, weshalb das entsetzte Publikum nicht einmal applaudieren mochte, denn schließlich beklatscht man nicht gern seine eigene Angst, Unsicherheit und Schmach.

Hausputz

Komödie ohne Pause

Personen

KLÁRA	zweiundsechzig Jahre alt
ZSUZSA	zweiunddreißig Jahre alt
JÓSKA	zwanzig Jahre alt
ANDRÁS	zwanzig Jahre alt

Commedia perpetua – vielleicht vermag diese Gattungsbezeichnung zu verdeutlichen, wie der Stil einer künftigen Aufführung beschaffen sein sollte.

Es geht nicht nur darum, daß das Spiel durch keine Pause unterbrochen wird, sondern daß in dieser Komödie der Text ausgesprochen musikalisch organisiert ist.

Die Sätze haben einen eigenständigen Rhythmus und bilden eine Grundeinheit, wie in der Musik die Töne und Tonreihen. Dieser Rhythmus wird nicht nur durch den prosaischen Inhalt oder Sinn der Sätze geprägt, sondern auch durch den Stellenwert des Satzes, bzw. der Sätze, in einer größeren Einheit. Das Stück orientiert sich in gewisser Weise an der Oper, es besteht aus *Arien*, *Duetten* und *Terzetten*. Das Wechselspiel dieser größeren Einheiten ergibt die Struktur des Stücks.

Letztlich könnte man sogar die Stimmlage der Personen angeben. Klára spricht im *Mezzosopran*, Zsuzsa im *Alt*, Jóska im *Tenor*. Den einzigen wirklich prosaischen Satz sagt András.

Die Art der Aufführung ließe sich mit einem musikalischen Ausdruck charakterisieren: *con amore*, das heißt, gespielt wird mit einer liebevollen Innigkeit, die nie klar entscheiden läßt, ob ein ausgesprochenes Wort nicht ein verschwiegener Gedanke ist.

Auf der offenen Bühne ein völlig leeres Zimmer. Ein tiefer, hoher, weiter Raum. Alles ist echt, auch was vorläufig noch nicht zu sehen ist. Weil der Hausputz bevorsteht, sind an den Wänden nur Nägel übriggeblieben und die hellen Stellen von Möbeln, Teppichen, Bildern und Bildchen und dem großen Wandspiegel; weiße Flecken auf den verschmutzten Wänden; doch die Nägel sind echt, echt auch der Schmutz, die echten Gegenstände haben hier ihre Spuren hinterlassen, und am Schluß des Stücks werden sie wieder an ihren richtigen Platz gerückt.

Die Farbe der Wände war ursprünglich weiß. Ein vergoldeter Lüster hängt von der Decke.

Etwas zurückgesetzt, parallel zur Rampe, läuft auf halber Höhe quer über die Bühne eine Vorhangstange. Sie ist aus Messing, oxydiert. In den letzten Augenblicken des Spiels wird hier jener riesige, luftige Musselinvorhang angebracht, der dann zugezogen wird, damit sich dahinter in vollem Pomp der keusche Schluß entfaltet und das Spiel zu Ende geht.

In der Wand, in der Bühnenmitte, frontal zum Publikum, eine halboffene Flügeltür, eine Glastür, wie sie in jedem anständigen bürgerlichen Drama vorkommt; dahinter die Halle, in der Halle ist die ganze Zimmereinrichtung zusammengedrängt, so daß zwischen den aufeinandergestapelten Möbeln und Gegenständen nur ein schmaler Weg bleibt.

Es gibt nur Biedermeiermöbel; der Bücherschrank, die Kommode, das Kanapee, der Fauteuil, das Tischchen und der Spiegel sind ausschließlich Biedermeier, nur die unzähligen Nippsachen können aus anderen Epochen stammen, sagen wir von Empire bis Jugendstil; neuere Gegenstände gibt es nicht – außer jenem bräunlichen, genau lebensgro-

ßen Amateurfoto, das einen hübschen jungen Mann im Badekleid zeigt, wie er aus dem Fluß steigt.
Dieses auf Pappe aufgezogene und gerahmte Foto ist noch nicht entfernt worden, es hängt neben der Tür zur Halle; doch wenn es abgehängt und hinausgetragen wird, muß auf der Wand ein schmerzlich weißer Fleck zurückbleiben.
Am Ende des Wegs durch die Halle gibt es eine weitere offenstehende Tür: man sieht ins Vorzimmer; von dort aus geht es zur Küche und ins Badezimmer, und von dort werden alle für den Hausputz erforderlichen Dinge hereingebracht.
Das Zimmer im Vordergrund ist sanft erhellt, man könnte sagen, leicht dämmerig. In der Halle herrscht Halbdunkel, aber im Vorzimmer darf, damit die Perspektive der Wohnung optimal zur Geltung kommt, ein härteres Licht herrschen. Die Quantität und Qualität des Lichts verändert sich im Laufe des Spiels nicht, denn obwohl alles echt ist, vergeht keine Zeit; oder gerade weil alles echt erscheint, vergeht keine Zeit.
In der linken Wand des Zimmers ist eine weitere Tür, kleiner, auch sie steht offen.

KLÁRA
kommt durch die linke Tür herein
Wo sind Sie, Zsuzsika? Wo stecken Sie nur?
geht durch die Halle ab

Pause

ZSUZSA
kommt rasch durch die linke Tür herein, in der Hand einen langstieligen Mop; beginnt aufs Geratewohl, die Spinnweben von der Wand zu entfernen

JÓSKA
kommt durch die Halle, in der Hand einen Eimer Wasser
Sind Sie nicht da? Zsuzsika! Laß diese beschissene Wand. Hör zu, Zsuzsika! Ich lüge nicht.

ZSUZSA
Duz mich nicht.

JÓSKA
Hab ich Sie geduzt? Glauben Sie mir, die ist verrückt. Nachts kann man sie heimlich beobachten. Wenn der Mond scheint, geht sie in den Garten, aber nicht durch die Tür, sondern durchs Fenster, und tanzt. Heute ist gerade Vollmond. Sogar die Hunde heulen sie an. Sie starrt auf den Mond und tanzt. Kahl. Auf dem Kopf hat sie nur eine Perücke, wenn sie die Perücke nachts auszieht, ist sie völlig kahl. Auch Zähne hat sie keine mehr, nur ein Kunstgebiß. Sie tanzt im Nachthemd. Stellen Sie sich das vor.

ZSUZSA
Wie groß ist das Grundstück?

JÓSKA
Dreitausend Quadratmeter.

ZSUZSA
Eigentum oder Pachtland?

JÓSKA
Weiß ich nicht.

ZSUZSA
Wasch die Tür.

JÓSKA
Sie ist verliebt in mich.
stellt den Eimer ab
Auch diese Hose hab ich von ihr bekommen. Sie tut, als ob ich noch immer ein Kind wäre, als ob sie sich das erlauben könnte. Streichelt mein Gesicht. Fragt, ob ich Geld brauche. Fragt, ob ich gebadet habe, mein Geruch sei zu stark.

er faßt das Mädchen von hinten an, berührt sachte ihre Brüste; sie ringen, der Eimer kippt um, das Wasser fließt aus

ZSUZSA
Hältst du mich für eine Hure?
gibt dem Jungen eine Ohrfeige
JÓSKA
Sind Sie denn keine?

Pause

KLÁRA
kommt durch die linke Tür herein
Zsuzsika, meine Liebe, zum Schrubben müßte man im Kessel Wasser heiß machen. Aber ich kann nicht an alles denken. Ich geh lieber aus dem Haus. Jóska wird so lieb sein und das Wasser aufsetzen. Weiß nur nicht, wohin. Vielleicht geh ich zu den Romsauers hinüber. Oder sonstwohin. Hier bin ich nur im Weg. Ich bin erschöpft. Tut, was ihr wollt. Ich bin müde. Ich bin furchtbar müde.
ZSUZSA
entfernt mit dem Mop die Spinnweben von der Wand
Gehen Sie ruhig. Nur reden Sie mich bitte nicht mehr so an. Besser Zsuzsa. Ich mag die Koseform nicht.
KLÁRA
Was scheuchen Sie diese armen Spinnen auf? Wissen Sie, was Spinnen für interessante Tiere sind?
ZSUZSA
Ich werde jede Spinne töten.
KLÁRA
Wenn ich müßig auf dem Diwan liege, könnte ich ihnen stundenlang zuschauen, wie sie in der Ecke lauern. Meine

Augen funktionieren noch gut. Ich sehe alles, genau. Was widersetzen Sie sich mir? Mich stört der Schmutz überhaupt nicht mehr. Was soll dieses ganze Durcheinander? Auch der Schmutz ist schön. Auch das Häßliche ist schön. Wenn Sie einmal alt sind, werden Sie begreifen, daß alles gut ist, was ist. Was soll dieses Wasser? Schlecht ist nur, was nicht ist. Häßlich. Sehr häßlich.

ZSUZSA

Ausgeleert.

JÓSKA

Ich habe den Eimer umgestoßen.

ZSUZSA

Er hat zufällig den Eimer umgestoßen.

JÓSKA

Als ich ihr in den Hals beißen wollte.

ZSUZSA

Das weicht den Dreck auf, und das Schrubben geht leichter. Aber so was dürfen Sie mir nicht sagen, Gnädigste. Wenn Sie sagen, Schmutz sei schön, hat mein Leben keinen Sinn. Ich hasse Schmutz.

KLÁRA

Bitte sagen Sie nicht «Gnädigste». Das klingt so dienstbotenhaft.

ZSUZSA

Jedes einzelne Fitzelchen Dreck erregt meinen Haß. Haare auf dem Diwankissen. Eingetrocknete Zahnpasta am Stiel der Zahnbürste. Staub. Ich hasse das. Ich würde mir am liebsten lange Nägel wachsen lassen. Sie sagen, Dreck sei schön, Gnädigste, weil Sie ihn nicht kennen. In den Küchenecken, unter dem Spültisch. Dort ist er wie Entengrün, zäh und kalt. Hinter dem Henkel der Kochtöpfe aber steinhart. Man muß ihn mit dem Messer wegkratzen. In der Badewanne schlierige Haarbüschel. Auf den Türen fettige Handabdrücke. Die Daunendecken stinken. Man muß sie lüften. In den Fugen des Parketts Staubknäuel. Wer nicht hinsieht, bemerkt es nicht. Ein jeder erzeugt andern Dreck, ein jeder gewöhnt sich an seinen eigenen. Doch der andere Dreck ist genau der gleiche. Ich hatte nur darum so viele Stellen, weil ich immer von vorne beginnen will. Ich muß gut beobachten. Neues hinzulernen.

JÓSKA

Sollte man das Bild von Onkel András nicht herunternehmen?

ZSUZSA

Glauben Sie vielleicht, Gnädigste, ich hätte nicht gleich gesehen, was hier für ein Dreck ist, als ich lächelnd eintrat und die Verlegene spielte? Ich mache es immer so. Das ist mein Trick. Mich kann man nicht täuschen. Ich bewege den Kopf, als wäre ich verlegen, erwecke das nötige Vertrauen und beobachte dann in Ruhe, was für eine Stelle mich hier erwartet. Wer war das?

sie nehmen das Bild von der Wand

JÓSKA

Tante Kláras Mann.

KLÁRA

Er war nicht mein Mann.

JÓSKA

Meiner Mutter haben Sie's so erzählt.

KLÁRA

Manchmal darf ich auch lügen.

Pause; sie tragen das Bild in Richtung Halle

ZSUZSA

Da sehen Sie, Gnädigste, wie ich schamhaft den Kopf neige, dabei betrachte ich den Fuß des Schrankes, das verrät viel. Weist er einen waagerechten Strich auf, heißt das, er wurde beim letzten Saubermachen nicht weggerückt, und die am Werk waren, wußten selbst nicht, was sie wollten, für die ist alles Routine. Bescheiden schlage ich die Augen nieder und prüfe inzwischen die Teppichfransen. Sind sie gekämmt, deutet das auf Sorgfalt hin. Oder ich verfalle plötzlich in Nachdenken und untersuche, ob die Polsterbezüge speckig sind. Denn sind sie sehr speckig, ist mit vielen Gästen zu rechnen.

KLÁRA

Das ist das einzige, was ich vor Ihnen schützen möchte. Es ist mir nur dieses Bild geblieben. Entstanden an jenem Nachmittag, als wir uns in Göd kennenlernten.

ZSUZSA

Ich denke nicht, ich urteile nicht. Ich blicke noch rasch in eine Schublade, schnuppere am Handtuch des Hausherrn, streiche am Stiel des Mops entlang.

KLÁRA

Nicht dorthin, Zsuzsa.

sie kehren um, gehen zur Tür links

ZSUZSA

Sie sind arglos. Führen einen herum, zeigen alles. Da gäbe es noch dies und jenes, wäre dies zu machen und jenes. Und hier, sehen Sie, ist eine kleine Kammer, da pflegen wir die Würste aufzuhängen. Ich aber flüstere, wenn ich etwas Verdächtiges bemerke, nur: Oh, wie interessant, einen solchen WC-Deckel habe ich noch nie gesehen, und hebe ihn hoch.

Und fertig. Schon hab ich's gesehen. Schon weiß ich es. Sie aber kichern: Der spielen wir noch übel mit. Verrückte sind das.

KLÁRA

Ich gehe. Ich höre gerne zu, wie Sie reden. Wenn ich dabliebe, würde ich selber zu reden beginnen.

allein im Zimmer

Das will ich nicht. Trotzdem möchte ich dableiben. Denn ginge ich jetzt auf Romsauers Veranda Tee trinken, was ich gerne täte, weil sich ein riesiger Tulpenbaum über die Veranda breitet, müßte ich mein Dienstmädchen allein lassen, Zsuzsa. Ich mag Dienstboten nicht. Wir hatten viele. Sie stahlen. Ich hörte ihnen gerne zu, wenn sie erzählten. So wie Sie erzählen. Für die Herrschaft, mit falscher Stimme. Das ist erniedrigend. Aber auch ich war einmal ein Dienstmädchen. Wollte hören, wie ich mit denen redete. Sie können sich gar nicht vorstellen, was für ein Skandal daraus wurde. Denn das Bild ist nicht an dem Nachmittag entstanden, als wir uns in Göd kennenlernten. Ich ließ mich als Dienstmädchen bei ihnen anstellen. Was machen Sie, Zsuzsa?

lange Pause

Ich rede. Dabei dürfte ich nicht reden. Seit dreißig Jahren schweige ich, damit jene zehn Jahre, als ich lebte, bis zu meinem Tod ausreichen. Ich kann Sie mit dem Jungen doch nicht allein lassen, Zsuzsa, denn er ist so wie Er, als er aus dem Wasser stieg. Darauf habe ich gewartet. Da sind die Jungen wie Rehkitze. Flaumig und fragil. Bitte erlauben Sie ihm nicht, daß er Ihnen unter den Rock greift.

ZSUZSA

kommt allein zurück

Hier ist alles geruchlos. Auf dem obersten Regal des Küchenschrankes ein paar Teeblätter. Ein trockenes Handtuch. Zuunterst im Mülleimer die Pelle einer Salamischeibe. Auf dem Gewürzregal hundert Gramm schal gewordenes Paprikapulver. Wäre ich nicht am Vormittag gekommen, ich hätte mich täuschen lassen. War Ihnen nicht bange, so? Aber ich komme immer am Vormittag. Auch wenn keine Sonne scheint, bringt das Vormittagslicht jede kleinste Einzelheit zur Geltung.

KLÁRA

In der Nachttischschublade ist die Pistole. Unangetastet, geladen. Kein allzu furchterregendes Ding, ich hab sie für ihn von seiner Mutter gestohlen, sie ist ganz klein, vielleicht funktioniert sie gar nicht mehr. Vielleicht hat sie schon damals nicht funktioniert, denn er konnte sich damit nicht wehren. Es heißt zwar, er hätte einen Schuß abgegeben, das Ziel verfehlt, in den Spiegel geschossen, und sei im selben Augenblick ins Herz getroffen worden. Stellen Sie sich vor, was für ein schöner Tod: er schließt im selben Augenblick die Lider, als der Spiegel klirrend zerbricht. Ich hab sie aus dem Museum zurückgeholt. Wird mir wohl immer genügend Zeit bleiben, um rasch nach ihr zu greifen. Aber es kommt keiner.

ZSUZSA

Der Staub bewahrt die Spuren unbewachter Bewegungen.

KLÁRA

Morgens bin ich vom Diwan aufgestanden und hab mir Tee gekocht.

ZSUZSA
Die Bettwäsche ist unberührt, weil Sie sie aufbewahrt haben, Gnädigste.

KLÁRA
Mittags bin ich vom Diwan aufgestanden und habe eine Scheibe Wintersalami gegessen.

ZSUZSA
Sie haben die Spinnen betrachtet, Gnädigste, und auf der Radioskala sind die Buchstaben vom vielen Drehen ganz verblaßt.

KLÁRA
Nachts bin ich aufgestanden und in den Garten hinausgegangen.

ZSUZSA
Dreimal täglich sind Sie am Tisch vorbei, Gnädigste, und haben dabei jedesmal etwas Staub von der Tischkante gewischt.

KLÁRA
Spürst du auch, wie gut es tut, daß wir uns in die Augen sehen und miteinander reden?

ZSUZSA
Weil wir allein sind.

KLÁRA
Wo bleibt er so lange?

Pause

ZSUZSA
Vim habe ich nicht viel genommen, weil ich gleich gesehen habe, daß es hier keine Fingerabdrücke gibt. Du hast nie was angefaßt.

KLÁRA

Ich habe ihm dicke, warme, großmaschige Pullover gestrickt, mit den Jahren immer größere.

ZSUZSA

Ich habe Möbelpolitur, Ajax, Sidol und sehr viel Ultra gekauft. Gegen Staub braucht man Ultra. Ich habe alles in ein Heft geschrieben, denn ich hab auch ein Heft gekauft, für zwei fünfzig, ein kariertes. Das Wechselgeld liegt auf dem Küchentisch.

KLÁRA

Ich werde das Geld nicht weglegen. Ich lasse alles offen.

ZSUZSA

Aber ich werde stehlen.

KLÁRA

Um neun standen sie auf, ich ließ das Badewasser einlaufen, um halb zehn setzten sie sich zu Tisch. Im Sommer, wenn das Wetter schön war, mußte ich auf der Terrasse decken. Ich trug eine weiße Batistbluse, Schuhe mit kleinem Absatz, und meine erste Aufgabe bestand darin, die gestreifte Markise an einer Kurbel über die Terrasse herunterzulassen.

ZSUZSA

Ich glaube nicht, daß das stimmt.

KLÁRA

Ich stand im Licht, nichts gehörte mir, das Eisen quietschte, und als der Schatten langsam über die Terrasse glitt, spürte ich lustvoll meine Brüste. Doch manchmal sagten sie, sie wollten im Garten frühstücken. Ich stellte den Tisch im Schatten eines Strauches ins Gras, das noch voll Tau war, sie aber zerbrachen alles, verschmierten das weiße Tischtuch mit Honig, Butter und Marmelade, machten sich naß und schmutzig. Die gnädige Frau liebte Spitzenkleider. Sie waren dick und weiß, manchmal beobachtete ich sie heimlich vom ersten Stock aus. Am Nachmittag blieb ich allein. Der Herr Ministerialrat hatte einen Hodenbruch. Zuerst stahl ich ihr eine Puderdose. Sie bemerkte es nicht. Dann stahl ich ihre lila Seidenschuhe.

ZSUZSA
Ich werde dir nur das stehlen, was du liebst.

KLÁRA
Ich stahl auch Obligationen und Ringe.

ZSUZSA
Ich möchte, daß du mich haßt.

KLÁRA
Ich kann niemanden lieben.

der Junge kommt durch die Halle zurück

ZSUZSA
Wo ist das Wasser?

JÓSKA
Ich war pissen.

KLÁRA
Hast du das Wasser aufgestellt?

JÓSKA
Ich hab auch geschissen.

ZSUZSA
So kann man nicht putzen.

JÓSKA
Ich bin hungrig.

ZSUZSA
Genug jetzt.
nimmt den Eimer, will ihn dem Jungen geben
Komm.
sie ringen

KLÁRA

Lassen Sie nur, widersetzen Sie sich nicht, Zsuzsa. Er wird schon arbeiten.

JÓSKA

schreit

Ich schlage alles kurz und klein.

schleudert den Eimer in die Halle

Ich zünde das Haus an.

KLÁRA

Lassen Sie sich nicht beirren, Zsuzsa. Ich habe ihm beigebracht, daß er seine Gefühle in einfache Worte faßt und mir jeden Gedanken laut mitteilt. Jetzt ist es soweit. Er kann nichts dafür. Selbstgespräche kann er nur mit mir führen. Seine Eltern sind völlig primitiv, er aber ist intelligent. Er wird Staatsmann oder Philosoph werden. Zeigen wir's Zsuzsa.

ZSUZSA

Das interessiert mich nicht.

geht durch die Halle, trägt den Eimer hinaus

JÓSKA

In ihrer Gegenwart tu ich's nicht.

KLÁRA

Du benimmst dich unerhört daneben, Junge. Versuch's etwas entspannter. Sag nicht, was du denken möchtest. Entspann dich. Sondern was dir wirklich durch den Kopf geht. Hör sorgfältiger hin, sei nicht so verkrampft. Wenn du so daherlügst, wird es nur schlimmer. Fangen wir an. Was möchtest du?

JÓSKA

Du bist widerlich, du bist alt. Du hast keine Haare, du hast keine Zähne. Ich hasse dich.

KLÁRA
Nicht das geht dir durch den Kopf.

JÓSKA
Nicht das geht mir durch den Kopf.

KLÁRA
Du kannst es ruhig aussprechen.

JÓSKA
Ich werde es nicht aussprechen.

KLÁRA
Du bist zu empfindsam geworden.

JÓSKA
Ich will nicht alles versauen.

KLÁRA
So bringst du's zu nichts.

JÓSKA
Ich will es zu nichts bringen.

KLÁRA
Ich weiß genau, was du möchtest. Du brauchst dich nicht zu übereilen.

JÓSKA
Wieso?

KLÁRA
Komm, wir entspannen uns weiter.

sie legen sich rücklings in die Wasserlache, von Kopf bis Fuß, dicht nebeneinander; Pause

KLÁRA
Soll ich dir helfen?

Zsuzsa kommt durch die linke Tür herein, wirft nacheinander drei Scheuerbürsten auf den Boden und geht durch die Halle ab; Pause

JÓSKA
Stör mich nicht.

sehr lange Stille

KLÁRA
Wegen dieser Frau haben sich unsere Muskeln völlig verkrampft.

JÓSKA
Ich bin nicht da. Ich bin überhaupt nicht da. Ich habe aufgehört zu sein. Ich bin verschwunden. Ich liege auf dem Meeresgrund. Als wäre ich selber Wasser.

KLÁRA
Ich hätte es voraussehen sollen, hätte nicht zulassen dürfen, daß sie damit beginnt.

JÓSKA
Ich bin glatt. Dennoch werde ich leicht bewegt. Es wäre gut, wenn jemand die Pulsader an meinem Handgelenk fühlen würde.

KLÁRA
Du kannst ihr noch entkommen.

JÓSKA
Grau ist das Meer und grau der Himmel. Ich möchte, daß jemand meine Haut ableckt.

KLÁRA
Indem du tust, was du willst.

JÓSKA
Mein Geld ist verbraucht. Es regnet. Nachts bin ich über einen Zaun geklettert und habe mich in einen Strandkorb gelegt. Über den Strandkorb habe ich meinen Pullover gebreitet, damit das Wasser mir nicht in den Hals fließt. Erst am Morgen bin ich eingeschlafen.

KLÁRA

Das hast du noch nie erzählt.

JÓSKA

Als ich die Augen aufschlage, scheint die Sonne. Das Meer ist glatt, und ich sehe, daß ich in einer Bucht bin. Auf der gegenüberliegenden Seite der Bucht ragen weiße Felsen über das blaue Meer, gewaltig. Ich habe seit zwei Tagen nichts gegessen, trotzdem will ich dort bleiben. Ich breche auf, um einen Wasserhahn zu suchen.

KLÁRA

Du Armer, ich habe dir nicht genug Geld gegeben.

JÓSKA

Auf den Balkonen des weißen Hotels bewegen sich Menschen unter rotgestreiften Sonnenschirmen. Auf der Terrasse das Klimpern von Frühstücksgeschirr. Neben dem Wasserhahn finde ich in einer Tüte eine braun gewordene Banane. Ich esse sie auf und fülle mir den Magen mit Wasser. Als ich zum Strand zurückkehre, liegt dort ein Junge in der Sonne. Groß, mit brauner, unbehaarter Haut. In gelber Badehose. Sein glatter Bauch hebt und senkt sich gleichmäßig. Er hat mir gegenübergesessen und mich beim Aufwachen beobachtet. Grünäugig. Ich wußte nicht, wo ich war. Der heiße Wind raschelte in den Palmen. Er stand auf, ging zum Wasser, watete hinein und drehte sich um, dann schwamm er zu den Felsen. Als auch ich aus dem Wasser stieg, saß er schon auf dem heißen weißen Stein. Am Horizont fuhren Schiffe vorbei, am Ufer der Bucht leuchteten die Körper wie gleißende Punkte zwischen den Strandkörben. Ich keuchte. Er ergriff meine Hand und ertastete die Pulsader an meinem Gelenk.

KLÁRA

Du träumst phantastisch.

JÓSKA

Als wäre ich das Grau über mir, liege ich in einer Lache in deinem Zimmer. Und als wäre ich das graue Wasser unter mir, wiege ich mich auf dem Meer. Ich habe einen Eimer lauwarmes Wasser umgestoßen.

KLÁRA

Ich liebe dich.

JÓSKA

Hier darf nichts von der Stelle gerückt werden.

KLÁRA

Oh, wie ich deinen Körper begehre.

JÓSKA

Das Reglose ist das Vollkommene.

KLÁRA

Vollkommen ist nur, wer tot ist.

JÓSKA

Reden wir nicht von ihm.

KLÁRA

Zum Lesen benutzte er eine Brille.

JÓSKA

Das kenn ich schon.

KLÁRA

Kleider vertrug er nicht. Ich lachte ihn aus: ein blinder Revolutionär.

setzt sich auf

War ich nicht zu Hause, hockte er in einer Ecke meines Bettes und las. Zsuzsa kennt die Geschichte noch nicht.

Zsuzsa kommt mit zwei Eimern Wasser durch die Halle; einen Eimer stellt sie vor die Tür der Halle, den andern trägt sie zur Türe links; beginnt die Tür zu waschen

KLÁRA

Es vergingen zwei Jahre, bis ich dahinterkam, daß er nicht einmal bis zur gegenüberliegenden Straßenseite sieht. Er war nicht nachlässig, er mochte nur keine Kleider. Zum Lesen benutzte er eine schäbige Metallbrille, die ihm immer ein wenig herunterrutschte. Am liebsten saß er nackt auf meinem Bett. Er sagte, selig sind die, die nicht sehen und glauben. Im Vorzimmer streifte er die Schuhe ab, riß sich die Krawatte herunter, in seinem Zimmer zog er die Hose aus. Er sagte, es genüge vollauf, wenn wir die Umrisse der Dinge genau wahrnehmen. Denn nähmen wir gleichzeitig zu viele Einzelheiten wahr, so hindere uns das, etwas zu tun. Täten wir aber nichts, so sei es möglich, die Dinge zu jener Endgültigkeit, Abgeschlossenheit und Vollkommenheit zu bringen, die ihren Anblick lohnt. In der Küche entledigte er sich des Hemds; die Socken zog er im Mädchenzimmer aus. Seine Augen waren so hell wie deine, manchmal grün, manchmal blau, er liebte den Schatten, in der Sonne blinzelte er.

JÓSKA

Ich will es nicht verstehen.

setzt sich auf

KLÁRA

Auch ich hatte keine Kleider an. Er legte das Buch weg und streckte die Hände aus. Ich zupfte am Gummi seiner Unterhose.

JÓSKA

Alte Schlampe.

KLÁRA

Wenigstens deine Hand, bitte.

der Junge steht auf, reicht der alten Frau seine Hand, zieht sie hoch; beide verharren in dieser Stellung

JÓSKA
Daß du mich ja nicht mit ihm verwechselst.
KLÁRA
Jetzt wollen wir nicht mehr reden. Erfinde etwas Gutes.

Zsuzsa trägt den Eimer zur Hallentür hinüber, beginnt sie zu waschen

JÓSKA
Erzähl weiter.
KLÁRA
Es gibt kein Weiter.
JÓSKA
Sag mir nach: Wenn ich keine Pistole besorgt hätte, hätte er sich nicht umbringen können.
KLÁRA
Ich will kein einziges Wort mehr hören.
JÓSKA
Wenn ich sie versteckt hätte, so lebte er noch.
KLÁRA
Ich habe nur dich. Ich möchte spüren, daß ich lebe. Erfinde etwas, aber keine Worte. Tu etwas mit mir, damit ich dich spüre.
JÓSKA
Sag mir nach: Wenn ich nicht nur mich selbst geliebt hätte, wenn ich nicht zu feige gewesen wäre, ihn zu lieben, so müßte ich jetzt nicht spielen, so könnte ich ihm in die Augen sehen. So müßtest du nicht mit mir spielen.
KLÁRA
Ich kann nicht mehr! Das ist kein Spiel. Umarme mich!
JÓSKA
Wach auf!

KLÁRA
Ich bekomme keine Luft.

der Junge gibt der alten Frau eine Ohrfeige

KLÁRA
Hat es dir gutgetan?
JÓSKA
Das hast du doch gespürt.

Pause; sie sehen einander an

KLÁRA
Warum spielst du so mit mir? Ich richte dich zugrunde.
JÓSKA
Ich will erben.
KLÁRA
Ich habe nichts.
JÓSKA
Was du hast, ist gerade genug für mich.
KLÁRA
Ich kann es dir auch jetzt geben. Nimm alles. Mir bedeutet es nichts mehr.
JÓSKA
Ich möchte die große Muschel, die Kommode, die Teppiche, das Familienalbum. Ich möchte wissen, daß alles, wovon du erzählt hast, mir gehört.
KLÁRA
Oder ich gehe. Irgendwohin. Dann ist alles dein, du kannst hierbleiben.
JÓSKA
Solange du lebst, kann ich nichts damit anfangen.

KLÁRA

Dann verkauf ich eben alles, und du kannst mit dem Geld anschaffen, was du willst.

JÓSKA

Wenn du sterben würdest, würde ich alles so lassen. Ich würde nur das Bild auf den Dachboden tragen, und es sähe aus, wie wenn nichts passiert wäre. Das Haus würde ich abschließen.

ZSUZSA

Wasch die Tür!

JÓSKA

Ich würde trauern. Ich würde an ihn denken wie an meinen Vater. Du bist mir Mutter gewesen.

ZSUZSA

Halt endlich's Maul.

JÓSKA

Ich würde den Zaun elektrifizieren lassen.

ZSUZSA

Wasch die Tür, sonst wird es Abend.

JÓSKA

Ich würde zuschauen, wie das Ganze allmählich verrottet.

der Junge geht zum anderen Eimer, beginnt die Tür zu waschen; sie arbeiten stumm; lange Pause

KLÁRA

Ich habe doch gesagt, daß er arbeiten wird.

Zsuzsa beginnt zu singen: eine pentatonische Melodie, die von der Schauspielerin improvisiert wird; Jóska wäscht das Glas, Zsuzsa reibt es mit Zeitungspapier blank; die Bewegungen der beiden gleichen sich an; Jóska begleitet die Melodie mit Pfeifen; die Begleitung wird vom Schauspieler improvisiert

KLÁRA

Als ich ein kleines Mädchen war, lernte ich Klavier spielen, das gehörte zu einer vornehmen Erziehung. Ich kann Englisch, Französisch und Deutsch. Aber ich bin völlig unmusikalisch. Auch meine Aussprache ist katastrophal.

Zsuzsa singt, Jóska pfeift; sie arbeiten

KLÁRA

Solange ich lebe, gehört alles mir.

Zsuzsa singt, Jóska pfeift; sie arbeiten

KLÁRA

Nehmen Sie nicht trockenes Papier, Zsuzsa.

Zsuzsa singt, Jóska pfeift vor sich hin; sie arbeiten

KLÁRA

Sie haben eine ausgesprochen angenehme Stimme. Vielleicht wären Sie besser Sängerin geworden.

Zsuzsa singt, Jóska pfeift; sie arbeiten

KLÁRA

Ich weiß noch nicht, wie ich verfügen soll.

Zsuzsa summt, Jóska pfeift; sie arbeiten

KLÁRA

Werfen Sie das feuchte Papier nicht immer fort. Trockenes Papier verursacht Kratzer und Streifen. Immer muß man das feuchte Papier zum trockenen geben. Das hätten Sie wirklich einmal lernen können.

Zsuzsa singt, Jóska pfeift; sie arbeiten

KLÁRA
Nun bin ich doch nicht weggegangen. Sondern rede. Aber ich wäre sehr dankbar, wenn endlich Ruhe eintreten würde.

Zsuzsa hört plötzlich auf zu singen, Jóska pfeift; sie arbeiten

KLÁRA
Nun ist Ruhe. So kann man besser arbeiten.

Jóska pfeift; sie arbeiten

ZSUZSA
Ich habe drei Scheuerbürsten gekauft.

KLÁRA
Der Mensch taugt soviel, wie er mit seinen Bewegungen auszurichten vermag. Putzt er gründlich, nicht nur wegen meines Geldes, wird auch seine Seele vollkommen. Ich selber versuche meinen Selbsterhaltungstrieb zu vervollkommnen.

ZSUZSA
Keine Sorge, ich hole jeden aus dem Dreck, und zwar ordentlich.

KLÁRA
Wenn ich sterbe, hinterläßt das auf jeden Fall Spuren.

ZSUZSA
Man kann jede Spur durch Reinigung entfernen.

KLÁRA
Es wäre besser, auch Sie würden den Mund halten, wie dieser Schwuli.

Jóska hört plötzlich auf zu pfeifen; sie arbeiten

KLÁRA
Jedem das Seine. Ich bin überhaupt nicht neugierig, was Sie beide sagen. Wir werden leben. Die Herrschaft beobachtet, die Dienerschaft arbeitet. Reden wir nicht miteinander.

sie arbeiten stumm

JÓSKA
In Gömör hat Matthias, der König, in ein Loch geschissen fröhlich. Wer aufs Reden ist versessen, muß den Eimer Scheiße fressen.

lange Pause

KLÁRA
Es wäre gut, wenn Sie das Tempo ein wenig beschleunigen würden. Als wir uns unterhielten, entstand wohl der Eindruck, wir seien gleichrangig.

JÓSKA
Ein Eimer Scheiße.

KLÁRA
Faulenzen Sie nicht. In jeder Bewegung sparen Sie unverschämt an seelischem Eifer. Die Vollkommenheit der Bewegung ist mit derjenigen der Bewegungslosigkeit nicht zu verwechseln. Und vor allem gründlicher. Meinen Sie nicht, Jóska, daß Sie auch den oberen Rand des Türrahmens reinigen sollten?

ZSUZSA
Zwei Eimer Scheiße.
KLÁRA
Wir haben Perlen vor die Säue geworfen.
JÓSKA
Drei Eimer Scheiße fressen.

Klára geht zum Jungen

ZSUZSA
Der alte Romsauer sprach ständig von seinem Mastdarm. Aber so ein hübscher, starker Junge?! Er war Schwabe. Bist du Schwabe?
KLÁRA
Sie necken ihn vergeblich, Zsuzsa. Ich kontrolliere, was Sie beide tun.
ZSUZSA
Ich habe ihn sehr geliebt.
KLÁRA
Langen Sie nur hinauf, meine Gute. Er ist nicht Schwabe, ich habe ihn bloß so erzogen, daß er auf einer analen Stufe bleibt. Sehen Sie, wie staubig es noch war?
ZSUZSA
Ich war verliebt in ihn. Ein bißchen Staub muß immer herumliegen. Er war siebenundneunzig Jahre alt, aber wir hofften, er würde hundert.
KLÁRA
Ich zeige es Ihnen. Geben Sie den Lappen her.
ZSUZSA
Wir lebten in jener kleinen Wohnung wie zwei Täubchen. «Wenn ich hundert bin, heirate ich dich, meine Liebe.»

KLÁRA
Geben Sie mir Vim.

ZSUZSA
Sein Körper war wie ein Fläumchen. Nachmittags, wenn er im Fauteuil saß, zog er mich auf seinen Schoß. Ich setzte ihn in die Badewanne, badete ihn. Er war mein Kleines, ich war sein Kleines. Nicht damit, Tante Klára.

KLÁRA
Sehen Sie, Sie haben in mir Lebensfreude geweckt. Ich bin für alles zu haben. Und wenn es um Arbeit geht, kenne ich kein größeres Vergnügen, als anzupacken. Und sie zu Ende zu bringen.

ZSUZSA
Wenn wir vollkommene Sauberkeit schaffen könnten, könnten wir nicht immer wieder von vorne beginnen.

KLÁRA
Für mich ist das überhaupt nicht ungewohnt. Ich habe von morgens bis abends gescheuert, gewaschen, geputzt. Ich habe es satt, ewig die gnädige Frau zu spielen. Es waren die zehn glücklichsten Jahre meines Lebens. Jeder Augenblick ließ hoffen, daß es zu Ende gebracht werden kann. Das liegt mir im Blut: eine vollkommene Dienstbotin zu sein.

ZSUZSA
Ich flehe Sie an, nicht mit Vim.

KLÁRA
Manchmal besuchte mich der Herr nachts in meinem Zimmer. Davon wußte er natürlich nichts. Ich war eine Hure der Sauberkeit.

ZSUZSA
Sie sind, Gnädigste, eine gnädige Frau geblieben. Vim nimmt auch den Glanz weg. Sie verderben alles.

KLÁRA

Ein anständiges Dienstmädchen macht alles kaputt. Arbeite und erzähl.

ZSUZSA

Ich bürstete ihm die Schuppen aus dem Haar, ich schnitt ihm die Nägel. Ein anständiges Dienstmädchen bewahrt vor dem Untergang. Ach, meine Liebe, wenn Gott es doch fügen würde, daß du einst mein bist. Das pflegte er zu sagen. Nachmittags setzte ich mich immer auf seinen Schoß. Er seufzte. Ach, meine Liebe, pflegte er zu sagen, Freude hab ich nur noch am Scheißen. Er vermachte mir die Kleider seiner Frau, wie es so üblich ist.

KLÁRA

Und du steh hier nicht tatenlos herum, bring das heiße Wasser, wir beginnen gleich mit Schrubben.

JÓSKA

Ich lasse Sie nicht allein mit ihr.

KLÁRA

Wir bitten sie, daß sie laut spricht.

ZSUZSA

Ich erbte Kleider, falsche Perlen, eine ganze Pfeifensammlung, die Werke Proudhons in Ledereinband, einen Kochtopf mit dazugehörigem Deckel, Ohrringe aus Türkis, einen Schlüsselring, ich bekam einen Irrigator, ein Gebetbuch mit Schnallenverschluß, einen Flickenteppich, eine weinrote Bettdecke, einen Hobel, ich könnte ein ganzes Haus damit einrichten.

KLÁRA

Oder geh schön nach Hause, mein Kleiner. Ich möchte dich nicht mehr vergeblich bezahlen.

JÓSKA

Ich bliebe auch, wenn es umsonst wäre.

ZSUZSA
Ich brauche nur noch ein kleines Haus.
KLÁRA
Mit ihr wird es besser gehen.
ZSUZSA
Ich möchte auch einen Garten.
JÓSKA
Sie haben sich verrechnet, meine Liebe.

Klára nimmt Jóskas Eimer, geht damit bis zur Rampe, schüttet das Wasser mit Schwung auf den Boden, legt fachgemäß einen Lappen unter die Knie, beginnt zu schrubben

ZSUZSA
Wenn Tante Klára stirbt und alles mir gehören wird, bring ich meinen kleinen Sohn her.
KLÁRA
Sie sagten nie, daß Sie einen Sohn haben.

auch Zsuzsa nimmt ihren Eimer, geht damit auf der entgegengesetzten Seite der Bühne bis zur Rampe, schüttet die Hälfte des Wassers mit Schwung auf die Bühne, legt einen Lappen unter die Knie, beginnt zu schrubben

ZSUZSA
Wir würden gleich die Tannen, die Linden, die wilden Kastanienbäume fällen, würden alle Sträucher ausreißen. Der Junge ist schon groß. Hübsch und stark.
KLÁRA
Bringen Sie ihn mal mit.
ZSUZSA
Es bliebe kein Schatten, nirgends.

Jóska geht in die Halle hinaus, wühlt zwischen den aufeinandergestapelten Möbeln und Gegenständen, versucht eine Schublade herauszuziehen, worauf der Möbelhaufen unter Krach und Gepolter zusammenstürzt, nimmt die Pistole an sich, steckt sie in seine Tasche und geht hinten ab

KLÁRA
Die Nußbäume aber müßten Sie stehenlassen, damit es Nüsse für den Weihnachtskuchen gibt.
ZSUZSA
Im Frühling würde ich Erbsen und Bohnen pflanzen. Im Blumenbeet gäbe es Rosen und Lilien.
KLÁRA
Trägst du einen Büstenhalter?
ZSUZSA
Beim Schrubben spürt man die Brüste besser denn je.
KLÁRA
Die Bluse gleitet angenehm über die Brustwarzen. Auch ich trage keinen.
ZSUZSA
Das Tempo ist gut.
KLÁRA
Du hast schöne Brüste.
ZSUZSA
Sie werden hart.
KLÁRA
Meine auch.
ZSUZSA
Und wie hübsch du deinen Arsch vorstreckst.
KLÁRA
Die Schenkel aber pressen wir ordentlich zusammen.

ZSUZSA
Sie reiben sich.
KLÁRA
Wir schaffen es schon.

Jóska kommt mit einem Eimer heißen Wassers zurück; auf der Mitte der Bühne schüttet er die Hälfte mit Schwung auf den Boden, legt einen Lappen unter die Knie, beginnt zu schrubben

ZSUZSA
Letzte Nacht habe ich dich heimlich im Badezimmer beobachtet.
KLÁRA
Wenn ich das gewußt hätte, hätte ich mich nicht so gehenlassen.
ZSUZSA
Hast du Kinder geboren? Dein Bauch ist glatt.

Pause; alle drei schrubben gleichmäßig

ZSUZSA
Wieso antwortest du nicht?
JÓSKA
In meiner Gegenwart kann sie nicht lügen.

Pause; alle drei schrubben gleichmäßig

ZSUZSA
Ich würde im Garten ein Gehege für Federvieh einrichten, würde Hühner, Gänse und Enten halten. Ich würde Mais anpflanzen und zwei Ferkel kaufen. Wenn es kalt genug wäre, könnten wir sie vor Weihnachten schlachten.

JÓSKA

Frisches Blut schmeckt gut, mit Fett und Zwiebeln gebraten. Mir hat mein Vater das Schlachten beigebracht, wir schlachten jedes Jahr. Wir haben eine Wurstfüllmaschine und einen Sengapparat.

ZSUZSA

Dann müßten wir das gar nicht mehr kaufen.

JÓSKA

Du könntest beides benutzen, als gehörte es dir.

ZSUZSA

Dann hätten wir Fett für ein ganzes Jahr.

JÓSKA

Den Speck würde ich aufschneiden, ich mag es, wenn er fleischig ist.

ZSUZSA

Ich würde mir einen Liebhaber halten.

JÓSKA

Du würdest jeden Morgen das Federbett lüften.

ZSUZSA

Ich könnte auch heiraten.

JÓSKA

Wir würden diesen ganzen Plunder wegwerfen.

ZSUZSA

Wir brauchen keine Staubfänger.

JÓSKA

Ich würde arbeiten gehen, und nach Sonnenuntergang würde ich die Gemüsebeete gießen.

ZSUZSA

Ich würde auf Raten eine Schrankwand kaufen.

JÓSKA

Einen Fernseher.

ZSUZSA

Wir würden Hasen halten.

JÓSKA

Ein Auto kaufen.

ZSUZSA

Abends würde ich dir ein Bier kalt stellen.

JÓSKA

Ich würde deinen Sohn mehr lieben als meinen eigenen.

ZSUZSA

Ich würde den ganzen Tag auf dich warten, aber ich würde mich ein wenig bitten lassen.

KLÁRA

Ich bekomme keine Luft.

JÓSKA

In der Küche würde ich dich nehmen.

ZSUZSA

Du könntest mich nicht befriedigen.

KLÁRA

Ich fühle mich nicht müde, mir ist auch nicht schwindlig, aber ich bekomme keine Luft.

JÓSKA

Ich würde anfangen zu trinken.

KLÁRA

Kümmert euch nicht um mich.

ZSUZSA

Du würdest das Geld nicht ordentlich nach Hause bringen.

KLÁRA

Vielleicht ist es eine vorübergehende Übelkeit.

JÓSKA

Ich würde dir blaue Flecke unter die Augen prügeln.

KLÁRA
Ich will noch nicht aufhören.

ZSUZSA
Ich würde dir keinen Imbiß mitgeben.

KLÁRA
Noch kann ich die Hoffnung nicht ganz aufgeben.

JÓSKA
Ich würde herumhuren.

ZSUZSA
Ich würde an deinem Mund den Geruch von Intim-Spray entdecken.

JÓSKA
Du würdest mich dabei ertappen, wie ich deinen hübschen, starken Sohn begrapsche.

KLÁRA
Ich weiß nicht, wieviel Zeit vergangen ist.

ZSUZSA
Dann würde ich dich mit dem Schlachtmesser abstechen.

Pause; alle drei haben gleichmäßig, ruhig geschrubbt und werden auch weiterhin gleichmäßig und ruhig schrubben; darin ist nichts Symbolisches, es handelt sich um einen sachlichen Vorgang; sie schrubben, wischen die geschrubbte Fläche auf, wringen den Lappen aus und so weiter

KLÁRA
Als wäre ich schon gestorben. Ich glaube, ich sollte mich verabschieden. Mit mir ist etwas passiert, das lange dauern wird. Vielleicht werde ich jetzt endlich sterben. Meine Hand bewegte sich, meine Hand bewegt sich noch jetzt, ich höre Stimmen, ich hörte Stimmen. Langsam dunkelt es. Es ist nicht plötzlich dunkel geworden, wie wenn das Licht aus-

geht. Man hat mir das Licht entzogen. Es war nicht bedrohlich, eher weich, zunehmend weicher und tiefer, und obwohl ich den Boden unter den Knien spürte, schien mir, als wäre alles gar nicht da und mein, als drehte sich überall im Unendlichen eine warme dunkle Walze, und in der Dunkelheit eine noch dunklere Walze, und obwohl ich meine Hand spürte, die Stimmen hörte, hat mich diese Walze langsam, oh, ganz langsam hochgezogen. Sie ist langsam, ganz langsam, bewegt sich kaum, dennoch trägt sie mich irgendwohin, diese Langsamkeit ist das Wichtigste, nach ihr habe ich mich so sehr gesehnt, daß nichts meine Sehnsucht befriedigen konnte, nie. Als wären in mir zweierlei Dunkelheiten gewesen, die sich jetzt vereinigt haben. Ich erinnere mich nicht mehr, was man da tut. Im Mädchenalter kitzeln wir uns die Lust mit den Fingern zwischen den Schenkeln hervor. Aber dergleichen habe ich noch nie erlebt. Nur gerade so viel Lust, daß sie uns glauben macht, daß wir sind. Doch wozu der Taumel, wenn immer draußen bleibt, was drinnen sein könnte. Jetzt bin ich in mir. Oh, es ist so angenehm. Vielleicht war es eine ganz kurze Zeit, die mir ganz lang erschien, ich erinnere mich, was ihr geredet habt, und wieder sehe ich die Streifen auf dem Boden, denn gerade als sie vergangen war, oh, es war so angenehm, begann sich die Walze rückwärts zu drehen und gab mich frei. Jetzt ist mir unwohl. Nur die Atemnot war unangenehm. Aber nicht unerträglich.

JÓSKA

Soll ich frisches Wasser holen?

ZSUZSA

Es ist schon ziemlich schmutzig.

Jóska geht mit zwei Eimern durch die linke Tür; die beiden Frauen schrubben

KLÁRA

Gleich sag ich euch alles.

ZSUZSA

Sie haben bestimmt einen niedrigen Blutdruck.

KLÁRA

Auf dem Dachboden habe ich ein Kästchen versteckt, voller Gold.

ZSUZSA

Wenn nicht genug Blut ins Hirn gelangt, wird natürlich alles weiß.

KLÁRA

Im Staub des Dachbodens werdet ihr herumtrampeln, werdet die Kamine auseinandernehmen, werdet alles auf den Kopf stellen, doch finden werdet ihr nichts.

ZSUZSA

Oder umgekehrt einen hohen Blutdruck.

KLÁRA

Mein Geld habe ich auf einer Wiener Bank deponiert, aber die Kontonummer ist geheim.

ZSUZSA

Wenn zuviel Blut ins Hirn strömt, wird alles dunkel.

langsam kommen sie sich, schrubbend und auf den Knien rutschend, näher; nun sind sie einander gegenüber, schrubben

KLÁRA

Ihr werdet mich in Zeitungspapier wickeln und im Keller verscharren. Aber nur eine einzige achtlose Bewegung, wenn ihr den Spaten in die Erde grabt, und das Haus fliegt in die Luft. Es ist vermint.

ZSUZSA

Bitte beruhigen Sie sich, es ist eine vorübergehende Übelkeit, nichts weiter.

KLÁRA

Das Silber habe ich verpfändet und den Pfandschein verbrannt.

ZSUZSA

Wozu verausgaben Sie sich so, Tante Klárika. Noch ist reichlich Zeit.

KLÁRA

Die Möbel sind zum Glück vom Holzwurm zernagt, die Teppiche von Motten zerfressen.

ZSUZSA

Ich kenne mich auch in Kräutern aus, meine Mutter war eine Hellseherin, mein Vater ein Zauberer.

KLÁRA

Alles geht zugrunde, nichts bleibt.

ZSUZSA

Am Abend koche ich einen aromatischen Kräutertee.

KLÁRA

Nehmt lieber ein Messer. Das ist mein Testament. Ich möchte alle Teppiche mit meinem Blut besudeln.

ZSUZSA

Ich möchte deine Hand küssen.

KLÁRA

Nichts kann mich zurückhalten.

sie hören auf zu schrubben, sehen einander lange an; Zsuzsa berührt Klára sachte mit ihren Lippen

KLÁRA

Seit dreißig Jahren hat mich keiner geküßt.

Zsuzsa zieht Kláras Kopf auf ihren Schoß

ZSUZSA
Ich hauche dir Leben ein, keine Angst.
KLÁRA
Ich bin glücklich.

Jóska kommt mit zwei Eimern Wasser durch die Halle zurück, stellt die Eimer neben Zsuzsa und Klára und geht mit dem dritten Eimer durch die linke Tür ab

ZSUZSA
Erzähl.
KLÁRA
Ich kann nur lügen.
ZSUZSA
Erzähl.
KLÁRA
Ich habe kein Gold, ich kann das Haus nicht sprengen, ich habe keine Kontonummer, und das Geld für das Silber ist längst aufgebraucht. Als ich zur Welt kam und die Hebamme mir den Schleim abwusch, sagte sie zu meiner Mutter: Diesem Mädchen steht ein bedeutendes Schicksal bevor, sehen Sie nur, sie menstruiert. Man hat mich wie ein Fräulein herausgeputzt, ich saß da in einem rosa Tüllkleid, und die Gouvernante zog mir die Schnallenschuhe aus Wildleder an. Ich war Jungfrau, wir gingen zur Erstkommunion, nie glaubte ich im Ernst an Gott, ich wurde ein Flittchen. Wir besuchten Bälle in Baden, ich rauchte russische Zigaretten, ich war eine bourgeoise Stute, Graf Sforza tanzte mit mir bis zur Bewußtlosigkeit, ich trank Lauge, aber nur so viel, daß ich gerettet werden konnte. Ich ließ mich als Dienstmädchen anstellen, ich ging zur Beichte, aber am liebsten wäre ich eine stille Gattin und sanfte Mut-

ter gewesen und hätte die Gurkengläser innen mit sternförmigen Karottenstückchen dekoriert.

Jóska kommt pfeifend mit dem Eimer durch die Halle, kniet sich hin, schrubbt weiter, pfeift

KLÁRA

Ich trug Flugblätter unter dem Strumpfband, ich wurde Terroristin, Mörderin, was immer ich tat, ich liebte das Leben nicht, das war mein Schicksal, darum wollte ich mich an den andern rächen, ich sprengte einen Zug in die Luft, ich schlang jedem Genossen die Schenkel um den Hals, nie schloß ich die Augen, ich wollte sehen, wie sie mit tierischem Gesicht schrien wegen mir. Ich liebte nur ihn. Ich wurde Mutter. Vor genau dreißig Jahren gebar ich eine Mißgeburt.

Zsuzsa stößt Klára sanft weg; Jóska pfeift schrill

ZSUZSA

Machen wir weiter.

sie setzen das Schrubben da fort, wo sie aufgehört haben; Jóska pfeift

KLÁRA

Als er über eine Steinmauer kletterte, verlor er seine Brille.

ZSUZSA

Ich passe auf dich auf, ich muß dich am Leben erhalten.

KLÁRA

Er habe zwar entkommen können, sagte er, doch sei man

ihm auf der Spur und die Sache verloren. Die gnädige Frau erblaßte, nur ihr Hals war rot. Was die vorhaben, wenn man ihren Gedanken folgt, sei so haarsträubend unverschämt, sagte er, daß ihm nichts anderes übrigbleibe, als so zu handeln, nämlich sich im Keller zu verstecken. Das Spiel ist zu Ende, sagte die gnädige Frau. Was dein eigenes Leben betrifft, habe ich mich nie eingemischt. Und so soll ich nun fortgehen? fragte er. Ich sehe ja nicht weiter als bis zu meiner Nasenspitze. Ja, sagte die gnädige Frau. Jeder zum Tode Verurteilte darf einen letzten Wunsch äußern, meine Beste, sagte er. Was verlangst du? fragte die gnädige Frau. Er streifte die Schuhe ab, ließ sein Jackett zu Boden fallen, riß sich die Krawatte herunter, nahm mich bei der Hand, führte mich ins Mädchenzimmer. Es war der zwanzigste Oktober. Damals wurde mein Sohn gezeugt. Die gnädige Frau wartete in der Küche. Es dauerte nicht länger als gewöhnlich, aber auch nicht weniger lang. Ich konnte mir nichts einprägen. Er war wie ein Verbrecher. Ruhig, aufmerksam, vielleicht übertrieben pedantisch. Während er duschte und frische Unterwäsche anzog, lief ich ins Schlafzimmer hinauf und stahl die Pistole der gnädigen Frau. Sie war geladen. Die gnädige Frau beobachtete vom Fenster aus, ob er wirklich fortging. Klára, schließen Sie das Tor ab, rief sie mir zu. Ich wußte, daß es zu Ende war, aber ich schloß das Tor ab. Sein Sohn blieb in mir.

JÓSKA

Sag, was von all deinen Lügen nun eigentlich stimmt.

KLÁRA

Ich wurde eine ehrwürdige Matrone. Man zog mir die Zähne, schön der Reihe nach. Die Haare fielen aus.

JÓSKA

Mich interessiert einzig und allein, was von all deinen Lügen nun eigentlich stimmt. Womöglich ist auch dies nur eine widerliche Erfindung.

KLÁRA

Er heißt András, wie sein Vater. Sein Gesicht ist schwarz wie das eines Wolfs, er ist riesig wie ein wildes Tier, er begreift nichts, er redet nicht, wer ihn ansieht, muß sich übergeben, und doch ist der Ärmste völlig unschuldig.

JÓSKA

Dich müßte man wirklich umbringen.

KLÁRA

Untergebracht in einem Irrenhaus, Einzelzimmer. Sein Name ist Garantie, solange er lebt, selbst wenn ich früher sterben sollte, alle Bemühungen sind also vergeblich, er ist mein Alleinerbe.

lange Pause; sie schrubben

JÓSKA

Dann heirate ich Zsuzsa.

KLÁRA

Gratuliere.

JÓSKA

Wir werden hier wohnen.

KLÁRA

Wir kommen schon überein.

JÓSKA

Du wirst unser Dienstmädchen sein.

KLÁRA

Ich werde tun, als wäre ich eure Mutter.

JÓSKA

Wir werden dich quälen.

KLÁRA
Das Leiden gewöhnt an den Tod.

JÓSKA
Je mehr du nachgibst, desto mehr fordern wir.

KLÁRA
Ihr findet niemanden, der nachgiebiger ist als ich.

JÓSKA
Einmal ist auch deine Geduld zu Ende.

KLÁRA
Das ändert nichts.

ZSUZSA
Aber ich bringe meinen Sohn her.

KLÁRA
Ich werde ihn lieben.

JÓSKA
Ich werde nicht dulden, daß du ihn verdirbst.

ZSUZSA
Er ist fünfzehn, blond, blauäugig. Er hat eine weiße Haut und eine tiefe Stimme.

KLÁRA
Wenn Sie unzufrieden sind, mein Liebes, können Sie die Bürste weglegen und gehen, ich werde Sie trotzdem auszahlen.

ZSUZSA
Sie haben mich mißverstanden. Ich habe Mitleid mit Ihnen, Tante Klárika, und möchte Ihnen bei allem helfen. Auch von meinem Sohn habe ich nur erzählt, damit Sie meine Traurigkeit verstehen und um Sie zu trösten. Aber wenn Sie etwas an meiner Arbeit oder an meinem Benehmen auszusetzen haben, dann geh ich natürlich.

KLÁRA
Sie schwatzen zuviel. Haben Sie nicht bemerkt, daß ich nicht Sie gemeint habe?

lange Pause; sie schrubben stumm

JÓSKA
Ich werde schweigen.

lange Pause; sie schrubben stumm

KLÁRA
Wo waren Sie eben stehengeblieben, Zsuzsa?

lange Pause; sie schrubben stumm

JÓSKA
Gib ihr keine Antwort.
ZSUZSA
Ich begann von meinem Sohn zu erzählen.
KLÁRA
Sicher vermißt du ihn sehr?
JÓSKA
Du unterhältst sie.
ZSUZSA
Ich spüre ihn neben mir, ich gebe ihm zu essen, ich bade ihn, ich tröste ihn, wenn er weint.
JÓSKA
Auch mit mir hat sie so angefangen, hat mich ausgefragt.
ZSUZSA
Er weint viel, obwohl er schon ein großer Junge ist.
JÓSKA
Jedes Wort ist gefährlich, sie wendet es gegen dich.
ZSUZSA
Ich fehle ihm kaum, denn in unserer Familie sieht und hört jeder den andern, auch wenn er noch so weit weg ist.

KLÁRA
Was hält er jetzt in der Hand?
JÓSKA
Als hättest du ein Verbrechen begangen, dringt sie in dich.
ZSUZSA
Er führt die Tasse zum Mund, trinkt.
JÓSKA
Spioniert.
ZSUZSA
Er ist vom Hof gekommen, draußen saß er auf der Bank unterm Maulbeerbaum.
KLÁRA
Es ist heiß.
ZSUZSA
Er ist nackt.
JÓSKA
Ich müßte reden, damit du nicht reden kannst. Paß auf. Ich quaßle gleich die ganze Luft voll, dann hast du keinen Platz mehr.
ZSUZSA
Meine Mutter aber nimmt den Eimer, sie sehen einander an und spüren, daß ich ihnen zusehe.
KLÁRA
Wird sie waschen?
ZSUZSA
Sie braucht das Wasser für die Tränke. Sie geht zum Brunnen.
JÓSKA
Ich werde schreien, damit sie deine Stimme nicht hört.
ZSUZSA
Mein Vater führt die Pferde auf dem Hof herum.

JÓSKA
Wir müßten etwas für uns behalten, damit sie sich's nicht aneignet. Ich werde ganz schnell reden, nehme ihr alle Luft weg. Gleichzeitig werde ich nichts sagen, was sie nicht schon weiß. Aber tun wir so, als wäre sie nicht da. Das wird sie ärgern. Ich erzähl dir. Es ist schrecklich banal, wenn ein Mann einer Frau von seinem Leben erzählt. Wir wissen, was er damit im Sinn hat. Aber zum Glück kann ich nicht erzählen, weil mir nur Gedanken einfallen. Sie hat es verhindert, daß ich irgend etwas erlebe. Die Erzählung läßt sich durch eine Klage ersetzen. Schau mich an. Du kannst nicht wissen, wie du riechst. Jetzt mache ich dir den Hof. Ich versuche, mich an deinen Geruch zu gewöhnen. Ich möchte deine Haut spüren. Ich werde immer hitziger, siehst du. Dein Geruch ist so durchdringend, daß ich spüre, wie du ihn mit dir trägst und zugleich überall zurückläßt. Auch sie spürt es, aber reden wir jetzt nicht mehr von ihr. Sie ist nicht da. Sie ist gestorben, wir haben sie umgebracht, wir haben sie schon verscharrt, sie ist verfault. Das ist die einzige Geschichte, die ich zu erzählen weiß. Ich müßte dir nur in die Augen sehen, und du könntest ihr nicht gehören. Sie hätte in dem Augenblick keinen Einfluß auf unsere Körper, wo deine Zunge meine Zähne berührt und meine Hand sanft deine Schenkel spreizt. Das hoffe ich zumindest. Nur kann ich nicht in dich flüchten, weil auch mein Widerstand von ihr abhängt. Hätte sie mir nicht den Glauben eingeflößt, daß in mir eine rohe Kraft schlummert, die mich zu Großem bestimmt, wäre ich Polizist geworden, wie mein Vater, oder Spengler. Ich möchte Spengler sein. So aber kann ich nur Philosoph werden, Mörder oder Schönheitskönig. Ich habe noch nicht gelebt. Ich denke über die Wollust nach, aber der Ekel stößt mich von allem ab. Auch von dir. Ich könnte mich nur selbst

befriedigen. Und doch möchte ich, daß das Leben mich überwältigt. Darum spiele ich mich auf. Ich möchte, daß du mich von mir selbst befreist, aber da ich weiß, daß ich mir nur mit deiner Hilfe entfliehen kann, fühle ich, daß auch das hoffnungslos ist. Du bist mir nicht so wichtig.

ZSUZSA

Im Stall grunzen die Schweine, auf der Straße streben die Kühe heimwärts. Er steht immer noch in der Küche.

JÓSKA

Ich weiß alles, und das ist zuwenig. Ich weiß auch, daß ich etwas fühlen müßte, wovon ich nichts weiß. Aber auch das weiß ich, darum erscheint mir alles Unbekannte bekannt. Ich bin Gott, aber nicht der Gott des Universums, sondern ihr Gott. Ich bin ein Nagel, der nicht aus der Schachtel heraus kann. Ein Schoßhund.

KLÁRA

Bravo.

ZSUZSA

Meine Mutter stellt den Eimer ab, öffnet das Tor, damit die beiden Kühe hinein können.

JÓSKA

Es heißt, als meine Mutter die ersten Wehen bekam, sei es Nacht gewesen und weit und breit keiner, da habe man sie zu Hilfe gerufen.

KLÁRA

Ich habe die Nabelschnur durchtrennt.

JÓSKA

Sie nahm mich gleich in die Arme.

KLÁRA

Du warst furchtbar häßlich.

ZSUZSA

Meine Mutter schließt das Tor, die beiden Kühe trotten gemächlich zum Stall, die Pferde zerren nervös an Vaters Hand. Mein Junge steht noch immer in der Küche.

JÓSKA

Weich nicht aus, erzähl von mir.

ZSUZSA

Ich habe im Stall geboren, zwischen den Kühen. Es war Winter.

JÓSKA

Sie stellte mich immer vor den Spiegel, damit ich mich anschaue, und jedesmal entdeckte sie an mir einen Makel, den es auszumerzen galt.

KLÁRA

Du bist hübsch geworden.

JÓSKA

Jeden Morgen erzählte ich ihr meine Träume. Ich hantelte, um meine Muskeln zu stählen. Aber bestimmt habe ich noch etwas Natürliches bewahrt. Das kannst nur du spüren.

ZSUZSA

Die Glocke ertönt. Darauf hat er gewartet. Er mag diese Stunde sehr. Langsam setzt sich der Staub. Es dunkelt.

JÓSKA

Ich bin noch nie verliebt gewesen. Ich wußte nicht, daß es etwas gibt, das der Mensch nicht verstehen kann: was ist es, weswegen man ihn liebt? Unter deiner Liebe stelle ich mir vor, daß du in mir entdeckst, was ich selbst nicht kenne, etwas Wichtiges, und das ist für mich eine solche Überraschung und Erschütterung, daß ich mich ergebe, ich werde sanft und zahm, ich schenke dir etwas, das nur dir gehört, weil es ohne dich gar nicht existieren würde. So stelle ich mir das vor. Liebst du mich? Wieso quälst du mich? Wieso antwortest du nicht?

KLÁRA
Mach dir nichts vor.

ZSUZSA
Dann verläßt er die Küche, überquert den Hof, die Hühner scharen sich um ihn, glauben, er gibt ihnen zu fressen, er öffnet die hintere Pforte, schließt sie hinter sich zu und geht zum Maisfeld. Die Spitzen der Blätter rascheln um seinen Körper, unter seinen Füßen knacken die Bohnenschoten.

KLÁRA
Nackt. Ist er noch immer nackt?

ZSUZSA
Er trägt ein kurzes Höschen.

KLÁRA
Wir könnten eine kleine Ruhepause einschalten.

JÓSKA
Schließen wir zuerst ab.

ZSUZSA
Es wird kühler. Hinter dem Maisfeld liegt eine große Wiese. Am Ufer des Bachs spielen Kinder.

KLÁRA
Du hast gar nicht bemerkt, wie wichtig dir dieses Schrubben plötzlich geworden ist.

ZSUZSA
Wir brauchen frisches Wasser. Bringen Sie Wasser, Klárika, meine Liebe.

Pause; sie schrubben gleichmäßig

JÓSKA
Du glaubst, du kannst es verhindern, wenn du dableibst?

KLÁRA

Ich habe es erlaubt. Ich selbst habe dich ermuntert. Aber ich will es sehen.

ZSUZSA

Er überquert auf dem Steg den Bach.

JÓSKA

Was kann ich tun, daß du mich gehen läßt?

KLÁRA

Ich habe dich gehen lassen.

JÓSKA

Ich bin verliebt in dich.

KLÁRA

Wie interessant: ich spüre nichts.

ZSUZSA

Die Kinder folgen ihm. Sie gehen nicht ganz nahe zu ihm heran, und er tut so, als bemerkte er es nicht. Sie klettern auf die Hügelkuppe. Auf dieser Hügelkuppe steht ein einsamer Baum. Ein alter Birnbaum. Sie setzen sich, sie lauschen, sie atmen, bis es ganz dunkel wird. So ist mein Sohn. Sein Vater, ich weiß nicht, wer es war, aber irgendwie interessiert es mich auch nicht. Ich war kein Flittchen, ich mochte nur, wenn sie meiner Spur folgten wie die Hunde; und wenn meine Beine müde wurden, ruhte ich mich gern unter einem Strauch aus.

JÓSKA

Ich begehre dich sehr. Du bist die einzige, die ich lieben möchte.

KLÁRA

Ach, das wäre so lächerlich, mein Junge, meine Schenkel sind schon ganz kalt.

ZSUZSA

Ich kann nicht mehr. Ich spüre es. Dieses Zimmer mache ich

noch fertig, dann ist genug. Meine Muskeln sind hart. Müdigkeit kenne ich nicht, aber obwohl ich die Scheuerbürste drücke und sehe, wie die Borsten den Schmutz schön aufnehmen, ist mir doch, als ob das Wasser meine Haut nicht berührte, dabei sehe ich, wie sie sich lila aufweicht und um die Nägel herum ablöst, nur dieses furchtbare Reißen in den Knien, das gehört der Erinnerung an, denn heute schmerzen mich nicht einmal mehr die Knie, schon seit langem bin ich nicht mehr dort, wo ich bin, ich bin wie eine unbeholfene große Scheuerbürste in einer noch größeren Hand und tröste mich damit, daß ich langsam schadhaft werde, daß man mich wegwirft, durch Besseres ersetzt, dann ist es endlich zu Ende, das ist der natürliche Lauf der Dinge. Jeden Monat schicke ich fünfhundert Forint nach Hause. Aber auch wenn ich heimginge: er würde mich nicht erkennen. Ich bin deine Mutter, würde ich sagen. Was hab ich mit dir zu schaffen, würde sein zahmer Blick fragen. Auch die Kuh kalbte damals, in jener Nacht. In den Augen der Kühe verschwimmt das Leben zu solcher Gleichgültigkeit. Wenn du sie lange ansiehst, verstehst du's. Durch die offene Stalltür blinkte der Sternenhimmel, leuchtete der Schnee, die Kuh säugte ihr Kalb, ich stillte mein Söhnchen. Das Kalb landete beim Fleischer, wurde zum Hochzeitsbraten, ich aber nahm, wie bei uns üblich, den frühen Morgenzug, um das Dorf nicht aus dem Schlaf aufzustören. Meine Mutter verschnürte meine Sachen in ein Bündel, und ich hatte nicht das Gefühl, ich müsse von etwas Abschied nehmen. Ich ließ ihn zurück. Seither denke ich nur an ihn. Ich weiß gar nicht, ob er noch lebt. Die Lust, mit der ich ihn empfing, dauerte nicht länger als eine Minute, aber sie schenkte mir die Hoffnung, nun würde statt meiner jemand geboren, der schön ist und nackt, der ohne mich auskommt und der seinen Körper jedem hingeben kann, ohne in verfurzte Betten zu steigen. So ist mein Sohn. So stelle ich ihn mir vor. Ich habe zehn Greise begraben, habe sie bis zum Tod gepflegt, und jetzt weiß ich, daß ich so lange leben werde, als ich jemanden am Leben erhalten kann. Zehnmal bin ich umgekommen, aber solange sich jemand findet, der leben will, wird es mich geben. Für fünfhundert Forint im Monat verkaufe ich mich. Ich bin nicht wählerisch. Mein Herz ist ein Schwamm, in meinen Adern fließt Spülicht, aber wenn man mir das Geld in die Hand drückt, spüre ich, daß ich bin. Der Schmutzgeruch hat dein Hirn vernebelt. Sei verliebt in mich! Sei der letzte! Und zürne mir nicht, daß du der einzige sein wirst, dem ich meinen Körper nicht hingebe. Jetzt darfst du auch das wissen.

Pause; sie sind mit dem Schrubben langsam zu Ende; Zsuzsa ist bei der linken Tür angelangt, Klára und Jóska bei der Tür zur Halle; sie arbeiten gleichmäßig, gleichmütig, als kämen sie nicht auf den Gedanken, es könnte einmal zu Ende gehen

KLÁRA
Wir sind allein.

Pause

ZSUZSA
Mein Sohn ist bei mir.
KLÁRA
Den du dir vorstellst.
ZSUZSA
Was ich mir vorstelle, gehört mir.

KLÁRA
Auch wenn es nicht existiert.
ZSUZSA
Es ist das einzige, was wir uns bewahren können.

Pause

JÓSKA
Dein Sohn ist ein hartgesottener Schurke geworden.
KLÁRA
Sein Rücken ist schwarz und behaart.
JÓSKA
Ein pockennarbiger Räuber ist er geworden. Ein Mörder.
KLÁRA
Er sitzt im Gefängnis. Stinkt vor Angst.
JÓSKA
Ein Schwuler, der onaniert.
KLÁRA
Im Morgengrauen wird man ihn hängen.

Zsuzsa steht auf, spült den Lappen und wringt ihn aus, nimmt den Eimer

ZSUZSA
Wir sind fertig.

sie nimmt die Scheuerbürste und geht durch die linke Tür ab; auch Klára und Jóska stehen auf, spülen den Lappen und wringen ihn aus, nehmen den Eimer und die Scheuerbürste; Jóska geht durch die Halle ab; Klára bleibt einen Augenblick allein, schaut um sich, geht dann ihrerseits ab
die Bühne ist leer

sehr lange Pause
danach kommt Zsuzsa durch die Halle herein, einen Zeitungsstapel unterm Arm; sie schaut langsam um sich, streift die Schuhe ab, berührt mit den Fußsohlen den Boden

ZSUZSA
Trocken.

von der Küche her ertönt aus einem plötzlich eingeschalteten Taschenradio amerikanische Discomusik, dann erscheint in der linken Tür Klára mit einer Flasche Rotwein und drei Gläsern; Zsuzsa legt die Zeitungen Seite für Seite aus, und indem sie von einer auf die andere tritt, kommt sie immer tiefer ins Zimmer herein

KLÁRA
Ich hab etwas zu trinken geholt.
ZSUZSA
Es riecht angenehm.
KLÁRA
Die Fugen sind so schnell nicht trocken.
ZSUZSA
Sie spüren, daß alles ganz schön staubig war, jetzt aber schon sauber ist.

Zsuzsa gelangt in die Mitte des Zimmers, dreht sich um, macht aus den Zeitungsseiten einen Weg zur linken Tür, für Klára; Jóska kommt durch die Halle, trägt ein Einkaufsnetz, darin sich ein fettiges Paket und das Taschenradio befinden; das Radio dröhnt, er selbst nagt an einem Hühnerbein

JÓSKA
Meine Alte schickt euch ein gebratenes Hühnchen.

KLÁRA
Ich liebe den Boden, wenn er aussieht wie ein Tisch in einem Bierlokal.

JÓSKA
Es gibt auch Gurken.

KLÁRA
Zu Brathuhn paßt Rotwein ausgezeichnet.

ZSUZSA
Zieh die Schuhe aus, du Schwein! Wenn du ihn dreckig machst, bring ich dich um.

Jóska streift die Schuhe ab, kommt aber nicht näher

KLÁRA
Wie leer alles ist.

ZSUZSA
Ich liebe leere Zimmer.

Zsuzsa gelangt zu Klára; auch Klára streift die Schuhe ab

KLÁRA
Ich fühle mich leicht, wie jemand, der sich befreit hat.

Zsuzsa macht aus Zeitungspapier einen Weg zur Rampe; Klára geht zur Bühnenmitte, stellt die Flasche und die Gläser ab, setzt sich auf den Boden, schenkt ein

JÓSKA
Jetzt müßte man nur noch alles neu malen.

ZSUZSA
Dummkopf.

KLÁRA
Kommt schon, ihr Spinner.
JÓSKA
Die Wände sind schmutzig.
ZSUZSA
Ausgerechnet jetzt, nach dem Hausputz.
KLÁRA
Ich möchte trinken.

Jóska geht zur Bühnenmitte, setzt sich nieder; Klára packt das Netz aus; Zsuzsa legt das Zeitungspapier aus, hält auf die beiden zu, indem sie von einer Zeitungsseite auf die andere tritt

JÓSKA
Sie können alles aufessen.
KLÁRA
Im Grunde braucht es hier gar keine Möbel.
JÓSKA
Ich habe mich schon vollgefressen.
KLÁRA
Das wäre der Tanzsaal.

Zsuzsa legt den Rest des Zeitungsstapels auf den Boden und setzt sich wie auf einen Schemel drauf

ZSUZSA
Mir kommt es vor, als wäre ich in einem großen Wald. Wir haben im Bach gebadet, jetzt lassen wir uns trocknen, mitten auf der Lichtung. Der Himmel ist blau.
KLÁRA
Ein Messer wäre gut.

JÓSKA
Die Pistole ist in meiner Tasche.
ZSUZSA
Wenn es gut durchgebraten ist, kann man es auch von Hand abtrennen.
KLÁRA
Ich könnte sogar tanzen.

Zsuzsa trennt ein Stück Hühnerfleisch ab

JÓSKA
Nun denn, zum Wohl, zum Wohl.
ZSUZSA
Wenn jemand Sie zum Tanz auffordern würde, nicht wahr?

sie trinken und essen

KLÁRA
Ich muß sagen, es geht uns gut.
JÓSKA
Hauptsache, es fehlt nichts. Bier wäre mir jetzt irgendwie lieber.
ZSUZSA
Wie die Herrschaften. Es fehlt uns nichts.
JÓSKA
Die Gurken meiner Alten sind verflucht gut, nicht?
KLÁRA
Und wie!
ZSUZSA
Knacken nur so unter den Zähnen.

KLÁRA
Ich beiße gern.

JÓSKA
Man merkt auch, wenn ein Huhn nicht künstlich gefüttert worden ist. Sein Fleisch hat Geschmack.

KLÁRA
Ein bißchen aber haben wir alles durcheinandergebracht. Mir ist noch schwindlig.

ZSUZSA
Das gehört dazu.

JÓSKA
Wer arbeitet, streitet.

ZSUZSA
Jetzt herrscht wenigstens Sauberkeit.

JÓSKA
Genau.

KLÁRA
Man weiß, woran man ist.

JÓSKA
Wir haben uns beruhigt.

ZSUZSA
Nichts Aufregendes.

KLÁRA
Nach einer Weile ermüdet einen sogar die eigene Seele.

ZSUZSA
Man muß sich anpassen.

JÓSKA
Wenn es nicht geht, geht es eben nicht.

ZSUZSA
Mir ist fast, als liebte ich euch.

KLÁRA
Was geschehen ist, ist geschehen. Man soll nicht immer darin herumwühlen.

JÓSKA

Hauptsache, wir sind. Auch mein Alter pflegt sich so auszudrücken.

ZSUZSA

Nichts ist wirklich von Bedeutung.

KLÁRA

Aber ich muß gestehen, ich bin gerührt. Wir lieben uns.

ZSUZSA

Der Mensch hat Gefühle.

JÓSKA

Nur passen Sie auf, schürfen Sie auch da nicht allzu tief.

KLÁRA

Wir hätten gleich so beginnen müssen.

JÓSKA

Es braucht Zeit, den richtigen Ton zu finden.

ZSUZSA

Man muß die Gewohnheiten des andern kennenlernen.

KLÁRA

Ich fühle mich gerade darum so rein und so leicht, weil wir keine Geheimnisse voreinander haben. Wir wissen alles.

ZSUZSA

Alles denn doch nicht.

KLÁRA

Auch wir sind nur Menschen.

ZSUZSA

Was wir nicht wissen, das braucht uns nicht zu kümmern.

KLÁRA

Jetzt bin auch ich dieser Meinung.

JÓSKA

Vielleicht glauben Sie mir nicht, aber ich zum Beispiel, ich wollte die da bespringen, und Sie wollte ich mit der Pistole erschießen, die Sie gestohlen haben, damit Ihr Mann sich umbringt; jetzt habe ich selber die Pistole gestohlen und werde mich damit vielleicht umbringen. Und was ist dabei? Nichts ist dabei. Ich genieße einfach Ihre Gesellschaft.

ZSUZSA

Das Wichtigste ist, daß man sich verträgt.

KLÁRA

Wenn wir uns sehr gesträubt hätten, hätte er es getan.

JÓSKA

Dann wäre es eben auf seine Weise gut gewesen.

ZSUZSA

Und jetzt auf die Weise, wie es ist.

JÓSKA

Wenn ich es tue, ist es auf seine Weise gut.

ZSUZSA

Alles ist gut, wie es ist. Das muß man im Leben lernen.

KLÁRA

Die Lehre ist: man darf sich nichts zu Herzen nehmen.

ZSUZSA

Ich kann mich überall wohl fühlen. Es gab noch nie einen Ort, wo ich mich nicht wohl gefühlt hätte.

JÓSKA

Man muß das Leben genießen.

Zsuzsa streckt sich auf dem Boden aus, reckt die Arme von sich

ZSUZSA

Jetzt zum Beispiel stelle ich mir vor, daß Wassertropfen auf meiner Haut perlen. Eine Ameise kriecht meine Kniekehle hoch. Und stellt euch vor, ich spüre es sogar. Und die Margeriten blühen.

JÓSKA

Wir sind einfach so da, aber vorstellen können wir uns, was wir wollen.

Klára kauert sich zusammen wie ein Embryo

ZSUZSA
Ich bin auf einer großen Wiese. Aber jetzt sehe ich, daß das keine Margeriten sind, denn es ist Herbst, und die Margeriten sind schon verblüht.

KLÁRA
Und ich kann mir vorstellen, wie ich langsam alles vergesse.

Jóska stellt das Radio lauter, springt auf

ZSUZSA
Herbstzeitlosen. Die Wiese ist lila von Herbstzeitlosen, und meine Augen so offen, daß auch das Himmelsblau mir gehört.

KLÁRA
Leiser, bitte.

ZSUZSA
Alles gehört mir.

JÓSKA
Ich aber stelle mir vor, daß ich allein tanze.

ZSUZSA
Und meine Augen sind so offen, daß langsam das Summen des Waldes in mich dringt, und eine Wespe kreist in meinem Herzen, und mein Fleisch ist die Erde und mein Atem der Duft der Gräser, oh, wie angenehm, im Gras zu liegen.

Jóska beginnt sich im Rhythmus der Musik zu bewegen, aber seine Bewegungen sind verzögert, er bewegt sich nur alle zwei Takte, was wirkt, als gäbe er sich gegen seinen Willen der Musik hin

KLÁRA

Kann ich ihn also gehen lassen? Muß ich mich an nichts mehr festklammern? Es ist still geworden. Oh, es ist so still geworden, daß nichts mehr ist.

ZSUZSA

Oh, kommt mit mir auf die Wiese, spielen. Legt euch auch ins Gras. Oh, es ist so angenehm, im Gras zu liegen, oh, ich bin ganz nackt, oh, die Ameise kriecht höher, die Ameise trägt ein Ei mit sich.

KLÁRA

Ein wenig erinnere ich mich noch, daß ihr hier wart, doch in der Stille schwindet langsam auch dies. Weiß ist die Stille. Ich lasse seine Hand los. An sein Gesicht erinnere ich mich nicht mehr genau. Er hatte einen Körper, aber der ist nicht mehr, nur in der Hand spüre ich noch immer seine losgelassene Hand.

ZSUZSA

Ich kann mir auch vorstellen, ich wäre alles, warum sollte ich mir nicht vorstellen, ich wäre der ausgetrocknete Baumstrunk, ich wäre die Schlucht, die Brennessel, die Schnecke, warum sollte ich es mir nicht vorstellen, wenn es so angenehm ist?

KLÁRA

Erlaubt mir noch ein wenig, ein kleines Mädchen zu sein.

ZSUZSA

Ich habe alles in meinen Bauch aufgenommen.

KLÁRA

Ich geh schon, nur kurz, nur ein ganz klein wenig, nur so lange, bis ich auch das vergessen habe. Ich möchte ein kleines Mädchen sein.

ZSUZSA

schreit

Hilfe!

KLÁRA

schreit

Ich möchte ein kleines Mädchen sein! Mädchen. Spielen wir Fangen! Ich möchte ein kleines Mädchen sein! Mädchen, Mädchen. Ein kleines Mädchen und ein kleiner Junge. Ich möchte ein kleines Mädchen sein, ein kleiner Junge! Junge, warum kann ich nicht ein kleines Mädchen sein, ein kleiner Junge? Junge!

ZSUZSA

schreit

Gleich komme ich mit allem nieder.

KLÁRA

schreit

Auch das ist vorbei.

lange Pause; Jóska tanzt, Klára und Zsuzsa sind reglos; plötzlich setzt sich Zsuzsa auf

ZSUZSA

Sie bewegt sich nicht mehr.

JÓSKA

Atmet sie noch?

ZSUZSA

Man müßte einen Spiegel vor ihren Mund halten.

Jóska tanzt; Zsuzsa erhebt sich, macht einen Bogen um Kláras Körper, liest die Gläser und die Überreste des Hühnchens auf, nimmt die Flasche

ZSUZSA

Es dunkelt.

Zsuzsa geht durch die Halle ab; Jóska tanzt; nach einer kurzen Pause kommt Zsuzsa durch die linke Tür wieder herein

ZSUZSA
Wir lassen alles, wie es ist, soll sie schlafen.
JÓSKA
Räumen wir zuerst die Möbel ins Zimmer.

Zsuzsa stellt das Radio ab, Jóska hört auf zu tanzen

ZSUZSA
Seien wir still.

Jóska geht durch die linke Tür, Zsuzsa durch die Halle ab; ganz kurze Zeit ist die Bühne leer, dann kommen die beiden durch dieselben Türen wieder herein: Zsuzsa bringt zwei farbige Staubtücher, Jóska Bilder von unterschiedlichem Format; Jóska stellt die Bilder neben Klára, nimmt von Zsuzsa ein Staubtuch, beide beginnen zu wischen, dann suchen sie den Standort der Bilder und hängen jedes an seinen Platz; die Szene bleibt sachlich und will nicht mehr bedeuten, als sie bedeutet, wobei die ästhetische Qualität der sich kreuzenden Bewegungen in gewissem Sinne durchaus bezaubern darf; als die beiden fertig sind, gehen sie durch die linke Tür ab; jetzt ist die Bühne längere Zeit leer; sie kehren mit dem Bild von András in Lebensgröße zurück und hängen dieses an seinen Platz

JÓSKA
Jetzt vielleicht den Teppich.

Zsuzsa geht rund um die Bühne, um das ausgelegte Zeitungspapier zusammenzulesen, Jóska geht durch die Halle ab; Zsuzsa bleibt kurze Zeit allein mit Kláras Körper, arbeitet stumm, schichtet das Zeitungspapier ordentlich zu einem Stapel; Jóska kommt durch die linke Tür herein, auf der Schulter einen riesigen zusammengerollten Perserteppich; er legt die Teppichrolle parallel zur Rampe auf den Boden, kauert sich hin und wartet, bis Zsuzsa am anderen Ende des Teppichs ist, dann beginnen sie gemeinsam, den Teppich zu entrollen; bevor die Teppichrolle an Kláras Körper stößt, richten sich beide auf, gehen zur Bühnenmitte, heben Kláras Körper hoch und legen ihn auf den Teppich

ZSUZSA
Ein Glück, daß er ausgeklopft ist.

sie rollen den Teppich weiter auseinander, bis er in seiner ganzen Länge daliegt und bis zur Tür der Halle reicht; sie richten sich auf, gehen in die Halle hinaus und beginnen, die Möbel hereinzutragen: die Kommode, den großen Fauteuil, das Schubladenschränkchen, die Stühle, den Diwan; sie stellen alles mit umständlicher Sorgfalt an seinen Platz; als auch der Diwan steht, heben sie Klára hoch und legen sie auf den Diwan; Klára ist noch immer in derselben Position, zusammengerollt wie ein Embryo; dann gehen sie in die Halle zurück, um den Tisch, die Lampen, die Fauteuils, die kleine Kommode, den Schemel und das Tischchen zu holen; als Klára, ohne sich zu rühren oder die Augen zu öffnen, zu reden beginnt, arbeiten sie weiter

KLÁRA
Ich habe etwas furchtbar Schönes geträumt. Wir haben gespielt.

ZSUZSA
Das Spiel ist zu Ende.

KLÁRA

Eine große Wiese, ich glaube, Frühling, die Margeriten blühten.

JÓSKA

Wenn du willst, können wir weiterspielen.

KLÁRA

Ich weiß mit Sicherheit, daß es Frühling war, das Gras war noch nicht gemäht, auf dieser Wiese wird es immer zu Sommerbeginn gemäht, und wie ich dalag, sah ich, daß du mir entgegenkommst, du hattest einen Grashalm im Mund, den du zwischen den Zähnen drehtest, aber du kamst so langsam, von so weit, als träumte ich, und nicht über die Wiese, als müßte ich nur aufwachen, um mich zu vergewissern, daß ich geträumt habe, aber da dachte ich plötzlich, es wäre überflüssig, mich zu verwirren, es sei gut so, ich dürfe es mir nicht noch mehr verderben, und um Gewißheit zu erlangen, bat ich dich, ich weiß nicht mehr warum, ich rang nach Luft, du mögest meine Haut berühren, und da nahmst du den Grashalm aus dem Mund und fuhrst damit über meinen Körper. Ich mußte lachen. Ich lachte umsonst, denn während ich lachte, sah ich, daß nicht ich dort liege, sondern sie. Ich lachte trotzdem.

Zsuzsa stellt das Tischchen an seinen Platz

ZSUZSA

Stand es hier?

Klára setzt sich auf dem Diwan auf

JÓSKA

Nein. Etwas weiter drüben.

KLÁRA

Ich mußte lachen, denn der Grashalm war spitz, und obwohl sie es war, die da lag, spürte ich, was sie hätte spüren müssen, und der Halm kitzelte mich, aber ich glaube, ich lachte nicht, weil er mich kitzelte, sondern weil es angenehm war, zu lachen.

ZSUZSA

Lach nur, meine Liebe, lach, soviel du willst. Wir arbeiten.

KLÁRA

Spielt mit mir. Ich möchte lachen.

ZSUZSA

Bring die Leiter, wir hängen den Vorhang auf, für heute reicht es.

Jóska geht in die Halle hinaus, um die Leiter zu holen, Zsuzsa entfernt sich durch die linke Tür; Klára bleibt kurze Zeit allein

KLÁRA

Das hab ich nur geträumt.

Jóska bringt die Leiter, geht damit zur Rampe, Zsuzsa zieht den riesigen weißen Musselinvorhang hinter sich her; als sie die Rampe erreicht, bedeckt der Vorhang fast die ganze Bühne

JÓSKA

Erzähl mir deinen Traum. Ich möchte wissen, was ich spielen muß.

ZSUZSA

Niemand ist an deinen Träumen interessiert, meine Liebe. Aber erzähl nur.

KLÁRA

Und dann stand ich auf und sah, die Wiese ist so groß, als hätte sie kein Ende, dennoch glaubte ich mich in einer dunklen, alten Kirche, und ich ging, und neben mir ging er, denn es war meine Hochzeit.

JÓSKA

Dann spielen wir vielleicht Hochzeit.

Klára steht auf, geht über den weißen Vorhang zu ihnen

ZSUZSA

Das wäre vielleicht gar nicht schlecht.

sie gehen um Klára herum, als wollten sie sie einkreisen

JÓSKA

Nun werde ich mich bitten lassen.

ZSUZSA

Geliebte Jungfrau.

KLÁRA

Und die Orgel brauste.

JÓSKA

Ich werde genötigt.

ZSUZSA

Du wirst die keusche Braut sein.

JÓSKA

Ich werde meine Unschuld bis zum letzten Augenblick verteidigen.

ZSUZSA

Und sie wird der kahle Bräutigam sein.

JÓSKA

Ich gebe nur der Gewalt nach.

Zsuzsa reißt Klára die Perücke vom Kopf und wirft sie Jóska zu; während die beiden mit der Perücke Ball spielen, steht Klára kahl und reglos da, wie eine Puppe; sie weint

ZSUZSA
Gleich klappert sie mit ihrem Kunstgebiß.
JÓSKA
Dann spielen wir die Hochzeitsnacht.
ZSUZSA
Endlich werden wir uns amüsieren. Kommen auch einmal zum Lachen.
JÓSKA
Ich zeige jedem Gast das Blut auf dem Laken.
ZSUZSA
Ich spiele zum Tanz auf.
JÓSKA
Wir tanzen bis zum Umfallen.

Jóska fängt die Perücke, zieht sie über Kláras Kopf, und als wollte er Csárdás tanzen, faßt er Klára um die Hüften; Zsuzsa beginnt zu grölen

ZSUZSA
Sechsundsechzig, am Arsch küß mich.
JÓSKA
grölt
Die Hälfte ist dreiunddreißig.
ZSUZSA
Leck mich nur fleißig.

Klára läßt sich wie eine Puppe hin und her zerren

JÓSKA
Jetzt können wir lachen.
ZSUZSA
Sechsundsechzig.
JÓSKA
Am Arsch küß mich.

auch Klára kommt in Schwung; sie drehen sich, die eine Hand erhoben, sie stampfen; Klára lacht

ZSUZSA
Die Hälfte ist dreiunddreißig.
JÓSKA
Leck mich nur fleißig.

Zsuzsa packt einen Zipfel des Vorhangs und eilt damit die Leiter hoch; sie zieht den beiden den Vorhang unter den Füßen weg

ZSUZSA
Sechsundsechzig.
JÓSKA
Am Arsch küß mich.
ZSUZSA
Die Hälfte ist dreiunddreißig.

Klára und Jóska stolpern über den Vorhang, dann über ihre Füße, sie fallen hin; aus Jóskas Tasche fällt die Pistole heraus; Zsuzsa wirft von oben den Vorhang auf sie, der Vorhang breitet sich langsam über sie aus; Zsuzsa steigt die Leiter herunter; es ist still; Jóska kriecht unter dem Vorhang hervor; Klára bleibt reglos liegen
Zsuzsa und Jóska stehen einander, über Kláras Körper, gegenüber

ZSUZSA
Dann beginnen wir uns zu entkleiden.

Jóska ist reglos; Zsuzsa knöpft ihre Bluse auf, zieht sie aus, läßt sie auf den Boden fallen

ZSUZSA
Dann beginnst auch du dich zu entkleiden.

Jóska regt sich nicht, Zsuzsa tritt zu ihm, beginnt sein Hemd aufzuknöpfen

ZSUZSA
Dann entkleide ich auch dich.

Zsuzsa zieht Jóska das Hemd aus; Jóska ist reglos; Zsuzsa wird unsicher; Pause; sie sehen einander an

ZSUZSA
Bis wir fertig sind, müßten wir sie ein wenig wegrücken.

sie heben Kláras Körper auf, schieben ihn unter den Diwan

JÓSKA
Wische Staub, ich hänge den Vorhang auf.
ZSUZSA
Du warst geschickt.
JÓSKA
Mach jetzt fertig.

Jóska nimmt einen Zipfel des weißen Musselinvorhangs, betritt die Leiter, doch auf dem Vorhang liegt die Pistole; er tritt herun-

ter, schaut um sich; Zsuzsa wischt sorgfältig die Möbel ab; Jóska steckt die Pistole rasch in die Tasche und steigt die Leiter hoch; er befestigt den Vorhang an der Vorhangstange; als er fertig ist, steigt er die Leiter herunter, schaut wieder um sich und zieht rasch den Vorhang zu, der jetzt die Bühne verdeckt beziehungsweise nur erahnen läßt; dann nimmt er die Leiter und geht durch die Halle ab; Zsuzsa beendet das Staubwischen und setzt sich, mit dem Rücken zum Zuschauerraum, in den großen Fauteuil, gegenüber vom Bild, das András in Lebensgröße zeigt; nur ihre Hand ist sichtbar, und in der Hand das Staubtuch, das seitlich vom Fauteuil herunterhängt; sie sitzt da, als würde sie fernsehen; im Zuschauerraum gehen langsam die Lichter an; András tritt aus dem Bild, Wasser tropft von seinem Körper; Jóska kommt zurück, zieht die Pistole, ein Schuß ertönt, dann ist Stille; András und Jóska blicken zum Fauteuil, die Hand krampft sich um das Staubtuch und sinkt herab; András tritt näher, schaut Zsuzsa an

ANDRÁS
Gib mir ein sauberes Handtuch.

Jóska verstaut die Pistole, geht zur Kommode, nimmt aus der Schublade ein Handtuch, reicht es András und legt sich auf den Diwan; András trocknet sich mit umständlicher Gründlichkeit, dann tritt er zum Jungen, bleibt neben ihm stehen, schaut unter den Diwan, wo Kláras Hand hervorragt, und geht durch die Halle ab; die Bühne wird langsam dunkel

Begegnung

Tragödie ohne Pause

Personen

MÁRIA

JUNGER MANN

Musiker

CEMBALO

LAUTE

CELLO

Der Orchestergraben ist offen. Die Musiker haben in seiner dämmerigen Tiefe ihren Platz noch nicht eingenommen. Die Lämpchen der drei Notenpulte brennen.
Im Orchestergraben sorgt ein Podium oder eine sonstige Erhöhung dafür, daß sich die Köpfe der Musiker, nachdem diese ihre Plätze an den Instrumenten eingenommen haben, über die Bühnenrampe erheben und so während der Dauer des Spiels allzeit sichtbar und gegenwärtig bleiben.
Das Ensemble der drei Instrumente – Cembalo, Cello und Laute – wird, wie in der frühen Barockoper, am Anfang der Sätze, zu Beginn inhaltlich wichtiger Textteile oder bei einem Wort von herausragender Bedeutung, bei einem Ausruf oder einer besonderen Betonung einen Akkord anschlagen und diesen in bestimmten Fällen bis zur nächsten Markierung, bis zum nächsten Wechsel halten*, das heißt Continuo spielen.
Ich muß mit allem Nachdruck darauf hinweisen, daß ich die Continuo-Akkorde nicht als Begleitmusik oder musikalische Untermalung verstanden wissen möchte. Ich stelle mir vor, daß die Continuo-Akkorde, je nach ihrer Art, die im je-

* Das Zeichen «c markiert den Beginn der Musik, das Zeichen » deren Ende.

weiligen Textteil sich manifestierenden Gefühlsinhalte ergänzen, verstärken, widerlegen, weiterführen, auslöschen, kontrapunktieren oder vertiefen können, gleichzeitig aber müssen sie auch über eine vom Text unabhängige Selbständigkeit verfügen, sie müssen eine größere, zu einem Ganzen sich fügende, das heißt gleichrangige musikalische Struktur schaffen, und diese Struktur muß sich auf dramatische Weise mit der Textstruktur auseinandersetzen.

Sehr langsam und majestätisch geht der Vorhang auf.

Auf der Bühne ein ganz kleines Zimmer.

An der linken Zimmerwand ein weißes Eisenbett. Die glatte, akkurat arrangierte Bettwäsche ist von einem schneeweißen Pikeeüberwurf bedeckt. Über dem Bett ein einfaches Kruzifix. Neben dem Bett, an der dem Zuschauerraum gegenüberliegenden Wand, ein weißgestrichener eiserner Nachttisch mit einer Tür und einer Schublade. Auf dem Nachttisch ein geschliffenes Glas, im Glas Rotwein.

Weißgetünchte leere Wände.

Unmittelbar neben dem Nachttisch eine rot gestrichene Tür, die offensteht; es ist, als öffnete sie sich in eine verschneite Landschaft oder ins weiße Nichts selbst: hinter ihr wird ein vage unendlicher, weißer Raum sichtbar, genauer erahnbar. Auf der andern Seite der Tür ein silbrig bemalter Eisenofen, darauf eine elektrische Kaffeemaschine. Auf einem zwischen dem Ofenrohr und der Wand gespannten Draht ein großes, weiches, weißes Handtuch. Von der Decke hängt an einer Schnur eine Glühbirne, daneben ein klebriger Fliegenfänger. Die Lampe brennt nicht. Auf der Bühne herrscht ein schmerzhaft starkes, weißes Licht, das sich während des Spiels nicht ändert.

Wichtig ist noch: Die Musiker tragen schwarze Abendanzüge bzw. einen Frack, auch Mária trägt ein schwarzes

Abendkleid; nur der Junge Mann mit Brille erscheint in einfacher Straßenbekleidung: Jeans, kariertes Flanellhemd, kurzer Lammfellmantel.
In der Mitte der Bühne, genau über den Köpfen der Musiker, ein einfacher weißer Stuhl. Der Stuhl muß fast am Rande des Orchestergrabens stehen, im Schatten, sozusagen zwischen dem Licht der Bühne und dem des Orchestergrabens.
Rechts vom Stuhl, etwas weiter hinten, ein weißes Emailwaschbecken, darin ein weißer Emailkrug mit Wasser.

Mária sitzt reglos auf dem Stuhl, dem Zuschauerraum gegenüber
sehr lange Stille
als der Cembalist im Orchestergraben erscheint und seinen Platz am Instrument einnimmt, steht Mária auf, geht zum Nachttisch, zieht die Schublade heraus und schüttet aus einer Dose weißes Pulver in den Rotwein
es erscheinen der Cellist und der Lautenspieler, auch sie nehmen ihre Plätze ein
Mária verrührt mit einem Löffel das Pulver im Wein
die Musiker stimmen ihre Instrumente
Mária geht zum Stuhl zurück, setzt sich wieder gleich hin
die Musiker brechen das Stimmen plötzlich ab
sehr lange Stille
Mária steht auf, geht auf die rote Tür zu, hält dann inne, als hörte sie eine Stimme von draußen, lauscht, geht zum Ofen und steckt das Kabel der Kaffeemaschine in die Steckdose
sie setzt sich wieder auf ihren Platz, wartet, rührt sich nicht
aus der Kaffeemaschine beginnt langsam der Kaffee zu sickern, zischend, dampfend, und fließt dann, wie es sein muß, heraus
Mária rührt sich nicht
sehr lange Stille
Mária steht auf, geht zum Ofen, zieht das Kabel der Kaffeemaschine aus der Steckdose und lauscht, als hörte sie eine Stimme von

draußen, dann geht sie zum Stuhl zurück und setzt sich wieder gleich hin
sehr lange Stille
in dem weißen, hinter der geöffneten Tür sichtbaren Raum, hinten, unten, in der Tiefe des Raums, taucht der Kopf des Jungen Mannes mit Brille auf, er steigt langsam höher, schon sieht man seine Schultern, und in dem Maße, wie er höher steigt, kommt er näher, schon sieht man seinen Rumpf, er kommt näher, sehr langsam, schließlich kann man seinen ganzen Körper sehen, aber noch immer nähert er sich, nähert er sich; in der Tür bleibt er stehen

MÁRIA
Kommen Sie nur. «c» Obwohl ich gehofft hatte, Sie würden doch nicht kommen.

der Junge Mann rührt sich nicht

MÁRIA
Da habe ich den Kaffee ja rechtzeitig zubereitet. Er ist gerade fertig geworden.

der Junge Mann rührt sich nicht; Mária steht langsam auf, dreht sich um
sehr lange Stille

MÁRIA
Nun ja, jetzt sind Sie da.
Pause
Nun ja. Der Junge ist da.
Pause
«c» Ist angekommen.

Pause
Ich fürchte, Sie werden frieren.

sie rühren sich nicht, schauen sich an
lange Stille

MÁRIA
Ich habe mir das Essen abgewöhnt. Der Kaffee ist mein ein und alles. Ich habe nicht eingeheizt, weil ich wollte, daß Sie mein Zimmer so erleben, wie es ist. Schließen Sie bitte die Tür. Ich habe absichtlich nicht eingeheizt, damit es so kalt ist wie gewöhnlich. Ich schließe sie meist, weil hier alle spähen.

der Junge Mann tritt ins Zimmer, schließt die Tür, schaut um sich
Mária streckt ihm die Hand entgegen, sie reichen sich die Hand, doch Mária läßt seine nicht gleich los, umschließt sie auch mit der anderen Hand
lange Stille

MÁRIA
Wenn Sie wollen, können Sie Ihren Mantel ablegen. Das ist doch bequemer.
Pause
Sicher sind Sie erstaunt, daß ich so ärmlich wohne, aber ich bin vollkommen zufrieden.
Pause
Sie machen mich neugierig, ich möchte wissen, wie Sie auf meine Spur gestoßen sind. Erzählen Sie's mir, ja?

lange Stille
Mária läßt die Hand des Jungen Mannes los

MÁRIA
Auch wenn wir uns auf der Straße begegnet wären, hätte ich Sie erkannt, und dann wäre diese Begegnung noch seltsamer gewesen, denn wenn wir uns auf der Straße begegnet wären, wäre ich Ihnen auf den Fersen gefolgt, und Sie hätten sich nicht von mir befreien können, Sie hätten darüber grübeln können, was diese alte Vettel von Ihnen will, ich aber wäre Ihnen immer weiter gefolgt, in der Erwartung, daß Sie sich umdrehen, daß ich Ihre Augen sehen kann, denn der Anstand interessiert mich nicht im geringsten, und vielleicht hätte ich mich nicht einmal zurückhalten können, Ihnen meine Hand auf die Stirn zu legen. «c»

der Junge Mann zieht rasch seinen Mantel aus, als wollte er mit dieser Geste verhindern, daß Mária seine Stirn wirklich berührt

MÁRIA
Den Kleiderhaken finden Sie an der Tür.

der Junge Mann tritt zur Tür, hängt seinen Mantel an den Haken; bleibt neben der Tür stehen

MÁRIA
Sie können sich von mir nicht befreien. «c» Wenn ich an den Grund Ihres Kommens denke, fällt mir bloß das ein.

lange Stille

MÁRIA
Was wollen Sie?

lange Stille

MÁRIA

Sie sind ja mein Gast. Verfügen Sie über meine Zeit.

lange Stille

MÁRIA

«c» Was wollen Sie von mir?

lange Stille

MÁRIA

Im Grunde müßte ich Sie duzen, aber ich tue es nicht. Wenn Sie ihm nicht so sehr glichen, würde ich Sie duzen. «c Ihre Nase, Ihre Augen, Ihre Stirn und leider auch Ihr Mund. » Seit zwanzig Jahren hat keiner meinen Mund geküßt. Auch nicht meine Schulter. Können Sie sich das vorstellen? Sie gleichen ihm so sehr, daß es besser gewesen wäre, wir wären uns nicht begegnet, glaub ich. Nein, ich fürchte mich überhaupt nicht, weil die Sache auch so ihre Seltsamkeit hat. Ich bin zu allem bereit. Die Tür haben Sie geschlossen, ich hatte Sie darum gebeten, und schon sind wir in jener gemeinsamen Zeit, von der keiner im voraus weiß. Ich fühle mich ausgeliefert, und auch Sie müssen sich ausgeliefert fühlen. Denn mit uns kann nur geschehen, was geschehen kann. «c Nichts weiter. Das ist vielleicht » das Geheimnis verschlossener Türen. Als müßte jetzt etwas geschehen. Solange die Tür offen war, konnten wir hoffen, es würde nichts geschehen. Oder angenommen, wir wären uns zufällig auf der Straße begegnet, so hätte ich mich vielleicht gar nicht an Ihre Fersen geheftet, sondern hätte Sie gehen lassen. Gehen. Wie einen Fremden. «c Als käme mir bei diesem Mund nichts in den Sinn. » Ich hätte es tun können, denn Sie kennen mich nicht, und auch ich kenne Sie nicht, und mag mir Ihr Gesicht auch bekannt vorkommen, ich hätte vergessen können, daß es an ihn erinnert. Man möchte sich vor den eigenen Qualen schützen. Ich wäre imstande, alles zu vergessen. Aber da Sie jetzt trotzdem da sind, da es uns trotzdem nicht gelungen ist, es zu vermeiden, muß ich sagen, daß der Mensch nicht gern in ein Duzverhältnis mit seinen Qualen tritt. Weil es kein Vergessen gibt. Und so möchte er wenigstens ein bißchen Abstand wahren. Was sowieso unmöglich ist. Also darum. Sie sind mir doch nicht böse? Sie hätten wohl lieber gehabt, wenn ich Sie empfangen hätte, als wäre ich ein wenig Ihre Mutter? Haben Sie leicht hergefunden?

JUNGER MANN

Ja. «c»

MÁRIA

So aber könnte es scheinen, als handelte es sich um eine absichtliche Koketterie. Auch Ihren Vater habe ich nicht geduzt. «c Wenn er mich umarmte, habe ich nicht geredet, habe ich nicht geschrien, habe ich ihm keine Zärtlichkeiten geflüstert. Und jetzt wäre es wirklich lächerlich, den Anschein zu erwecken, ich würde Sie mit ihm verwechseln. » Dabei könnte man Sie wirklich verwechseln. Nur darum nicht, trotzdem nicht, weil ich Ihren Vater gar nicht kannte, als er so jung war wie Sie. Darum sind Sie jetzt nur eine seltsame Sinnestäuschung für mich. «c Verstehen Sie? » Als wären in mir ein wenig die Zeiten durcheinandergeraten. Sicher war er in ganz jungen Jahren wie Sie, und wären wir uns damals begegnet, aber damals konnten wir uns nicht begegnen, wäre ich vielleicht die Seine geworden, gewiß, und dann wären Sie wirklich mein Sohn, denn Sie könnten es sein, nur wären Sie dann nicht so, sondern ganz anders, und wir könnten uns niemals wie jetzt begegnen, weil Sie ein wenig mir glichen. Daran aber sollte man besser nicht denken. Der Gedanke allein ist schrecklich. «c Denn was wäre dann die ganze Zeit mit Ihnen gewesen? » Haben Sie schon einmal darüber nachgedacht, und das frage ich nur deshalb, weil ich, da Sie nun hier sind, auch Ihre Gedanken kennenlernen möchte, haben Sie schon einmal darüber nachgedacht, «c was alles uns nicht zustößt? Meines Erachtens stößt uns weit weniger zu, als uns nicht zustößt. » Jetzt zum Beispiel sind Sie hierhergekommen und haben, wie Sie sagen, ganz leicht hergefunden, ich spreche mit Ihnen, weil ich begierig bin, mit jemandem zu sprechen, egal, mit wem, von mir aus auch mit mir selber, Sie aber hören mir geduldig zu, und das macht Sie sehr sympathisch, nur denken Sie nicht daran, was Sie derweil alles tun könnten? Daß Sie etwas tun könnten, statt nichts zu tun? «c»

JUNGER MANN

Nein, daran denke ich überhaupt nicht. «c»

MÁRIA

Und womit habe ich diesen Verzicht verdient? «c» Sind Sie nicht hungrig?

JUNGER MANN

Nein, ich bin überhaupt nicht hungrig. «c»

MÁRIA

Trinken Sie einen Kaffee?

JUNGER MANN

Gerne.

Mária geht zum Nachttisch, nimmt den Löffel, mit dem sie vorhin das weiße Pulver im Rotwein verrührt hatte, und horcht, als hörte sie wieder eine Stimme von draußen, dann leckt sie den Löffel rasch ab und wirft ihn hinter den Nachttisch
sie schauen sich an
Pause
Mária öffnet rasch die Nachttischtür, holt zwei weiße Porzellantassen und eine weiße Prozellanzuckerdose hervor, stellt alles auf den Nachttisch, schließt die Nachttischtür

MÁRIA
Wir «c wissen nicht, wieviel Zeit wir zusammen verbringen müssen, » aber falls Sie doch hungrig werden sollten, brauchen Sie sich nicht zu genieren, ich kann Sie bewirten. Kekse habe ich nämlich immer zu Hause. Den Gast bewirten wir dazu, lehrte mich meine Mutter selig, um ihn für die Zeit, die er uns opfert, zu entschädigen. Haben Sie das auch schon beobachtet? Das ist seit Urzeiten so. Ich habe seit Jahren niemanden mehr bewirtet. Niemand hat mir auch nur eine einzige Minute geschenkt. Ich bin allein, aber das schmerzt mich nicht. Trinken Sie ihn mit Zucker?

Mária geht zum Eisenofen, trägt den Kaffee zum Nachttisch, gießt ihn in die Tassen

JUNGER MANN
Nein danke, ich trinke ihn ohne Zucker.
MÁRIA
Ich trinke ihn mit Zucker. Mit viel Zucker. Nehmen Sie doch endlich Platz. Der Zucker ist mein ein und alles.

Pause
der Junge Mann schaut wieder um sich, fährt mit der Hand sachte über das Bettlaken unter der weißen Decke und tritt dann unsicher zum Stuhl, dreht den Stuhl etwas zur Seite und bleibt stehen
Mária reicht ihm die Tasse, nimmt auch die eigene Tasse, sie stehen einander gegenüber, schauen sich an

MÁRIA
Sie brauchen auch nicht auf die Frage zu antworten, was Sie hergeweht hat. Antworten Sie auf keine meiner Fragen.

Mária rührt leicht zerstreut in ihrem Kaffee, sie schauen sich an

JUNGER MANN
«c» Ich sage nichts.
MÁRIA
Ohnehin wüßten Sie nicht zu unterscheiden, was ich tatsächlich sage und was ich nur zu denken scheine, aber trotzdem ausspreche.

es ist, als wollte der Junge Mann die Tasse auf den Stuhlsitz stellen, seine Hand zittert, er ringt nach Worten

JUNGER MANN
«c Ich kann es nicht sagen. »

Pause; er ringt nach Worten

JUNGER MANN
«c» Ich weiß nicht, was ich denke.

Pause; er ringt nach Worten

JUNGER MANN
«c Auch jetzt wollte ich nicht das sagen. »

er stellt die Tasse auf den Stuhlsitz, der Kaffee schwappt über, er wischt ihn mit der Hand weg, ergreift die Tasse von neuem

JUNGER MANN
Es gelingt nicht.
MÁRIA
Dürfte ich Sie bitten, für einen Augenblick Ihre Brille abzulegen? «c»
JUNGER MANN
Was ich sage, das denke ich nicht. Was ich denke, das kann ich nicht ausdrücken. Jetzt zum Beispiel habe ich das gedacht und es ist mir gelungen, es auszudrücken. Aber das ist Unsinn.

Pause; der Junge Mann ringt nach Worten

MÁRIA
Dürfte ich Sie bitten, mir zu sagen, «c warum Sie hergekommen sind? »
JUNGER MANN
Es ist mir gelungen auszudrücken, daß, was ich sage und denke, Unsinn ist. Darum rede ich nicht.
MÁRIA
«c Dürfte ich Sie bitten? »
JUNGER MANN
Aber auch das konnte ich nicht richtig ausdrücken.

sie schauen sich lange an; der Junge Mann nimmt die Tasse aus der rechten Hand in die linke, legt seine Brille ab

MÁRIA
«c Wenn Sie jemanden küssen, legen Sie sie ab, » nicht wahr?

der Junge Mann setzt seine Brille wieder auf und nimmt die Kaffeetasse in die rechte Hand

MÁRIA
Würden Sie es mir sagen? «c»

lange Stille

MÁRIA
Ohne Brille sind Sie ein ausgesprochen hübscher Junge. «c Wenn ich mich kühner ausdrückte, würde ich Sie schön nennen. » Ich habe an Sie gedacht, sogar oft.

JUNGER MANN
Woher wußten Sie, daß ich kommen würde?

MÁRIA
«c Ich habe an Sie gedacht, sogar oft, » weil ich wußte, daß Sie leben, und weil ich mir Ihr Leben zurechtgelegt habe, obwohl ich wirklich nicht ahnen konnte, daß wir uns begegnen würden. «c Das Muttermal auf Ihrem Hals verführt ausgesprochen zum Küssen. » Mich hat man dazu erzogen, dem Gast eine angemessene Anzahl von Fragen zu stellen, damit er sich wichtig vorkomme, doch Aufdringlichkeit gehört sich nicht. «c Wenn Sie aber ein Muttermal am Hals haben, müssen Sie auch eines auf der Brust und auf dem Bauch haben. Hab ich's erraten? »

der Junge Mann hört aufmerksam zu, nimmt einen Schluck Kaffee

MÁRIA
Die Erziehung, wie auch immer sie sei, und meine war wirklich nicht die schlechteste, vergeht keineswegs spurlos. Sie wird bloß überflüssig, wie so vieles. Sie müssen jetzt fünfundzwanzig sein, «c und Ihr Körper ist sicher wunderbar geformt. » Kümmern Sie sich nicht um mich. Ich sehe Sie nur an, als wäre ich gar nicht da. «c Ihre Schultern sind breit und rund, Ihre Arme stark, Ihre Brustmuskeln fest, Ihre Beine muskulös, Ihre Fußknöchel dennoch zart, ja zerbrechlich, wie Ihr Handgelenk. » Zeigen Sie Ihre Hände.

der Junge Mann trinkt den restlichen Kaffee aus

MÁRIA
Ich ahnte, daß Sie schöne Hände haben, auch Ihr Vater hatte sehr schöne Hände. «c Ihre Schenkel sind geradezu mächtig, und nur Ihr Becken ist zu breit, als daß man es vollkommen proportioniert nennen könnte, wodurch auch Ihr Bauch betonter erscheint und Ihr Geschlecht mit seinem jungenhaften Charme klein wirkt. »

sehr lange Stille

MÁRIA
Soll ich davon erzählen?
Pause
Das gehört schon zur Geschichte.
Pause
Oder wollen Sie nicht, daß ich davon erzähle?

der Junge Mann ringt nach Worten, vermag nicht zu antworten

MÁRIA
«c Wozu sind Sie dann hergekommen? » Wozu?
Pause
Irgendwie muß ich anfangen.

lange Stille
Mária tritt zum Jungen Mann, nimmt die Tasse aus seiner Hand, trägt die Tassen zum Nachttisch

MÁRIA
Sie hoffen auf eine schöne runde Geschichte, ja?
JUNGER MANN
«c Meine Brille lege ich nur ab, wenn ich schlafe. »
MÁRIA
Sie hoffen, daß ich alles schön erzähle, ja?
JUNGER MANN
Ich bin vollkommen allein. «c»
MÁRIA
Ich werde erzählen. «c»
JUNGER MANN
Ich habe niemanden zum Küssen. «c»
MÁRIA
Ich erzähle so lange, bis wir diese Geschichte abgerundet haben.
JUNGER MANN
Sie fragten vorhin. «c» Meine Mutter lebt nicht mehr.
MÁRIA
Und zuletzt werde ich mich umbringen.

JUNGER MANN
Auch ich lebe nicht.

MÁRIA
Wie gut Sie sich jetzt plötzlich ausdrücken.

Pause; sie schauen sich an

MÁRIA
Wo sollen wir anfangen?

Pause; sie schauen sich an

MÁRIA
Helfen Sie.

Pause; sie schauen sich an

MÁRIA
So helfen Sie doch!

sehr lange Stille

MÁRIA
«c Helfen. Wissen Sie, was das bedeutet? Helfen, Hilfe. Einer hilft. Soll helfen. Wissen Sie, was das bedeutet? Natürlich weiß ich, daß ich vergeblich darauf warte. Aber ich fühle mich so seltsam, ich bin verlegen, und verzeihen Sie, ich weiß nicht, was ich tun soll. Ich muß helfen, das weiß ich. Schon wieder ich. Das ist meine einzige Genugtuung. Sonst nichts. » Aber ich spüre keinerlei Regung in meiner Hand. Und ich weiß nicht, wohin ich mich wenden soll. Irgendwo müßte ich anfangen, doch ich weiß nicht, wo und

warum ich bin und wie Sie hergekommen sind und warum Sie fragen. Entschuldigen Sie, aber mit welchem Recht fragen Sie? «c» Es handelt sich um mein Leben.

JUNGER MANN

Vielleicht könnten Sie die Tassen abstellen.

lange Stille
Mária stellt die Tassen zögernd auf den Nachttisch
der Junge Mann ringt nach Worten

JUNGER MANN

Vielleicht gehen Sie zum Stuhl zurück.

Mária geht sehr langsam zum Stuhl zurück, der Junge Mann überläßt ihr behutsam seinen Platz hinter der Stuhllehne: beide bewegen sich wie auf einer Rasierklinge

JUNGER MANN

Und jetzt könnten Sie vielleicht den Stuhl zurechtrücken. Ich habe ihn vorhin verschoben.

lange Stille

MÁRIA

Jetzt könnte ich vielleicht die Augen schließen.

JUNGER MANN

Nein!

Pause

Zuerst sollten Sie sich vielleicht setzen.

Mária rückt den Stuhl zurecht, ihre Hände ruhen auf der Lehne reglos stehen sie nebeneinander

JUNGER MANN
Zuerst müssen Sie sich setzen. Erst dann können Sie die Augen schließen.

Mária setzt sich

MÁRIA
Ja, so tut man. «c Wenn man sich erinnert. »
JUNGER MANN
Ich habe Ihnen geholfen.

Mária schließt die Augen
sehr lange Stille

MÁRIA
«c Helfen Sie mir weiter. »
JUNGER MANN
Ich helfe.
MÁRIA
Fassen Sie doch die Stuhllehne an. «c Ich erinnere mich nämlich für Sie. »

der Junge Mann faßt die Stuhllehne an
sehr lange Stille

JUNGER MANN
Sehen Sie etwas?
MÁRIA
Nichts.

JUNGER MANN
Sie müssen Dunkel sehen.
MÁRIA
Aber im Dunkeln gibt es nichts anderes. Nur Dunkelheit.
JUNGER MANN
Dann tauschen wir vielleicht unsere Plätze. «c Ich setze mich, » Sie stellen sich hinter mich.
MÁRIA
So ist es besser.
JUNGER MANN
Spüren Sie etwas?
MÁRIA
Natürlich! Schon seit zwei Tagen habe ich ein wenig Zahnweh.

beide lachen auf
Mária öffnet die Augen

MÁRIA
Und der Stuhl drückt meinen Hintern.
Pause
Auch das spüre ich.
sie lachen noch lauter
Sonst nichts.

lange Stille

MÁRIA
Seinen Körper spürt man ständig.
JUNGER MANN
Dann beginnen wir lieber von vorn.

MÁRIA
«c Legen Sie lieber Ihre Hand auf meine Stirn. »

der Junge Mann umfaßt den Kopf der Frau, indem er mit seinen Händen ihre Stirn und ihre Augen bedeckt
sehr lange Stille

MÁRIA
Gut. «c» Jetzt ist es sehr gut.

sehr lange Stille

MÁRIA
«c So ist es auch nicht gut. »

der Junge Mann entfernt seine Hände, verunsichert steht er hinter dem Stuhl, dann beginnt er ein wenig nach links zurückzuweichen, bis er ans Eisenbett stößt

MÁRIA
Nein, «c ich erinnere mich an nichts. »
JUNGER MANN
Denken Sie nicht, ich wolle über irgendwas Rechenschaft verlangen.
MÁRIA
Nur Ihre Hand war angenehm. «c»
JUNGER MANN
Es wäre lächerlich, über irgend etwas Rechenschaft zu verlangen.
MÁRIA
«c Ich könnte Ihnen von meiner Mädchenzeit erzählen. »

JUNGER MANN

Ich könnte Ihnen nur so viele Vorwürfe machen wie mir selbst.

MÁRIA

Wußten Sie, daß ich verheiratet war und daß mein Mann sich einfach aus dem Staub gemacht hat?

JUNGER MANN

Ich möchte nur wissen. «c»

MÁRIA

Oder ich könnte Ihnen von meiner ersten Verhaftung erzählen. Das ist sehr interessant.

JUNGER MANN

Ich möchte nur wissen, «c was war. » Wissen.

MÁRIA

Das hätte keinen Sinn.

JUNGER MANN

«c» Sie weichen aus.

MÁRIA

Wie?

JUNGER MANN

«c Ich möchte von meinem Vater hören. »

lange Stille

MÁRIA

Oh, Ihr lieber Vater, natürlich. Ihren lieben Vater habe ich ganz vergessen.

lange Stille

MÁRIA

Aber entschuldigen Sie, wer eigentlich ist Ihr lieber Vater?

Wer hat Sie hergeschickt? Denn hätte ich ihn gekannt, würde ich selbstverständlich bereitwillig jedwede Auskunft über ihn geben. Doch haben Sie vergessen, sich vorzustellen, mein Lieber. Das gehört sich nicht. «c» Dürfte ich vielleicht Ihren Namen wissen?

JUNGER MANN

Es reicht!

MÁRIA

«c Oder wollen Sie mich ausrauben? » Bitte. Nehmen Sie mit, was Sie finden.

JUNGER MANN

Falsch.

MÁRIA

Möchten Sie mich umbringen? «c» Bitte. Dann muß ich es wenigstens nicht selber tun.

JUNGER MANN

Machen Sie sich nicht lächerlich.

MÁRIA

Ihr lieber Vater, mein Lieber, «c war ein Betrüger, ein Schuft, ein gewöhnlicher Henkersknecht. » Und ungebildet. Ein gewöhnlicher kleiner Henkersknecht. Und ist jetzt tot. Ein Lümmel. Wenn ich nicht irre, ist er schon ordentlich verfault an seinem Platz. «c Ein großärschiger Engel war Ihr lieber Vater. »

lange Stille

MÁRIA

Ich habe mich fortreißen lassen, wie es so heißt.

lange Stille

MÁRIA
Dabei dachte ich, ich hätte ihm verziehen.

lange Stille

MÁRIA
Sie sind ein geschickter Junge, das gebe ich zu. «c» Wie Sie mich da hineingezogen haben! Dabei wollte ich es gar nicht.

lange Stille

MÁRIA
Ich wollte es.

lange Stille

MÁRIA
Schauen Sie um sich. «c» So steht es mit mir.

lange Stille

MÁRIA
«c So steht es um mich. » Sehen Sie nur.

lange Stille

MÁRIA
Also passen Sie auf. Ich will überhaupt nicht, daß mich jemand bemitleidet. Ich bin alt, arm, basta. Und von Ihnen will ich mich erst recht nicht bemitleiden lassen. Passen Sie auf, ich werde jetzt erzählen.

lange Stille

MÁRIA

Ich bin ein wenig aufgeregt. Entschuldigen Sie. Weil ein Bild aufgetaucht ist, es heißt doch aufgetaucht. Aber das ist Unsinn, denn das Bild ist kein Bild, und es taucht weder auf noch unter. Ich werde durcheinanderreden. Plötzlich, dieses Bild stellt sich immer plötzlich ein. Auf einmal ist dieser Platz in mir, nicht nur der Platz, ich spüre, wie ich den Platz überquere. Ich überquere den Platz. Das ist das Bild. Ich spüre, wie ich den Platz damals überquere. Es ist Spätherbst, ich weiß genau den Tag und die Stunde, aber das ist jetzt belanglos, der zwanzigste November also, alles grau und naß, und dieser Platz überkommt mich immer so heftig, dieses Gefühl, wie ich ihn überquere, daß mir ganz übel wird. Es war Morgen, der Platz war leer. Ich werde ihn nicht los. Kennen Sie diese Art von Übelkeit? Mir ist schwindlig. Wollte ich Ihnen das klarmachen, müßte ich nicht nur dieses Licht, ja, dieses Licht genau schildern, aber wie sollte ich Ihnen das Licht schildern? Nicht nur die Häuser, die Statue auf dem Platz, die Kirche gegenüber, sondern alles, «c alles! » Ich kann es nicht schildern. Ich weiß gar nicht mehr, warum ich es Ihnen schildern wollte. Wie kann man etwas schildern? Nichts kann man schildern.

Pause

Und die Bäume. Die Bäume habe ich ganz vergessen. Der Platz ist darum wichtig, ich will ihn darum schildern, weil ich hier zum ersten Mal Ihrem Vater begegnen werde. Verstehen Sie? «c Sie müssen diesen Platz kennen, Sie haben ja Ihre Kindheit dort verbracht. » Und diesen Platz, stellen Sie sich das jetzt so vor, wie ich es erzähle, überquerte jeden Morgen ein Mann, den Sie Ihren Vater nennen. Und wichtig ist auch, darum habe ich die Bäume erwähnt, daß ich den Platz immer schräg überqueren mußte. Ich weiß nicht, warum. Noch jetzt habe ich das Gefühl, es geht nur so, schräg. Nicht anders. Vielleicht weil man so rascher zwischen den Bäumen verschwindet. Ich weiß nicht. Es ist auch belanglos. Platanen, «c falls Sie sich erinnern. Furchtbar große Platanen, » und unter dem Platanenlaub ist die Luft so stickig. Oder der Geruch. Das Laub hat einen stickigen Geruch, obwohl das Platanenblatt an sich leicht und beweglich ist. Auf einem langen Stiel ein breiter Fächer und kein dichtes Laub. Auch das will geschildert sein. Und das Morgenlicht, wie es zwischen diesen leichten, beweglichen Blättern hindurchscheint. «c» Wenn man es denn schildern könnte.

Pause

Und nach einer Weile bemerkte ich, daß auch dieser Mann ihn immer so überquerte. Er kommt von dort, ich von hier. Auch er mußte ihn so überqueren. Aber das war viel später. Alles verwirrt sich.

Pause

«c Jetzt überquere ich ihn nicht mehr. »

Pause

Ich trug ein apfelgrünes Seidenkleid, Sandalen aus Eidechsenleder, hochhackige, die nur aus ein paar Riemen bestanden, meine Strümpfe waren inzwischen abhanden gekommen, ich weiß nicht, jedenfalls war ich barfuß, und man gab mir dort eine Männerwindjacke mit Kapuze, sie hatte hinten einen großen roten Stempel, ja, und meine Handtasche aus Eidechsenleder, die war noch da. So überquerte ich den Platz. Als man mir sagte, ich würde freigelassen, kam mir dieses Apfelgrüne bekannt vor, das Apfelgrüne hatte ich immer gemocht, aber meine Sandalen erkannte ich nicht. Ich

konnte keine Strümpfe kaufen, weil mir im ganzen nur zwanzig Forint übriggeblieben waren. Der Zug kostete siebenundvierzig Forint und ich kaufte auch Milch. Aber irgendwie fror ich nicht an den Füßen. Ich kam hierher, weil damals noch mein Neffe hier wohnte, aber die Tür wurde mir von einem Mitmieter geöffnet, denn in der Zwischenzeit war die Wohnung aufgeteilt worden.
Pause
«c Aber das sind nur Worte. »
Pause
Sagen Sie doch etwas. «c»
Pause
Worte, Worte, Worte. «c»
Pause
Es ist so furchtbar still geworden.

der Junge Mann kommt ein wenig näher, fast mit einem Satz, und darin liegt etwas Tierisches; er will etwas sagen, ringt nach Worten

MÁRIA
Gar nichts können Sie sagen.

der Junge Mann ringt nach Worten, dann gibt er es zornig auf, weicht zum Bett zurück, klammert sich an den Fußteil

MÁRIA
Hören wir lieber auf. «c» Gehen Sie.

sehr lange Stille

Ich wußte auch, «c wußte im voraus, » daß ich das nicht ewig für mich behalten kann. Daß einmal einer kommt und ich es ihm erzählen muß und daß ich dann sterben kann. Aber ehrlich gesagt habe ich nicht geahnt, daß gerade Sie es sein würden. Mit jeder Bewegung nähere ich mich dem Ende. Trotzdem habe ich gewartet. «c Habe mir Ihr Leben vorgestellt. » Doch sterben möchte ich noch nicht. Während ich erzählte, habe ich das gespürt und habe es mir anders überlegt.

sehr lange Stille

MÁRIA
«c Bemitleiden Sie mich? »

sehr lange Stille
Mária schließt die Augen

MÁRIA
Das Bild ist verschwunden.

lange Stille

MÁRIA
Ist dunkel geworden.

sehr lange Stille, beide sind vollkommen reglos
Mária öffnet plötzlich die Augen

MÁRIA
Hören Sie dieses Geräusch?

JUNGER MANN

Was für ein Geräusch?

MÁRIA

Als ob jemand an der Tür hantierte.

JUNGER MANN

Wind geht keiner.

MÁRIA

Immer lungert jemand um die Tür herum. Schaut zum Fenster herein. Ich kann mich keine Minute allein fühlen. Ich habe keinen Augenblick Ruhe. Würden Sie nicht nachsehen, ob jemand vor der Tür steht? «c» Man belauscht uns.

JUNGER MANN

Nein.

Mária lacht auf

MÁRIA

Ich wollte nur Ihre Stimme hören.

JUNGER MANN

Sie haben Angst. «c»

MÁRIA

Ein wirklich uralter Trick, aber er hat funktioniert.

JUNGER MANN

Sie haben Angst. «c»

lange Stille

JUNGER MANN

«c Sie brauchen sich nicht zu schämen. »

lange Stille

JUNGER MANN
Ich glaube nicht, daß jemand hinter der Tür steht. «c Ich bin da. » Auf wen sollten Sie noch warten.

sehr lange Stille

JUNGER MANN
Weiteres kann nicht geschehen.

lange Stille

JUNGER MANN
Schauen Sie ruhig zurück, Sie werden mich sehen.

lange Stille, Mária ist reglos

JUNGER MANN
Oder schließen Sie die Augen.

sehr lange Stille, Mária schließt die Augen nicht

JUNGER MANN
Ich möchte es Ihnen erzählen, es war einmal ein Mädchen, das ich liebte.
Pause
Warum sollte ich es erzählen?
Pause
Sie sagten doch vorhin, ich solle gehen. «c Ich kann es wieder nicht ausdrücken. Was ich denke, will mir nicht über die Lippen. »
Pause, er ringt nach Worten
«c Ich habe gefühlt, daß ich es nicht könnte. »

Pause, er ringt nach Worten
Ich habe es mir vorgestellt. «c Eher vorgestellt. » So heißt es doch, vorgestellt. Daß man sich etwas vorstellt, was sein könnte. Man sieht es, doch der andere kann es nicht sehen. Man fühlt es auch, aber es geschieht nichts, so daß der andere nichts sehen kann.
Pause, er ringt nach Worten
Vorstellung, «c oder wie soll ich sagen. » Oder Gefühl.
Pause, er ringt nach Worten
Ich könnte nicht weggehen.
Pause, er ringt nach Worten
«c Das Gefühl, sich etwas vorzustellen, » oder wie soll ich sagen.

lange Stille

JUNGER MANN
Ich freue mich, daß ich da bin. «c» Nein, auch das ist es nicht. Ich bin glücklich. Stimmt noch immer nicht. Nur, ich bin da. Ich kann nichts anderes sagen, als daß ich da bin. So aber ist es nicht genau genug. Ich könnte, sagen wir, sagen, ich sei sehr da. Ich bin da. Vielleicht ist es doch besser so. Ich bin da.
Pause
Ich wollte von diesem Mädchen erzählen, «c das ich liebte. »
Pause
Ich habe mir vorgestellt oder habe gefühlt, daß ich, würde ich zur Tür gehen und meinen Mantel anziehen und die Tür öffnen, nicht weggehen könnte. Ich wüßte nicht, was sagen. Es täte weh. «c» Was sollte ich sagen? Küß die

Hand, ich komme wieder? Es täte so weh, doch wie sehr, das habe ich mir nicht vorstellen, habe ich nicht fühlen können. Darum sage ich, daß ich da bin. Letzten Endes würde ich nicht sagen, daß ich sehr da bin, nur, daß ich da bin. «c Ich bin da. »

Pause

Und ich kann auch gestehen, daß ich Sie mir nicht so vorgestellt habe. Ich habe Sie mir irgendwie blond, sehr groß vorgestellt, das ist so kindisch, mit windzerzaustem Haar. Jung. Dabei weiß ich, daß seither sehr viel Zeit vergangen ist. Nicht sehr viel, aber viel. Es scheint sehr viel zu sein, weil wir geschwiegen, nicht geredet haben. «c Als wäre nichts gewesen. » Trotzdem habe ich mir vorgestellt, daß Ihr Haar windzerzaust ist, Ihr langes, blondes Haar, obwohl das eine sehr kindische Vorstellung ist, und daß Sie sehr jung sind. Nicht sehr jung, aber noch jung.

Pause

Sie bereiten sich zum Sterben vor. «c»

Pause

Das ist die letzte Minute. «c»

Pause

Alle sind gestorben.

Pause

Darum diese Stille. «c»

Pause

Dieses Mädchen sieht so unscheinbar aus.

sehr lange Stille

JUNGER MANN

«c Wenn ich dachte, daß sie häßlich sei, und sie ansah, war sie plötzlich schön. Und manchmal empfand ich sie vergeblich als schön, denn sah ich sie an, war sie häßlich. » Immer wollte ich sie so sehen, als sähe nicht ich sie an, sondern jemand anders. Ich wollte das alles nicht. Ich wollte nie etwas. «c Ich glaube, sie hat krumme Beine, geht irgendwie einwärts. Und auch ihre Hüften sind zu breit. » Ich wollte sie so sehen, als sähe ein Fremder sie an, als stellte dieser die Mängel fest. Wie unscheinbar die Frau ist.

Pause

Es passiert nichts.

Pause

Spüren Sie es?

Pause

Sie sitzen dort.

Pause

Ich stehe hier.

Pause

Es passiert nichts.

Pause

Ich rede. «c»

Pause

Dennoch ist es nicht mehr so, wie als ich hereinkam. «c Spüren Sie es? »

Pause

Jetzt habe ich ein wenig geschwiegen.

Pause

Und wenn ich sie anschaute, sah ich, «c daß sie einen großen Busen hatte, » einen großen. «c Und das freut einen, denn ich wünschte mir ja, daß sie mir gefiele, und das gefiel mir. Und wenn ich sie später ansah, hatte sie plötzlich einen kleinen Busen, und das gefiel mir, doch später sah ich sie wieder an und hatte erneut den Eindruck, daß sie einen großen Busen habe, » und deshalb war mir, als haßte ich nicht sie, sondern mich selbst. Um mir über etwas, dieses Etwas, über das ich mir nicht klarwerden konnte, klarwerden zu können, sah ich sie ständig an. Und es war überflüssig, eine solche Affäre daraus zu machen, «c ich wußte, es war überflüssig, » sowieso schläft sie mit jedem. Ich dachte auch, sie sei dumm. Sie war nicht wirklich klug, aber sie wußte zum Beispiel, daß sie mit jedem schlafen wollte, ständig, das verheimlichte sie nicht. Warum sie es wollte, hätte sie nicht sagen können, «c aber sie wußte es. »

Pause

Das war ihre Art von Klugheit. «c» Doch wenn ich allein war, dachte ich dennoch, daß sie dumm sei. Ständig dachte ich über sie nach. Und gelang es mir schließlich, nicht an sie zu denken, so erschrak ich, daß sie mir doch nicht wichtig sei. Als hätte jemand, der nicht ich war, gewollt, daß sie mir wichtig sei. Zum Beispiel wurde ihr Haar schnell fettig, aber keiner kann etwas dafür, wenn sein Haar schnell fettig wird. Wäscht man das Haar oft, «c so wird es noch schneller fettig. »

Pause

Sicher ist nicht wichtig, was ich erzähle.

Pause

Nur, daß ich rede.

Pause

Dabei habe ich gedacht, ich könne nicht.

Pause

Ich könne mich nicht ausdrücken.

Pause

Dies konnte ich ausdrücken, aber ich weiß nicht, wozu.

Pause

Sie wollen nur meine Stimme hören.

Pause
Sie wollen nur meine Stimme hören, nicht wahr?
sehr lange Stille
Antworten Sie!
Pause
Sie wollen nur meine Stimme hören, nicht wahr?

sehr lange Stille

JUNGER MANN
«c Völlig überflüssig, daß Sie sie aus mir herauspressen. »
Pause
Wollen Sie sie noch weiter hören?
Pause
Soll ich aufhören?
Pause
Warum können Sie nicht antworten?

sehr lange Stille
dann reißt sich der Junge Mann plötzlich vom Bett los, macht einen Satz zur Frau, beugt sich ganz nahe zu ihr hin und schreit ihr mit unartikulierter Stimme ins Gesicht
Mária bleibt reglos, zuckt nicht einmal mit der Wimper
der Junge Mann jagt auf der Bühne herum, trällert, klatscht, schreit, redet in einem melodischen Kauderwelsch, trommelt, bellt, pfeift, heult, singt, immer wilder und wilder, im Kreis, im Zickzack, und bleibt schließlich brüllend beim Nachttisch stehen, keucht
Mária ist vollkommen reglos
sehr lange Stille

JUNGER MANN

Da, bitte. «c Das war alles für Sie. »

Pause, er keucht

Ihnen ist es vollkommen gleichgültig.

Pause, er keucht

Das alles soll Ihnen gehören.

Pause, er keucht

«c Für Sie bin ich nur ein Trottel. »

lange Stille

MÁRIA

Es wäre sehr lieb von Ihnen, wenn Sie es erzählen würden, aber mir ist so leicht nicht mehr zu helfen.

JUNGER MANN

Ja verstehen Sie denn nicht? «c Jetzt erzähle ich. » Sie brauchen keine Angst zu haben. «c Ich erzähle meine Geschichte. » Sie brauchen keine Angst zu haben.

MÁRIA

Was nützt es, wenn einmal ich an der Reihe bin.

JUNGER MANN

«c Und ich hatte den Eindruck, stellen Sie sich vor, hatte den Eindruck, daß sie sich geschmacklos kleidet. Geschmacklos. Daß sie zu laut spricht. Doch dann zog sie etwas Schönes an, und sie wußte auch sehr taktvoll zu schweigen. »

Pause

Zuzuhören.

Pause

«c Zuerst schmeckte mir ihr Mund nicht. Ich hatte den Eindruck, ihr Mund sei zu schmal. Ich hatte den Eindruck, ihr Mund gefiele mir nicht. »

Pause

Mit diesem schmalen Mund aber küßte sie so schamlos, als wollte sie sich sehr, als wollte sie sich ganz hingeben, so sehr, daß sie keine Reaktion zeigte. Und ich gewann den Eindruck, daß sie gar nicht neugierig auf mich sei, so gespannt, so steif war sie. «c Das duldete ich nicht. » Als brauchte sie mich nur dazu, «c daß ich sie durchfickte. » Als Fikker. Und als wäre diese ganze Mundgeschichte nur eine sinnlose Gewohnheit oder dergleichen. Ich haßte sie. Ich verabscheute sie. Sie bekam zwei tüchtige Ohrfeigen. «c Statt des Fickens. » Die Hure. «c Wirst dich mit deiner Hurenmutter vergnügen. Die soll dich durchfikken. » Da veränderte sich ihr Mund, wurde dick. Er war nicht mehr so schmal, so unscheinbar. Verstehen Sie? Nicht im geringsten, sondern ausgesprochen dick. Und auch das war ihr Mund. Schön. «c Das erzähle ich Ihnen nun. » Etwas, was vielleicht gar nicht zu ihr gehörte, hatte ich beseitigt. Und schon spürte mein Mund, daß ihr Mund meinen Mund spürte.

sehr lange Stille
dann nimmt der Junge Mann zerstreut das Weinglas in die Hand, hebt es hoch, hält es gegen das Licht, schaut hindurch
Mária ist reglos

JUNGER MANN
Schön.

sehr lange Stille
während des nachfolgenden Dialogs kauert sich der Junge Mann sehr langsam, fast unmerklich, mit dem Weinglas in der Hand neben der Wand nieder

JUNGER MANN
Ich bin müde.

MÁRIA
«c Ich war blond. »

JUNGER MANN
Nicht einmal darüber konnte ich mir klarwerden, ob sie blond war oder rothaarig.

MÁRIA
«c Sie haben sich nicht geirrt. »

JUNGER MANN
Als wir keine Kleider mehr anhatten, spürte ich, daß alles gut war. Spürte ich, daß ich mir über nichts mehr klarwerden mußte.

MÁRIA
«c Sind Sie noch immer nicht hungrig? »

JUNGER MANN
Nur manchmal kam mir ihr Haar blond vor, sonst rot.

MÁRIA
Sollten Sie durstig sein, trinken Sie nicht vom Wein, ich habe ihn vergiftet.

JUNGER MANN
Jedes Teilchen ihres Körpers war gut.

MÁRIA
Ich sollte aufstehen. «c»

JUNGER MANN
Trotzdem war etwas Unberührbares an ihr, aber das war gut so, denn ich suchte es.

MÁRIA
Erzählen Sie von etwas anderem. «c»

JUNGER MANN
Dennoch bin ich gegangen.

MÁRIA

«c Sicher wissen Sie, daß ich es war, die Ihren Vater verlassen hat. »

JUNGER MANN

Ich weiß nicht warum, aber auch Sie habe ich mir so vorgestellt.

MÁRIA

Als ich das zweite Mal freigelassen wurde und wieder unter den Platanen den Platz überquerte, kam er nicht. «c Diesen elenden Platz werde ich zeit meines Lebens nicht los. »

JUNGER MANN

Wenn ihr Kopf unter mir im weichen Kissen versinkt, zur Seite geneigt und blond im Dämmer, dann ist sie nicht rot. Rot ist sie nur, wenn Sonnenlicht auf ihr Haar fällt.

MÁRIA

Sicher wissen Sie auch, daß ich einen der großen adeligen Namen tragen würde, wäre mein Mann selig nicht zufällig Jude gewesen. «c Unsere Ehe war ein Jahrhundertskandal. »

JUNGER MANN

Mein Körper auf ihrem Körper, meine Brust auf ihrer Brust, so eng, daß ich ihre Brust leider nicht spüren kann, trotzdem spüre ich sie. Mein Atem erstickt an ihrem Hals, seine Hitze schlägt mir ins Gesicht zurück, aber auf ihrem Gesicht ist keine Regung unseres Schoßes zu sehen. Dabei möchte ich etwas sehen, beobachten. Etwas hören. Mit ihren Knien preßt sie gerne gegen meine Hüften.

MÁRIA

Später las ich, daß die geborene Aristokratie sich in uns mit dem Kapital oder dergleichen verbündet habe, und das ist amüsant, denn er hat mich einfach erobert.

JUNGER MANN

Ich möchte ihre Stimme hören, möchte, daß sie kreischt, schreit, keucht, doch kann ich nur das leise Pfeifen ihrer Atemzüge hören, pfeifend dringt die Luft zwischen ihren Zähnen hindurch, ihre Augen öffnet sie nicht, und auch ihr Mund ist fast vollständig geschlossen.

MÁRIA

Sie können nicht mehr wissen, was eine Eroberung im klassischen, altmodischen Sinne war.

JUNGER MANN

Warum nimmt sie sich so in acht?

MÁRIA

Ach, ich muß schon sagen, das war sehr angenehm.

JUNGER MANN

Nur am Zittern ihrer Augenlider, am Zucken ihrer Wimpern kann man sehen, daß es für sie und für mich gut ist. Langsamer, seien wir langsam. Langsamer.

MÁRIA

Vielleicht habe ich auch später, in bezug auf Ihren lieben Vater, den Kopf nur verloren, weil mein Liebster mich schon gründlich verjiddet hatte.

JUNGER MANN

Es gibt keine Tiefe, die tief genug wäre. Ach, tiefer. Es gibt keine Langsamkeit, die langsam genug wäre. Langsamer, bat sie.

MÁRIA

Schonen Sie mich, bitte.

JUNGER MANN

Als wollten wir für immer verhindern, was sich um jeden Preis zu erfüllen sucht. Sie sagte es nicht, aber sie bat darum.

MÁRIA

Verstehen Sie nicht, daß Sie aufhören sollen?!

JUNGER MANN

Sie wollte es so. Auch die Verzögerung ist Lust.

MÁRIA

Ich sollte aufstehen.

JUNGER MANN

Auch die Qual ist Lust.

MÁRIA

Helfen Sie.

JUNGER MANN

Die Lust kennt keine Grenzen.

MÁRIA

Ich kann nicht mehr so sitzen bleiben.

JUNGER MANN

Sie kreischte nicht, sie schrie nicht, und darin war mehr Weisheit, als ich mir je vorstellen konnte, denn die Qual verursachte ihr noch mehr Lust.

MÁRIA

Ich kann nicht.

JUNGER MANN

Und so tagelang, wochenlang. Sie erhoben sich gar nicht vom Bett. Erinnern Sie sich? Das ist das einzige, woran zu erinnern sich lohnt.

MÁRIA

So war es nicht.

JUNGER MANN

Ich erinnere mich nur daran.

MÁRIA

Nein, so war es nicht.

JUNGER MANN

Ich wollte nicht, daß eintreten sollte, was eintrat.

MÁRIA

Es war ganz anders.

JUNGER MANN
Ihre Lust war so groß, daß sie das Gute nicht mehr wollten.

MÁRIA
Nein. So war es nicht.

JUNGER MANN
Und dann ein einziges Zucken.

Mária brüllt tierisch auf

MÁRIA
Nein, nein!

lange Stille
beide sitzen reglos, in sich gekrümmt auf ihren Plätzen, dann stehen sie langsam auf: Mária erhebt sich vom Stuhl, der Junge Mann richtet sich auf, indem er mit dem Rücken die Wand hochgleitet
kurze Pause
dann schüttet der Junge Mann mit einer einzigen raschen Geste den Wein auf den Boden und schleudert das Glas an die Wand zu seiner Rechten
Mária geht auf den Jungen Mann zu, der Junge Mann auf das Bett zu, in der Mitte der Bühne treffen sie sich, bleiben beide stehen
behutsam, schön, ein wenig ungeschickt berühren sie das Gesicht des andern und verharren so einen Moment lang
sich kreuzend gehen sie gleichzeitig weiter, Mária zur rechten Bühnenwand, der Junge Mann zum Bett
der Junge Mann streift die Schuhe ab und wirft sich aufs Bett; er liegt auf dem Bauch
Mária kauert sich nieder und beginnt, die Glasscherben aufzulesen; dabei stöhnt sie leise, als würde sie weinen oder singen

MÁRIA
Nein, so war es nicht.

kurze Pause

JUNGER MANN
So war es.

kurze Pause

MÁRIA
Nein, so war es nicht.

kurze Pause

JUNGER MANN
So war es, ich erinnere mich.

kurze Pause

MÁRIA
Nein, nein, nein. So war es nicht.

kurze Pause

MÁRIA
So war es ganz und gar nicht. Nein, nein.

kurze Pause

MÁRIA
Nein, nein.

Mária richtet sich mit den Glasscherben in der Hand auf und verharrt, zum Jungen Mann gewandt, an der rechten Wand
sehr lange Stille

MÁRIA
Die Adern könnte ich mir trotzdem aufschneiden. «c»

der Junge Mann dreht sich blitzschnell auf dem Bett um

JUNGER MANN
Ich würde Sie retten.

jetzt liegt er auf dem Rücken, legt die gespreizten Beine bequem und behaglich auf den Fußteil des Betts

MÁRIA
«c Wissen Sie, wie man sich die Adern mit Glas aufschneidet? »

sehr lange Stille

MÁRIA
Oder ich könnte einfach die Hand zur Faust ballen, so, zusammenpressen, «c und schon spritzt das Blut. »
JUNGER MANN
Ich würde Ihre Hand schön verbinden.

sehr lange Stille
Mária steht reglos, die Glasscherben in der Hand

MÁRIA
Nichts ist mir geblieben.

sehr lange Stille

MÁRIA
«c Eine dumme Geschichte. »
Pause
Was letzten Endes nicht so schlimm ist. «c»
Pause
Sie wären damit nicht glücklicher. «c»
Pause
Es begann damit, daß ich weggehen wollte.
Pause
Mein Mann lebte damals schon nicht mehr, «c der Arme. »
Pause
Doch zuvor hatte er mich verlassen.
Pause
Er hatte sich «c in einen jungen Tänzer verliebt. »
Pause
Er wog sechsundneunzig Kilo.
Pause
Tatsächlich mangelte es uns an nichts.
Pause
Er liebte es, sich vollzuessen. Das mußte man ihm lassen. Sein Großvater war noch ein jüdischer Federhändler gewesen. Zog über Land. «c Ich kaufe Federn! »
Pause
Ich besorgte ihm falsche Papiere. «c»
Pause
Aber das hat mit der Geschichte nichts zu tun.
Pause
Er ging mit einer Mine in die Luft. Sein Körper zerbarst in winzige Stücke. Nichts, was man in den Sarg hätte legen können.

Pause
«c Er lebte also nicht mehr. »
Pause
«c Hier möchte ich beginnen. »

sehr lange Stille
jetzt rührt sich auch der Junge Mann nicht mehr

MÁRIA
Nach einer Weile fand auch ich Gefallen am Fressen. Ich war nicht so erzogen worden. Wir aßen uns so voll, daß wir nicht mehr vom Tisch aufstehen konnten.

sehr lange Stille

MÁRIA
Nach dem Dessert bat er noch um ein Stück Wurst. Oder um Fleischsülze mit Paprika. Um den süßen Geschmack loszuwerden.

sehr lange Stille

MÁRIA
Es fallen mir lauter Dinge ein, die nicht zur Geschichte gehören. Obwohl natürlich alles zur Geschichte gehört. «c Ich bin die Geschichte. »
Pause
Mir ist, als wären wir hier eingesperrt. «c»
Pause
Jetzt aber geht mir ständig die Fleischsülze durch den Kopf. Es stört mich, daß wir eingesperrt sind. «c» Wie dumm man sich ausdrückt. «c Stellen Sie sich ein Stück Fleisch-

sülze vor, das durch meinen Kopf geht. » Es geht und geht, auf und ab.
Pause
«c» Hinter der Tür lauscht jemand.
Pause
Ich kann nicht richtig erzählen, weil mir ist, als wären wir beide hier eingesperrt. Als hätte uns jemand zusammengesperrt. Als lebte niemand mehr außer uns. Und was nützt es zu wissen, daß wir es soweit gebracht haben.
Pause
Noch haben wir Zeit. «c» Wieviel Zeit haben wir wohl noch?
Pause
Ich langweile mich. Eigentlich könnte ich auch sagen, daß ich mich langweile.
Pause
Bitte öffnen Sie die Tür.
Pause
Ich könnte sie selbst öffnen, aber ich wage es nicht. Ich weiß, daß jemand hinter der Tür steht. Ich wage es nicht. «c Vorhin tat ich so, als würde ich mit dieser Sache nur spaßen, aber mir ist es ernst. Mag sein, daß niemand dort steht, aber mir kommt es so vor, und ich wage es nicht. Als würde mich ständig jemand beobachten. » Als wäre ich hier eingesperrt.
Pause
Öffnen Sie die Tür! Ich bitte Sie sehr darum, öffnen Sie die Tür!

der Junge Mann rührt sich nicht
sehr lange Stille

MÁRIA
«c Nur für einen Augenblick. » Damit wir sehen, wer hinter ihr steht!
Pause
Oder wer nicht.
Pause
Auch so ist es gut.
Pause
Ich habe schon daran gedacht, das könnte ebenfalls ich sein.
Pause
Aber ich halte es nicht mehr aus.
Pause
«c Dann werde ich sehr schnell erzählen. »
Pause
Sie haben sehr geschickt alles auf mich abgewälzt. Damit nun doch ich rede. Aber das wußte ich im voraus. Ich dachte bloß, ich wäre geschickter. Wissen Sie, wie furchtbar grausam es ist, daß Sie hiergeblieben sind?
Pause
«c Aber dann möchte ich wenigstens, daß es endlich zu Ende sei. »
Pause
Sie haben mein Bett in Beschlag genommen.

sehr lange Stille

MÁRIA
Eigenartig, die Fleischsülze ist mir inzwischen aus dem Kopf entschwunden. Ich habe an der Stelle aufgehört, als ich weggehen wollte. Trotzdem kommt sie mir immer wieder in den Sinn, als fiele sie mir nur ein, um mich zu hindern.

Pause

«c Eigenartig. »

Pause

Hier auf dem Platz sah ich Ihren Vater zum ersten Mal.

Pause

«c Und auch zum letzten Mal. »

Pause

Trotzdem kann ich nicht sagen zum letzten Mal, «c weil er mir ständig in den Sinn kommt, weil er vor mir auftaucht, » wie man so sagt, «c und zwar so plastisch, nein, nicht plastisch, sondern als ginge und stünde auch ich in jenem alten Bild und nicht hier, beziehungsweise nicht im Bild, sondern auf dem Platz, auf dem Platz, zwischen den Bäumen, und von diesem Geruch, diesem stickigen Geruch der Platanen oder was, wird mir schwindlig, und ich weiß nicht, ob ich die Bilder deshalb sehe oder umgekehrt, vielleicht schwindelt mir, weil mir vorkommt, ich sei gar nicht hier, sondern dort, wegen meiner Erinnerungen, » wie man so sagt.

Pause

Erst dann ist es wirklich das letzte Mal, wenn ich tot bin.

Pause

Ich bin eben so gefühlvoll.

Pause

Aber nicht das wollte ich erzählen. «c Sondern daß ich das erste Mal dreieinhalb Jahre bekam. » Drei bin ich abgesessen, und vorhin erzählte ich schon, «c wie ich im apfelgrünen Seidenkleid den Platz überquerte und wie ich nach drei Jahren meine Sandalen nicht wiedererkannte, » da kam mir Ihr Vater entgegen. So sah er mich zum ersten Mal. Ich weiß nicht warum, aber mir war, als sähe ich nach drei Jahren den ersten Menschen. Mann. Auch das spielte eine Rolle.

Pause

Mann.

Pause

Da drinnen hatte sich eine hübsche kleine Gesellschaft zusammengefunden, und irgendwie gewöhnte man sich auch daran, immer unter Frauen zu sein.

Pause

Und als wir so aneinander vorbei- und auseinandergingen und gingen und gingen, begann mein Rücken weh zu tun, und ich wollte ihn rasch von hinten sehen, aber auch er drehte sich um, und so blieben wir für einen Augenblick stehen, «c dann gingen wir weiter. »

Pause

Aber im Grunde wollte ich damit beginnen, daß ich weggehen wollte.

Pause

Mir war nur ein kleines Zimmer geblieben, so ein Hinterzimmer, dorthin stopfte ich alles hinein, was ich behalten durfte, aber nicht weil ich durfte, denn irgendwie interessierte mich das nicht. Als hätte ich damit nicht das geringste zu tun. Sie sagten, sie nähmen mir dies und jenes weg, sollten sie nur. Irgendwie interessierte mich das nicht.

Pause

«c Ich hatte damals keine Angst. »

Pause

Immer kamen sie mit einem Papier, ich solle unterschreiben, daß sie mir etwas wegnehmen. Ich staunte nur, daß ich auch das besaß. Und wie sehr sie sich darüber freuten, und ich amüsierte mich über ihren Ärger, daß auch das mir gehört hatte. «c»

Pause

Mir persönlich.

Pause

«c Das sind so kindische Dinge. »

Pause

Doch dann kam ein Brief, wonach am zweiten September in Döbling die Gerichtsverhandlung stattfinde, und falls ich nicht erscheine, schrieb mein Anwalt, könne ich den Prozeß verlieren, da die Verwandtschaft unter dem Vorwand, ich sei nicht mehr am Leben, das zu meinem Erbe gehörende Bad an sich reißen wolle. Das heißt die Verwandtschaft meines Mannes.

Pause

Ein Bad. «c»

Pause

Er hatte mir erzählt, «c daß er in diesem Bad zum ersten Mal einen Jungen » geliebt habe.

Pause

Deshalb sagte ich vorhin, daß alles zur Geschichte gehört.

Pause

Und deshalb hat mich das irgendwie interessiert.

Pause

«c Nur das. »

Pause

Dieses blöde Bad, das wollte ich. Nichts anderes, nur dieses blöde Bad. Er hatte mir auch erzählt, daß es aus gelben Fliesen bestehe. Gelbe Fliesen. Irgendwie sah ich das Ganze vor mir. Oder in mir. Sein Vater hatte es bauen lassen, «c aus gelben Fliesen. »

Pause

Es gehörte mir, da er schon tot war. «c»

Pause

Aber an welche Behörde soll man sich wenden, wenn man keine richtigen Beziehungen mehr hat?

Pause

Natürlich wußte ich, wer dort die Karten mischte.

Pause

So ein Unsinn! Zu beweisen, daß ich lebe, wo ich doch lebe. «c» Wie soll man das beweisen?

Pause

Záza. Wieder die Záza.

Pause

Wieder müßten Sie vieles wissen.

Pause

Záza nämlich hatte die Hand im Spiel.

Pause

Ich weiß nicht, ob ich auch das erzählen soll.

Pause

Ein Exkurs. Es wäre ein Exkurs.

Pause

Noch habe ich gar nicht begonnen, aber so kommt man nicht an ein Ende.

Pause

So kann man nicht an ein Ende kommen.

lange Stille

Mária macht eine unsichere Bewegung, als wollte sie auf den Stuhl zugehen, als wollte sie die Glasscherben aus ihrer Hand verstreuen, doch sie bleibt, wo sie ist, starrt in ihre offene Hand und lehnt sich dann langsam, ungeschickt an die Wand

MÁRIA

Ach, die Záza war vollkommen verrückt. Wir nannten sie auch Zuzi. Auch sie ist schon tot. Nicht wirklich verrückt, aber vielleicht war sie's doch. Sie war so häßlich. Angeblich hat sie nie jemanden gehabt, aber das glaube ich nicht. Ihre

Manie war es, die Familie zusammenzuhalten. Sie war die Schwester meines Mannes. Einmal, im Zorn, fragte sie mich: Sprechen Sie Französisch?

Pause

Das frage nun ich.

Pause

Weil sie ausschließlich Französisch sprach. Sie war in einem Schweizer Internat erzogen worden. Damit sie jene Federn vergesse. Aber es war, als hätte ihr ein Küchenmädchen Französisch beigebracht. Im Zorn also sagte sie zu mir: Als ich schon ein Kulturvolk war, waren Sie, mein Herz, noch ein Affe auf dem Baum.

Pause

Mein Herz, ja so.

Pause

«c» Wir lachten ständig. Wir lachten zehn Jahre lang, glaub ich.

Pause

Wir lachten furchtbar viel. Wir lachten ständig. Vor Lachen rannen uns die Tränen übers Gesicht.

Pause

Die verrückte Záza auch soll hinter meinem Rücken gesagt haben, wie unziemlich das sei: eine Gräfin in einer anständigen jüdischen Familie! Eine Ungarin!

Pause

Was haben wir doch gelacht. Ich weiß nicht, worüber wir so viel gelacht haben. Wir lachten über jeden Unsinn.

Pause

Da sagt mir der Mann auf dem Polizeirevier, hören Sie zu, gnädige Frau, belästigen Sie uns nicht mit solchen Albernheiten, wenn Sie noch einen bequemen Sessel haben, setzen Sie sich schön hinein und warten Sie das Ende ab. Wessen Ende, guter Mann? Na eben! Das eigene Ende, Madame!

Pause

Dann leckt mich am Arsch. Ich habe keine Zeit, mit euch herumzudiskutieren. Und ich ging zum Kai.

Pause

Auch Rachgier trieb mich, gegen die Záza.

Pause

«c So kindische Dinge. »

Pause

Damals befand sich der Hafen der Frachtschiffe noch am Neupester Kai. Er war seit kurzem mit Stacheldraht umzäunt, und an den Toren standen Bewaffnete. Dort setzte ich mich schön auf eine Bank. Ich dachte, ich wäre sehr schlau. Ich tat, als sonnte ich mich. Unterdessen traf ich meine Wahl. Als so ein älterer Matrose herauskam, winkte ich ihn heran. Er hatte weißes Haar, blaue Augen, einen ziemlich gebeugten Rücken. «c Kann ich Ihnen behilflich sein, Madame? » So höflich sprach er. Leise. Ich frage ihn, wohin er gehe, denn ich wolle vertraulich ein paar Worte mit ihm wechseln. Nur in die Kneipe da, sagt er, um ein Bier zu trinken. Erlauben Sie, daß ich Sie begleite? «c Ich bitte darum, es wäre mir eine große Ehre. » Für eine Hure konnte er mich nicht gehalten haben. Er war ein sehr schöner Mann. Vielleicht ein Offizier und darum so fein. Während ich auf seine Antwort wartete, denn er schwieg lange, dachte ich auch, daß es weiter nicht schlimm wäre, wenn er mich für eine Hure hielte. Dennoch schämte ich mich, denn bis dahin war ich nie liederlich gewesen. Und liederlich war es, ihn um so etwas zu bitten, ohne daß wir uns kannten. Ich war wirklich dumm. Und dachte auch noch, wie klug ich sei. Er sagt also, ich möge ihn entschuldigen, er habe tiefes Verständnis für meine Lage, aber sie seien auf dem Weg zum Schwarzen Meer und er glaube, das sei keine günstige Richtung für mich. «c» Darüber mußten wir herzhaft lachen. Aber ich solle morgen wiederkommen, er werde sich bemühen, auch wenn er nichts versprechen könne.

Pause

Den Schmuck hatte ich noch.

Pause

Eine Woche lang ging ich in diese Kneipe.

Pause

«c Machte die Runde. » Alle flüsterten. Sehr höflich, weil sie glaubten, ich gehörte zu diesem Feri. Diesem älteren Matrosen. Der aber war in der Zwischenzeit davongefahren. «c»

Pause

Und als ich mein gewohntes Bier bestelle, winkt mich der Schankwirt in den Lagerraum, ich solle da hineingehen. Drinnen ist es fast vollkommen dunkel, und da steht einer von der ÁVÓ. Na, denke ich ruhig, «c jetzt ist alles zu Ende. » Aber nein. «c Denn er flüstert, er wolle mir gerne helfen. »

Pause

Der Sommer war höllisch heiß. Der Asphalt schmolz.

Pause

Ich packte alles in einen kleinen Koffer.

Pause

Auf der Straße wurde den Leuten übel.

Pause

Ich zog mein apfelgrünes Seidenkleid an, meine Sandalen aus Eidechsenleder und setzte mich am dreiundzwanzigsten August morgens um acht Uhr in den Zug.

Pause

Er war so leer, daß ich glaubte, hier stimme etwas nicht.
Pause
Der Betreffende hieß Lajos Kucsera.
Pause
Aber er fuhr um acht Uhr zwanzig fahrplanmäßig ab.
Pause
In meiner Handtasche der allerfeinste Reisepaß, auch mein Foto ist darin.
Pause
Nun adieu. «c Leckt mich am Arsch. » Wir fahren.
Pause
Eben beginne ich ruhig umherzuschauen, nachdem der Zug sich in Bewegung gesetzt und wir den Bahnhof verlassen haben, das können Sie sich vorstellen, aber noch rattern wir gemütlich dahin, da wird die Tür meines Abteils aufgerissen: Das ist sie! Drei Personen stürzen herein: Rühr dich nicht von der Stelle! Ja, rühr dich nicht von der Stelle!
Pause
Es tut gut, dies zu erzählen. «c»
Pause
Und ich rühre mich nicht.
Pause
«c Im Grunde habe ich es noch nie erzählt. »
Pause
Darum also überquerte ich den Platz im apfelgrünen Seidenkleid.
Pause
«c Etwas daran mußte ich immer entstellen. »
Pause
Und jetzt, da ich es so erzähle, kommt es mir ganz amüsant vor. «c»

Pause
Ich kann mich sogar erinnern, wie ich mit dem Gedanken spielte, ich würde die Vesper im Demel einnehmen, als die Tür aufgerissen wurde.
Pause
Kennen Sie das Demel?
Pause
Man kann dort die besten Salate essen. Das berühmteste Lokal. «c Und was für Pasteten. Es ist mindestens so berühmt wie das Sacher. »

lange Stille
der Junge Mann nimmt plötzlich seine Füße vom Bettgitter, setzt sich langsam auf

MÁRIA
Sie hätten mir wenigstens so viel Zeit lassen können, «c daß ich in Gedanken ein, zwei Salate ausprobieren kann. »
Pause
Aber zur Wahrheit gehört auch, daß sie gleich auf mich losprügelten.
Pause
Davon erzählt man nicht gerne.
Pause
Der eine zog den Vorhang zu, der andere preßte seine Hand auf meinen Mund. Der dritte schlug los.
Pause
Davon sprachen wir auch dort drinnen nicht gern. Auch nicht, wenn wir unter uns waren. «c Wie im Märchen » schlug der Kleinste.
Pause

Wir informierten uns gegenseitig über die Methoden. Schilderten trocken und mit gewissem Humor die Methoden.
Pause
Aber damals wußte ich noch gar nicht, was das ist. «c»

als wollte er etwas sagen, steht der Junge Mann schnell auf, ringt nach Worten, dann setzt er sich ebenso schnell wieder hin; Maria scheint dies nicht zu bemerken

MÁRIA
So sprachen wir davon, aber ungern.
Pause
Nicht nur die Scham hielt uns zurück, nein. An die Scham kann man sich noch einigermaßen gewöhnen. Aber es fehlt gleichsam eine genaue Reihenfolge. Deshalb kann man es schwer schildern. Es fehlt die Reihenfolge. In Wirklichkeit gibt es eine Reihenfolge, aber aus irgendeinem Grund fällt es furchtbar schwer, dies zu schildern.
Pause
«c Dann ist es vielleicht doch die Scham. »

der Junge Mann kann seine motorische Unruhe nicht mehr beherrschen: er legt sich hin, springt auf, setzt sich wieder, schlägt um sich, drückt und tastet an seinen Körperteilen herum, als schmerzten sie ihn, vergräbt das Gesicht in beiden Händen, schaut auf, öffnet den Mund, als wollte er etwas sagen oder rufen, und sagt dann doch nichts; den nachfolgenden Teil des Monologs begleitet er daher mit immer heftigeren und in ihrer Gegensätzlichkeit immer zügelloseren Bewegungen

MÁRIA

«c Irgendwie landete ich auf dem Boden, dann schlug mich der eine, der eine Pistole in der Hand hatte, und der andere stieß mich, trat mich ins Gesicht, und der dritte stand nur da. Wie aber war ich auf dem Boden gelandet? Er schlug mich mit dem Pistolenkolben auf den Kopf. » Wenn ich nach meinem Kopf griff, traten sie mich in den Bauch.

Pause

Man kann nicht gleichzeitig alles verdecken.

Pause

Sie hätten mich einfach festnehmen können. Aber sie wollten, daß ich Widerstand leiste. So behagte es ihnen. «c Dies zum Beispiel gehört zur Methode. »

der Junge Mann springt wieder auf, geht auf Mária zu, streckt die Hände nach ihr aus, als flehte und protestierte er, dann bleibt er plötzlich stehen

Mária scheint dies nicht zu bemerken

der Junge Mann weicht unsicher zurück, läßt sich aufs Bett fallen, bleibt während des nun folgenden Monologs aber reglos

MÁRIA

Und kein Ton, stellen Sie sich vor, kein Ton.

Pause

Aus meiner Handtasche fiel das ganze Zeug auf den Boden, und als ich Widerstand leistete und sie mich traten, knirschte, klirrte und zerbrach alles unter ihren Sohlen.

Pause

Sonst nichts. «c Nur das. »

Pause

Und mir schien, als wäre das nicht die Puderdose, der Lippenstift, der Spiegel, «c sondern mein Kopf. »

Pause

Aber das zweite Mal war es schrecklicher. Beim ersten Mal versteht man es noch nicht. Ich weiß nicht, wie viele Tage es das erste Mal gedauert hat, ich weiß es nicht, vielleicht drei Tage, aber darum weiß ich es nicht, weil man beim ersten Mal noch nicht weiß, was das ist, aber beim zweiten Mal wird dann plötzlich klar, was beim ersten Mal geschehen ist. Das zweite Mal holten sie mich im Frühling, und da dachte ich, nein, ein zweites Mal, noch einmal, das nicht.

Pause

«c Die Zeitrechnung ist anders. »

Pause

Záza schickte mir Pakete. Sehr feine Sachen. «c Auch diesen Frühlingsmantel. » Sandfarben, ein Burberry im Raglanschnitt, hochmodisch. Als ich zu mir kam und schon etwas bei Kräften war und glaubte, ich schaffe es nicht mehr, knotete ich die Mantelärmel um meinen Hals zusammen und zog, zog. Um endlich zu sterben. Ich wollte mich erwürgen. Natürlich fehlte mir die Kraft. Sie warfen mich in irgendeinen Keller. Ich weiß nicht, wo. Und es war lächerlich, denn so geht es nicht. Es gab überhaupt kein Licht. Ich konnte mich nicht erwürgen.

Pause

«c Im zweiten Mal ist auch das erste enthalten. »

Pause

Beim ersten Mal weiß man es noch nicht.

Pause

Man lebt nur. Ist noch immer am Leben.

Pause

Im zweiten Mal war auch Ihr Vater enthalten.

Pause

Vielleicht wollte ich mich deshalb umbringen. Seinetwegen oder an seiner Statt.
Pause
«c Nein. »
Pause
Es ist mir gar nicht in den Sinn gekommen.
Pause
Und doch.

sehr lange Stille
der Junge Mann beginnt sich unvermittelt zu bewegen, springt auf, setzt sich wieder, sucht mit den Füßen nervös nach den Schuhen unter dem Bett, quetscht die Füße hinein und erhebt sich, gleichsam beruhigt

MÁRIA
Aber wir waren dort stehengeblieben, im Zug. Ich lag noch auf dem Boden.

lange Stille
der Junge Mann ringt nach Worten, möchte etwas sagen, geht auf Mária zu, und nun entfernt sich auch Mária fast unwillkürlich von der Wand

MÁRIA
Vielleicht bringe ich die Zeiten etwas durcheinander, aber es tut gut, dies zu erzählen. Das zweite Mal macht einem das erste klar. Beim ersten Mal verstand ich selbst nicht, was mit mir geschah.

lange Stille
wieder machen sie unsicher einen Schritt aufeinander zu

MÁRIA
«c Ist Ihnen nicht langweilig? »
Pause
Die Zeiten geraten ein wenig durcheinander.
Pause
Aber es tut gut, dies zu erzählen.
Pause
Ich danke Ihnen, daß ich es erzählen darf.
Pause
Es erleichtert mich.
Pause
Es tut sehr gut, dies zu erzählen.
Pause
Jetzt werde ich schon nicht mehr aufhören können. Und danach wird es furchtbar schwer sein. Aber jetzt tut es gut.
Pause
Es tut furchtbar gut, dies zu erzählen.
Pause
Sie können sich gar nicht vorstellen, wie gut es tut, dies zu erzählen.
Pause
Es tut einfach gut, dies zu erzählen.
Pause
Es befreit mich.
Pause
Gut, gut, «c einfach furchtbar gut. »

inzwischen macht der Junge Mann noch einen Schritt auf sie zu, Mária aber streut gleichzeitig in großem Bogen die Glasscherben aus ihrer Hand auf den Boden
der Junge Mann hält jäh inne

MÁRIA

Soll ich zeigen, wie ich mich erwürgen wollte?
Pause
Danach erzähle ich weiter.
Pause
Ich habe gezogen. So. An den Mantelärmeln.
Pause
Ich Närrin. Zum Lachen. Ich hatte geglaubt, ich könnte mir etwas ersparen.
Pause
Aber wir sind dort stehengeblieben, «c wo wir noch im Zug sind. »
Pause
Aber vielleicht ist das uninteressant.

sehr lange Stille
sie schauen sich an
der Junge Mann möchte etwas sagen, ringt nach Worten

MÁRIA

Reden Sie.
Pause
Verzeihen Sie, ich habe zuviel geredet.
Pause
Ich bin unaufmerksam.
Pause
Reden Sie.
Pause
Und was ist aus diesem Mädchen geworden?

sehr lange Stille
sie stehen sich reglos gegenüber

MÁRIA
Was wollen Sie jetzt?

sehr lange Stille
sie stehen sich reglos gegenüber, sprungbereit

MÁRIA
Ich verstehe.
Pause
Kommen Sie nicht näher.
Pause
Bleiben Sie dort.
Pause
Jetzt könnte ich Ihre Gefühle nicht ertragen. «c Bleiben Sie dort. »
Pause
Oder setzen Sie sich auf den Stuhl.
Pause
Was ist denn jetzt? «c» Was ist passiert? «c» Nichts ist passiert. Ich habe etwas länger geredet und habe Sie vergessen. «c Jetzt versuche ich mir vorzustellen, was aus diesem Mädchen geworden ist. »
Pause
Sie hat geweint.
Pause
«c» Danach, sagen wir, hat sie sich getröstet.
Pause
Jetzt habe ich überhaupt kein Bedürfnis, daß Sie mich lieben.
Pause
«c Jemand hat sie gut getröstet. »
Pause

Und wieder ist mit Ihnen nichts passiert.
Pause
Als wäre nichts passiert.
Pause
Nichts.

sehr lange Stille

MÁRIA
Sie schweigen?
Pause
Dabei ist dies passiert.
Pause
Habe ich es erraten?
Pause
Bin ich grausam?
Pause
Sie schweigen?

auf die Glasscherben tretend, kommen sie einander ganz nahe
Pause
sie berühren sachte das Gesicht des andern, verharren so
sehr lange Stille

MÁRIA
«c Dann schweigen Sie eben. »
JUNGER MANN
Erlauben Sie, daß ich die Tür öffne.
MÁRIA
Setzen Sie sich lieber auf den Stuhl.
JUNGER MANN
Ich möchte ein wenig hinausgehen.

MÁRIA

Oder ich bringe Sie zu Bett. «c Wenn Sie wollen, wasche ich Sie, bringe Sie zu Bett, decke Sie zu, lulle Sie in den Schlaf, » aber ich erzähle weiter.

JUNGER MANN

Auch hier kann ich nicht bleiben.

MÁRIA

«c Jetzt kann ich schon nicht mehr aufhören. »

JUNGER MANN

Nie habe ich es fertiggebracht, irgendwo zu bleiben.

sie lassen einander los

MÁRIA

Dieses Mädchen haben Sie meines Erachtens nur erfunden. «c Für mich erfunden, damit ich rede. »

JUNGER MANN

Nie habe ich es fertiggebracht, jemanden zu lieben.

MÁRIA

Ich habe mich gesträubt, habe es hinausgezögert. «c Vergessen Sie das nicht. »

JUNGER MANN

Ich trage den Körper meines Vaters. Das hat Sie verwirrt.

MÁRIA

Auch ich wollte es, natürlich.

JUNGER MANN

Man trägt nur den Körper der Eltern. Keinen andern. Aber auch so besitzt man einen. Scheint einen zu besitzen.

MÁRIA

Gehen Sie, wenn Sie wollen. «c»

JUNGER MANN

Ich schäme mich, daß dieser Körper nicht ich bin. Es ist nur ein Körper. Das bin nicht ich. Ich bin schwach. Ich bemitleide mich und lasse mich bemitleiden, und schäme mich deswegen. Ich kann es auch hier nicht ertragen. «c»

MÁRIA

Dann gehen Sie doch.

JUNGER MANN

Ich fühle mich nur wohl, wenn ich weggehe. Wenn nichts ist. Dann ist mir wohl. Wenn ich gehen kann, ist mir wohl. Wohl ist mir, wenn ich gerade weggehe und nichts ist. Der nächste Augenblick ist schon schlecht, doch kann ich mich bemitleiden, und das ist gut, dafür schäme ich mich. «c Wohl war mir, als ich dieses Mädchen verließ. » Ich habe nicht gelogen. «c Gerade dann, wenn ich weggehe. »

MÁRIA

Gehen Sie doch.

JUNGER MANN

Sie glaubte, ich würde bleiben, ich aber zog die Hosen an und ging.

MÁRIA

Gehen Sie doch.

der Junge Mann geht unsicher auf die Tür zu, bleibt stehen, tritt dann rasch zur Tür, nimmt seinen Mantel vom Haken, schaut plötzlich zurück
Mária ist reglos

JUNGER MANN

Sagen Sie noch etwas.

sehr lange Stille
der Junge Mann öffnet rasch die Tür; dieselbe weiße Leere

sehr lange Stille
er tritt hinaus, verharrt reglos zwischen draußen und drinnen

JUNGER MANN
Damit Sie sehen, wie widerlich ich bin, bitte ich Sie auch noch, mir zu helfen.

sehr lange Stille
Mária geht langsam zum Stuhl, setzt sich

JUNGER MANN
Helfen Sie mir. «c Für Sie ist es jetzt schon ganz einerlei, ich gehe sowieso. » Sie können ruhig helfen.

sehr lange Stille
der Junge Mann geht langsam zurück, die Tür bleibt offen

JUNGER MANN
Jetzt können Sie nicht mehr anders. «c Als mir zu helfen. » Ich schäme mich nicht, ich bitte.

sehr lange Stille

JUNGER MANN
«c Helfen Sie mir. »

sehr lange Stille
der Junge Mann geht auf den Stuhl zu, dabei läßt er seinen Mantel fallen
er bleibt hinter Mária stehen

JUNGER MANN

Danke. Sie haben mich so schamlos gemacht, daß ich Ihnen danke und daß ich es sogar sagen kann. Daß Sie mich schamlos gemacht haben. «c Danke. »

sehr lange Stille

JUNGER MANN

«c Ich bin nicht gegangen. »

sehr lange Stille
der Junge Mann schreit hysterisch

JUNGER MANN

«c Soll ich niederknien? Soll ich noch dankbarer sein? Oder was denken Sie? Was soll ich jetzt tun? »

MÁRIA

Schließen Sie die Tür.

der Junge Mann geht zur Tür zurück, schließt sie; verharrt dort
sehr lange Stille

MÁRIA

Und jeden Morgen diese Begegnung auf dem Platz. «c Stellen Sie sich vor. » Ich überquere ihn, immer überquerte ich ihn schräg, und entgegen kommt er. Inzwischen war der Schnee geschmolzen, es war Frühling.
Pause
Ich erzähle Ihnen die schönste Liebesgeschichte der Welt.
Pause

Ein schöner, warmer Frühling.
Pause
Sie brauchen keine Angst zu haben, das ist lange her, es war einmal, ich habe es noch nie erzählt, aber wie ich es erzähle, «c wird ein Märchen daraus. »

Pause
während des nachfolgenden Monologs geht der Junge Mann mit unbezähmbarer Unruhe mehrmals im Zimmer herum, auf der Suche nach einem Platz; er probiert die Ecken aus, kriecht unter das Bett, hinter den Ofen, setzt sich nieder, kauert sich hin, steht, liegt, faßt alles an, riecht an allem, berührt es, schaut in den Nachttisch, in den Ofen, hält es aber nirgends länger als einige Augenblicke aus; nur auf das Bett legt und setzt er sich jetzt nicht, das muß er ausdrücklich vermeiden! Im übrigen darf seine Platzsuche ruhig etwas komisch, lächerlich, morbid wirken, nur muß man darauf achten, daß auf der Bühne kein Punkt übrigbleibt, den er als möglichen Aufenthaltsort nicht ausprobiert hätte

MÁRIA
Ich habe mich nie mehr nach ihm umgedreht. Vielleicht auch er nicht. Das weiß ich nicht.
Pause
Beziehungsweise noch einmal, das letzte Mal. Aber das war etwas anderes. Damals bat er mich darum, und ich spürte, daß etwas passieren würde. Aber das war etwas anderes.
Pause
So habe ich mich übrigens nie mehr nach ihm umgedreht. Der Rücken tat mir weh. Wenn wir uns entfernten, tat mir immer schrecklich der Rücken weh, als wüßte mein Rücken, daß wieder ein ganzer Tag vergehen muß, bis wir uns wiedersehen. Aber wenn er kam, wiederkam, am nächsten Tag

von neuem mir entgegenkam, dachte ich oft, welch ein Glück, daß Gott nicht nur einen Tag geschaffen hat, sondern die Tage, einen nach dem andern, und wir sahen uns an, daß es für den ganzen Tag reichte. Er kam unausgeschlafen, und am nächsten Tag, wenn die Sonne schien, war er heiter, trug den Hut in der Hand, und der Wind zauste sein Haar, das mochte ich besonders, diesen Wind, sein Haar, der Wind berührte sein Haar, und mir war völlig unwichtig, wie er war, denn nach einiger Zeit, ich weiß nicht wann, wußte ich, daß er sein konnte, wie er wollte, daß man ihm die Augen ausstechen, daß man ihm das Gesicht mit Vitriol übergießen, daß er eines schönen Tages ohne Kopf dastehen könnte, ja, ohne Kopf! Alles gleichgültig, wenn er nur kam! Wenn er nur jeden Tag kam, jeden Morgen über den Platz kam, schräg wie ich, unter den Platanen.

Pause

Die Platane entfaltet ihre Blätter sehr spät. Die andern Bäume sind schon grün, die Platane aber ist noch kahl.

Pause

Nach einiger Zeit, ich weiß nicht wann, aber das ist vielleicht auch unwichtig, wußte ich, wer er ist, und auch er wußte, wer ich bin, ich wußte, daß er es weiß. Aber schon vorher hatte er begonnen mich zu grüßen. Diskret. Einfach so. Wenn er einen Hut trug, lüftete er ihn ein wenig, nur ein wenig, wenn er ihn in der Hand hielt, verbeugte er sich fast unmerklich, er nickte nicht, o nein! Er verbeugte sich! Diskret, fast unmerklich.

Pause

Ich habe das natürlich nicht erwidert.

Pause

Nach einer Weile gab er es auf.

Pause

Damals kleidete ich mich auch schon schön. «c Mit dem, was Záza mir schickte. »

Pause

Das habe ich schon erzählt. Damals bekam ich den sandfarbenen Frühlingsmantel.

Pause

Außer meinem Körper sollte ja nichts übrigbleiben.

Pause

«c Ich hatte eine Schlafunterkunft. »

Pause

Mein Neffe hatte mir eine hübsche kleine Stelle besorgt, natürlich lautete sie nicht auf meinen Namen, sondern auf den Namen meiner Bettvermieterin, und so bekam ich von ihr den halben Lohn ausbezahlt, denn die andere Hälfte nahm sie für die Unterkunft.

Pause

Aber diese Unterkunft war nur von acht Uhr abends bis acht Uhr morgens benutzbar.

Pause

Ich habe Türen geöffnet und geschlossen, Wannen geschrubbt, ich war Aufseherin in einem Bad.

Pause

«c In einem Bad, » ja.

Pause

«c Meine Kleider mußte ich unter dem Bett aufbewahren. »

Pause

Sehen Sie, ausgerechnet ein Bad.

Pause

«c Nachmittags saß ich gemütlich in der Konditorei. » Und eines Tages kam auch er herein. «c»

Pause

Wir schliefen in einem großen Doppelbett, die Wand war feucht, alles stank, und die andere Frau, die im andern Bett schlief, ergriff im Traum meine Hand. «c» Sie suchte nach einer Hand.

Pause

Aber warum ein Bad? «c Warum ein Bad? »

Pause

Weil die Bettvermieterin nach einer Weile wollte, daß ich mehr zahle. Nicht nur die Hälfte. «c Dann geb ich dir eben von den Paketen. » Aber auch das genügte ihr nicht.

Pause

Wenn die Sonne schien, hatte ich keine Lust, in die Konditorei zu gehen. Und wie ich einmal im Park spaziere, mich bräunen lasse und wirklich sehr glücklich bin, an einem solchen Nachmittag kommt er wieder des Wegs, ich spürte, daß er es war, denn mein Rücken begann weh zu tun, gleich weh zu tun, denn diesmal kam er mir nicht entgegen, wie morgens, er kam von hinten. Zuerst ging ich nicht schneller. Als spazierte ich einfach weiter. Als schaute ich mich um. Aber ich spürte, daß er es war. Ich mochte mich nicht umdrehen, aber ich wußte, daß er es war, denn niemandes Schritte kannte ich besser. Er folgte mir. Schließlich dachte ich, ich biege in diese Straße ein, dann bleibt er schon zurück. Denn ich wollte nicht mit ihm reden. Er folgte mir. Ich weiß nicht warum, aber reden wollte ich nicht. Nur schauen. Ich dachte, dann geh ich eben weiter, er wird schon zurückbleiben, denn hier ist der Verkehr zwar groß, an einem andern Ort aber, wo wenige Menschen sind, wird er es sicher nicht wagen, sich mit mir zu zeigen. Er folgte mir. «c Dann stört es ihn auch nicht, daß ich verpestet bin. » Wir gingen eine Straße entlang, die Sonne schien, ich voran, er hinter mir, kein Mensch auf der Straße, nur aus den Dachtraufen tropfte es leise, und Angst überkam mich. Ich weiß nicht, warum. Aber ich spürte, daß er Angst hatte. Doch konnte ich mich nicht umdrehen, um ihm etwas zu sagen, es tat furchtbar weh, daß er mir folgte, und auch die Angst tat weh, und ich spürte, auch er kann nicht reden, nur folgen kann er mir. So gingen wir. Ich bog immer wieder ein, gleich wohin, ich hoffte nur, er würde dann wegbleiben, aber er folgte mir. Ich tat sogar, als würde ich irgendwohin eilen, aber da beschleunigte er seine Schritte und entlarvte mich damit. «c» Dann begann ich zu laufen. Es dämmerte schon. Er lief nicht, aber er folgte mir, und nach einer Weile konnte ich nicht mehr laufen, und er holte mich ein. Inzwischen war es Abend geworden.

Pause

Und am Morgen gingen wir wieder genauso unter den Bäumen über den Platz. Als wir uns begegneten, blieb er stehen. Ich ging weiter. «c» Die Bäume waren noch kahl.

Pause

Manchmal blieb er am Nachmittag weg. Und auch morgens blieb er nicht mehr stehen, als wollte er etwas sagen, denn es hatte sich so zwischen uns ergeben. Es hatten sich Regeln ergeben.

Pause

Zum Beispiel kam es vor, daß wir im Gleichschritt gingen. Links-rechts, links-rechts marschieren die Affen. Und ich wußte, daß auch er dasselbe denkt. Und dann waren wir sehr fröhlich, lachten. Nein, wir lachten nicht, wir gingen nur im Gleichschritt, und das bedeutete, daß wir sehr fröhlich waren. Als würden wir lachen.

Pause

«c» Manchmal aber war es schrecklich. Wir gingen nicht einmal zufällig im Takt, so groß war die Trauer. Als nähme es nie ein Ende. Nur diese schrecklichen Straßen. Wir warteten auf den Abend, daß es ein Ende nähme, doch die Abende wurden immer länger, und ich schaffte es nicht mehr, um acht zu Hause zu sein.

Pause

«c Zu Hause. »

Pause

Wir konnten nicht aufhören.

Pause

Diese andere Frau hielt meine Hand, und ich tat so, als schliefe ich. Das war damals mein Zuhause. Diese Hand.

Pause

Und da beschleunigte er seine Schritte. Ich verstand nicht. «c Das verstand ich nicht. » Und überholte mich. Er wandte sich nicht zu mir. Er ging voran. Überholte mich. «c Das verstand ich nicht, » aber ich konnte nicht stehenbleiben, und wie ich ihm folgte und die Sonne schien, begriff ich, daß er es nicht mehr aushielt. «c» Wir wollten, daß es ein Ende nähme. Er hatte die Regeln verletzt. Soll es ein Ende nehmen. Wir gingen. Ich blieb stehen. «c Auch wenn es ein Ende genommen hätte, wäre es nicht zum Aushalten gewesen. » Ich blieb stehen, dann kehrte ich um. Soll es ein Ende nehmen. Er begann zu laufen und überholte mich wieder. Ich verstand nicht. Aber jetzt kehrte ich nicht um, ich war nicht so sehr darauf aus, daß es ein Ende nähme, ich folgte ihm und begriff, daß dies die neuen Regeln waren «c und daß sie eingehalten werden mußten. »

Pause

Von da an ging er voran.

Pause

Die Bettvermieterin aber führte ins Feld, daß ich auch Trinkgelder bekäme und daß die Stelle ohnehin auf ihren Namen laute. Ich zahlte.

Pause

Die Sonne schien fortwährend.

Pause

Ich folgte ihm.

Pause

Die Sonne schien.

Pause

So wurde es Abend, «c er ging voran. »

Pause

Mittags trank ich einen Liter Milch und aß zwei Hörnchen. «c Ich war schön. » Blond, blaß und schlank.

Pause

Wie das Mädchen, das Sie für mich erfunden haben.

Pause

«c Wenn er Bekannte traf und ein paar Worte wechseln mußte, überholte ich ihn, » wartete auf ihn.

JUNGER MANN

Ich habe nicht gelogen.

MÁRIA

«c Aber manchmal täuschte ich vor, ich sei verschwunden. »

JUNGER MANN

Ich habe nicht gelogen.

MÁRIA

«c Nur selten, » denn wenn ich aus einem Tor oder hinter einer Plakatsäule hervortrat, sah ich, daß es ihm weh tat.

Pause

Dann blieb er vor einem Tor stehen. Wandte sich zu mir.

Das verstand ich nicht. «c Er hatte wieder die Regeln verändert. » Aber so schnell, daß ich keine Zeit fand, stehenzubleiben. Ein braunes Tor, ein altes, braunes Tor, ich verstand nicht, aber vielleicht wollte ich gar nicht stehenbleiben und wäre weitergegangen, wenn er nicht leise, ganz leise gesagt hätte: «c Warum reden Sie nicht mit mir, Mária? » Ich verstand. Und blieb dann doch stehen. Für einen Augenblick, wie ich dachte, denn ich wollte gehen, weiter, aber da sah ich, daß er die Hand auf die Klingel hielt und klingelte, er schaute mich an und ich schaute ihn an, und deshalb wohl rührte ich mich nicht von der Stelle, aber schon öffnete jemand das Tor, und er bedeutete mir, ich solle eintreten, so höflich und fein, als handelte es sich um die natürlichste Sache der Welt, hinter dem Tor stand eine Frau und blickte uns nicht ins Gesicht und grüßte nicht, sie schaute irgendwie vor sich hin, als wollte sie ihre Augen nicht mit Schauen überanstrengen, so führte sie uns über den Hof, hinter dem Hof lagen Wiesen, vor einer Tür blieb sie stehen, schloß auf, mir schloß sie auf, das spürte ich, «c und ich trat ein. » Er schloß die Tür und drehte den Schlüssel zweimal um. Wir befanden uns zwischen weißgetünchten Wänden, in einem schönen sauberen Zimmer. Die Sonne schien herein. Sie schien auf ein Kruzifix über dem weißen Eisenbett. Eisenofen. Weißer Stuhl. Weißer Emailkrug und Waschbecken. Handtuch. «c Sonst nichts. »

Pause

Er blieb neben der Tür, ich nahm den Stuhl.

Pause

Es herrschte Stille.

Pause

Wie jetzt. «c»

Pause

Er streichelte mich so lange, denn er umarmte mich nicht, oder doch, «c denn er war in mir und hätte tiefer nicht in mir sein können, aber er umarmte mich anders, er streichelte mich, als wäre ich in ihm, streichelte mich so lange, streichelte mich überall, streichelte mich außen und innen, oder nein, streichelte nur, streichelte meinen Mund und gleichsam meine Gebärmutter, streichelte mich unablässig, und ich wußte, er streichelt mich auch darum so, damit ich rede, » damit ich einen Laut von mir gebe, er streichelte mich nur, «c sein Körper, sein schwerer Körper war nichts als ein einziges zartes Streicheln, und auch die Beklemmung unter seinem Körper war Streicheln, und er streichelte mich so lange, » ach so furchtbar lange, «c bis der Schmerz uns überwältigte, » der Schmerz auf einer schönen, nebligen Wiese, hier überkam uns der Schmerz, daß nun auch dies zu Ende war, trotzdem redete ich nicht. «c» Als wären wir bewußtlos geworden oder schliefen. Doch konnte man vor dem Fenster manchmal Schritte hören. Wir schliefen einer im Arm des andern. «c Aber es war, als hätte ich dieses schreckliche Zimmer trotzdem gesehen. » Es war Nacht.

Pause

Nacht.

Pause

So ist es passiert.

Pause

Am Nachmittag führten sie mich aus dem Bad ab. Das zweite Mal führten sie mich aus dem Bad ab. Eben trat ich in diesem Frühlingsmantel aus dem Hintereingang, den die Angestellten benutzten. Da hakten sie sich von hinten sanft ein und flüsterten mir ins Ohr: Kein Wort!

Pause
«c Was hätte ich schon sagen sollen? » Und wem?
Pause
Sie verbanden mir die Augen. Trotzdem spürte ich, daß sie mich wegbrachten. Das Auto raste auf der Überlandstraße dahin.
Pause
Wir waren insgesamt zweimal in diesem Zimmer gewesen.
Pause
«c Zweimal. »
Pause
Sie sagten kein Wort. «c Wohin geht die Spazierfahrt, wenn ich die Herren fragen darf? » Dabei wußte ich, was kommen würde. Aber sie gaben mir keine Antwort. Ich dachte, ich wüßte, was kommen würde. Dann bogen wir ein, unter den Rädern knirschte Kies. Es mußte ein Garten sein, vielleicht war es schon Abend, kühl. Sie führten mich eine Treppe hoch und öffneten eine Tür. Stießen mich hinein. Selbst kamen sie nicht mit, die Tür sperrten sie zu. Auch hier herrschte Stille. Ich stand. Und ein seltsamer Geruch. Aber ich spürte, daß jemand da war.

Pause
von nun an hebt der Junge Mann nach und nach seine Stimme; er beginnt im Flüsterton, um das letzte Wort aus vollem Hals hinauszuschreien; entsprechend redet auch Mária mit wachsender Lautstärke, bis sie zuletzt, unabhängig vom Sinn der Sätze, selber schreit, brüllt

JUNGER MANN
Genug!

MÁRIA

Einer trat auf mich zu. Löste die Binde von meinen Augen. Der andere begann mich zu schlagen.

JUNGER MANN

Genug!

MÁRIA

«c Die beiden schlugen mich. » Der dritte schaute vom Sessel aus zu.

JUNGER MANN

«c Genug! »

MÁRIA

Dies zum Beispiel gehörte zur Methode.

JUNGER MANN

Nein!

MÁRIA

Sie rollten mich in einen Teppich. Schlugen mir mit Gummiknüppeln auf die Fußsohlen. Der dritte stellte vom Sessel aus Fragen. «c Sie stopften mir Salz in den Mund. »

JUNGER MANN

«c Genug! »

MÁRIA

In einem Keller kam ich zu Bewußtsein. «c Wie eigenartig, daß ich noch immer lebe. »

JUNGER MANN

«c Nein! »

MÁRIA

Sie brachten mich von neuem weg. «c Wieder fuhren wir mit dem Auto, und ich wußte nicht, war es Tag oder Nacht. Wir gingen eine steile Steintreppe hoch, und es war so furchtbar friedlich, weil auch andere die Treppe hinauf- und hinuntergingen. Und diese beiden grüßten, guten Tag, Genosse Staatsanwalt, » und so fort.

JUNGER MANN
Genug!

MÁRIA
Küß die Hand, Margitka. «c An diese Margitka erinnere ich mich genau. »

JUNGER MANN
«c Genug! »

MÁRIA
Als wir stehenblieben, klopften sie an eine Tür. Von drinnen rief jemand: Herein!, «c aber da glaubte ich seine Stimme zu erkennen und verlor den Verstand. »

JUNGER MANN
Nein!

MÁRIA
«c Sicher habe ich den Verstand verloren und mir nur eingebildet, daß sie mir die Binde von den Augen nehmen und die Tür öffnen. » Er saß am Schreibtisch und unterhielt sich mit einer Frau, und die Frau stand an den Schreibtisch gelehnt, nur so an den Schreibtisch gelehnt, locker.

JUNGER MANN
«c Nein! »

MÁRIA
Zuerst sah er uns gar nicht an, unterhielt sich mit der Frau, dann übergaben sie ihm ein Dossier und gingen hinaus, und durch eine andere Tür ging auch die Frau hinaus, aber sie deutete ihm an, sie würden das Gespräch fortsetzen. Er erkannte mich nicht, ich aber mußte ihn mir anschauen.

JUNGER MANN
Nein!

MÁRIA
«c Und endlich sah ich ihn wirklich. »

JUNGER MANN
«c Nein! »

MÁRIA

Er sprang auf, «c aber da war es schon zu spät. » Da hatte ich ihn schon gesehen. Endlich wirklich gesehen. «c Wie kommen Sie hierher? » So einen Blödsinn fragte er mich. In der Hand hielt er das Dossier, das sie ihm übergeben hatten.

JUNGER MANN

«c Genug! »

MÁRIA

Ich hatte nie ein einziges Wort zu ihm gesagt. Nicht ein einziges Wort. «c Diesen Fall werde ich natürlich nicht übernehmen. So einen Blödsinn gab er von sich. Ich aber hatte zum Glück nie ein einziges Wort zu ihm gesagt. » Nicht ein einziges Wort.

JUNGER MANN

«c Genug! »

MÁRIA

Und er stürzte aus dem Zimmer.

JUNGER MANN

Nein!

MÁRIA

«c Dann wieder der Keller. » Sie hatten mich hinuntergebracht. Und lange passierte nichts. Ich weiß nicht, wie lange. Dann begannen sie mich wieder zu schlagen.

JUNGER MANN

Genug!

MÁRIA

Aber ich spürte, daß er dort über mir war. Ich dachte nicht an ihn, aber ich spürte es.

JUNGER MANN

Genug!

MÁRIA

Ich spürte nichts, spürte nicht die Schläge, spürte nur, daß wir im selben Haus waren. «c Das Haus tat weh. »

JUNGER MANN

«c Genug! »

MÁRIA

«c Wir sind im selben Haus. Das Haus tut weh. »

der Junge Mann reißt die Tür auf, stürzt hinaus, verschwindet sofort

MÁRIA

«c Im selben Haus. »

sehr lange Stille

MÁRIA

Wir waren im selben Haus.

Mária sitzt vollkommen reglos auf dem Stuhl, ansonsten geschieht nichts
es müssen mindestens zwei Minuten vergehen, und wäre Márias Reglosigkeit nicht ein extrem angespanntes Warten, das immer angespannter wird, bis es so angespannt ist, daß sie vom Stuhl aufspringen muß, könnte man glauben, es folge eine Pause oder das Stück sei zu Ende
aber diese stilisiert einsame und ausgelieferte Angespanntheit ist selber Pause: erinnert an eine Theaterpause
und als die Pause keine Steigerung mehr erträgt, erscheint der Junge Mann wieder in der Tür, tritt aus der Deckung hervor, weshalb er unvermittelt in der Türöffnung auftaucht, und kommt sehr langsam herein

er schleppt sich zum Bett, läßt sich fallen
Márias Angespanntheit läßt allmählich nach
jetzt folgt wieder eine Pause wie zuvor
erschöpft sitzen sie da
als die Pause keine Steigerung mehr erträgt, steht Mária sehr langsam auf, dreht sich sehr langsam um und nimmt das Zimmer in Augenschein, wobei sie den Kopf sehr langsam und kaum merklich bewegt
die Tür ist offen
der Junge Mann sitzt auf dem Bettrand, entspannt vor Erschöpfung, reglos
Mária macht sehr langsam ein paar Schritte, kniet sich sehr langsam hin und beginnt, sehr langsam die Glasscherben vom Boden aufzulesen
als sie die Scherben zusammengelesen hat, trägt sie sie, ohne das Tempo zu beschleunigen, zum Stuhl und streut sie auf den Stuhlsitz, ordentlich, als kleinen Haufen, dann geht sie sehr langsam zum Emailwaschbecken, nimmt den Krug heraus, stellt ihn beiseite, trägt das Waschbecken zum Bett und stellt es vor die Füße des Jungen Mannes
Pause
sie kniet nieder, rutscht auf den Knien etwas näher, nimmt einen Fuß des Jungen Mannes, jetzt schaut sie ihn zum ersten Mal an, sieht zu seinem Gesicht hoch
der Junge Mann starrt apathisch vor sich hin
Mária streift den einen Schuh vom Fuß des Jungen Mannes, dann den andern; stellt die Schuhe schön nebeneinander, dann streift sie auch seine Socken ab und legt sie in die Schuhe
sie schiebt das Waschbecken unter die nackten Füße, steht auf, ergreift eine Hand des Jungen Mannes, knöpft die Hemdmanschette auf; tut dasselbe mit der andern: zuerst die Hand, dann der Knopf

sie streicht mit den Fingern über den Hals des Jungen Mannes, knöpft langsam sein Hemd auf
Pause
sie löst den Knopf am Hosenbund
sie zieht ihm das Hemd aus und hängt es über den Fußteil des Betts, dann öffnet sie den Reißverschluß der Hose, beugt sich über den Jungen Mann, legt einen Arm um seine nackte Schulter, greift ihm unter die Achsel, um ihn etwas hochzuheben, zieht mit der andern Hand die Hose herunter
sie tut sich schwer damit, doch der Junge Mann ist ihr nicht behilflich
Pause
als sie die Hose unter seinem Gesäß befreit hat, kniet sie sich wieder hin und zieht sie an den Hosenbeinen herunter
sie steht auf, legt die Hose neben das Hemd, auf den Fußteil des Betts
wieder beugt sie sich über den Jungen Mann, hebt seinen Körper, wie vorhin, etwas hoch, dann kauert sie sich vor ihm nieder und zieht ihm die Unterhose aus
sie steht auf, legt auch die Unterhose ordentlich auf den Fußteil des Betts
sie umarmt den Jungen Mann, bringt ihn zum Stehen
der Junge Mann steht nackt im Waschbecken
sie geht zum Emailkrug, trägt auch den Krug zum Waschbekken
Pause
aus dem Krug gießt sie Wasser ins Waschbecken
sie kniet sich hin, nimmt einen Waschlappen aus dem Waschbekken, taucht ihn mehrmals ins Wasser, bis er ganz durchnäßt ist, dann wringt sie ihn aus, streift ihn über die Hand und sieht wieder zum Gesicht des Jungen Mannes hoch

MÁRIA
Schön kaltes Wasser.

Pause
der Junge Mann ist reglos
Mária richtet sich auf und beginnt, mit dem Waschlappen Hals, Schulter, Brust und Rücken des Jungen Mannes zu waschen
dazwischen spült und wringt sie den Waschlappen mehrmals aus, kauert sich nieder, richtet sich auf
als sie ihn bis zur Taille gewaschen hat, beginnt sie leise zu reden, mit gleichsam farbloser und monotoner Stimme, als wollte sie ihn in den Schlaf lullen, doch setzt sie derweil im gleichen Tempo das Waschen fort, sie wäscht Geschlecht und Gesäß des Jungen Mannes, fährt mit dem Waschlappen zwischen seine Schenkel, wäscht auch die Schenkel, schließlich kauert sie sich langsam hin, läßt sich auf die Knie nieder und wäscht ihm die Beine, dann die Füße

MÁRIA
Es war Sommer geworden, und wieder konnte ich den Platz überqueren. Im Sommer sind die Platanen am schönsten, sie filtern das Licht zu einem Schleier, von diesem Licht habe ich noch gar nicht reden können, man kann es wohl auch nicht; aber vergeblich überquerte ich den Platz zum ersten Mal am Morgen, wieder am Morgen, er war nirgends. Und auch am Nachmittag nicht.
Pause
Einfach nirgends, so daß ich gar nicht weggehen mochte.
Pause
Ich dachte schon, nie wieder.
Pause
Aber da kam er doch, genauso wie früher, mir entgegen über den Platz, er kam, ich ging, aber ich dachte nicht, dachte

wirklich nicht, daß es so sein würde, denn inzwischen war ein Jahr vergangen.

Pause

Es war Sommer, warm.

Pause

Er blieb stehen, und auch ich blieb stehen. So standen wir in diesem Licht. An einem gewöhnlichen Vormittag, die Menschen kamen und gingen. Vielleicht war er es, der zuerst weiterging, ich weiß es nicht mehr, ich kann mich unmöglich zurückerinnern, vielleicht will ich es auch nicht, vielleicht wäre es zu wichtig, ich aber ging weiter.

Pause

Das war Rache. Und auch am nächsten Morgen war ich dort. Und auch am übernächsten. Als hätte ich vergessen wollen, dabei wußte ich, daß ich nicht vergessen, nur Rache nehmen wollte. Schließlich hatte ich das Recht, hier entlangzugehen, dazu hatte ich das Recht. Aber das dauerte nicht lange. Er blieb stehen. Er war mager geworden, nicht blaß, sondern gelb, gelbe Haut auf einem fremden Gesicht. Man konnte sehen, daß es Haut auf einem fremden Gesicht war. Er sagte, schauen Sie dieses eine Mal zurück, Mária, ich möchte mich von Ihnen verabschieden, ich gehe. Ich verstand nicht. Und er ging weiter. Er trug keine Mappe. Ich verstand nicht. Er ging weiter. Auch da sagte ich kein Wort zu ihm. Nie. Aber zurückschauen mußte ich. Diesmal schon. Er ging geradeaus, er schaute nicht zurück, er nicht, ich sah nur, daß er etwas hervorzog. Aus der Rocktasche hervorzog.

Pause

Das war der Abschied.

Pause

Angeblich ist es die sicherste Methode, er schoß sich in den Mund.

Pause

So beendete er mein Leben.

Mária richtet sich auf, geht langsam zum Ofen, nimmt ein Handtuch vom Draht, der zwischen Ofenrohr und Wand gespannt ist, geht damit zurück; der Junge Mann steht reglos

Mária trocknet seinen Körper sorgfältig bis zu den Schenkeln, setzt ihn aufs Bett, schiebt das Waschbecken beiseite, läßt sich wieder auf die Knie nieder und trocknet sorgfältig seine Beine und Füße

sie steht auf, hängt das Handtuch wieder auf den Draht

sie geht erneut zum Bett, schlägt die Decke zurück, legt den Jungen Mann hin, deckt ihn zu, richtet die Kissen unter seinem Kopf

Pause

verharrt einen Augenblick so; sie schauen sich an

dann nimmt sie die Kleider vom Fußteil des Betts, trägt sie zum Stuhl, legt alles sorgfältig zusammen und hängt es über die Stuhllehne

sie kehrt zum Bett zurück, gießt das Wasser aus dem Waschbecken in den Krug, trägt Waschbecken und Krug an den ursprünglichen Platz zurück, stellt alles wieder gleich hin; der Krug kommt ins Waschbecken

sie hebt den Mantel vom Boden auf, trägt ihn zur Tür, hängt ihn an den Haken

die Tür ist offen

sie geht zum Nachttisch, steht mit dem Rücken zum Publikum, so daß man mehr ahnt als sieht, was sie tut: sie öffnet die Nachttischtür, holt ein geschliffenes Glas hervor, gießt aus einer Flasche Rotwein ins Glas, stellt die Flasche wieder zurück, schließt die Nachttischtür, zieht die Schublade heraus, schüttet aus einer Dose weißes Pulver in den Wein, verrührt es mit dem Löffel, legt die

Dose in die Schublade zurück, schließt die Schublade, trinkt den Wein
Pause
sie schaut auf den Jungen Mann

MÁRIA
Zu Ende.

sie dreht sich um, geht zum Stuhl, wischt die Glasscherben vom Sitz in ihre Hand, nimmt mit der andern Hand die Kleider von der Stuhllehne und legt sie auf den Sitz
sie kehrt zum Bett zurück, ergreift die Hand des Jungen Mannes und streut die Glascherben aus ihrer Hand in die seine

MÁRIA
Ich dachte, es stimmt nicht.
JUNGER MANN
Es ist so, wie ich es erzählt habe.

Pause
einen Augenblick lang schauen sie sich an, dann geht Mária durch die offene Tür hinaus, entfernt sich langsam im weißen Raum, ihre Gestalt verschwindet langsam, entfernt sich und versinkt, zuerst verschwinden ihre Beine, man sieht bloß noch ihren Rumpf, dann entfernt sich auch dieser, versinkt, bis schließlich nur noch ihr Kopf zu sehen ist
da erhebt sich im Orchestergraben der Cembalist und geht hinaus
nun verschwindet auch der Kopf in der Ferne
der Lautenspieler beginnt albern und unsinnig auf seinem Instrument herumzuklimpern
auch der Cellist erhebt sich hinter seinem Instrument, löscht das

Lämpchen auf dem Notenpult und geht hinaus
der Lautenspieler klimpert auf seinem Instrument
der Vorhang fällt sehr langsam und majestätisch

Beerdigung

Komödie ohne Pause

Personen

SCHAUSPIELER
SCHAUSPIELERIN

Eine sehr große, luftige, altmodische Bühne, möglichst leer, bis zum Bühnenhintergrund offen, mit Wänden in gebrochenem Weiß; die Wände sollten so beschaffen sein, daß man keine Fugen sieht.
Rechts und links vom Bühnenhintergrund je eine unsichtbare Tür für die Auftritte und Abgänge.
Der Bodenbelag ist hellgrau, unbedingt weich, zum Beispiel mit Schaumstoff unterlegtes Kunstharz. Der Bühnenboden steigt leicht an und wird, damit der Blick sich in dieser hellen Wüste nicht verliert, durch eine vor der Rampe befindliche, nicht allzu hohe Treppe gebrochen, um sich dann ebenso grau über den Orchestergraben zu senken. Unter der Treppe, rechts und links, an die Bühnenwände anstoßend, stehen zwei einfach gezimmerte weiße Holzsärge. Das Weiß soll unbedingt matt, nicht glänzend sein.
Das Licht ist gleichmäßig, weiß, gleißend hell, sogar blendend, doch ist nur die Bühnenpartie über der Treppe so ausgeleuchtet. Der Raum unter der Treppe bekommt nicht mehr Licht, als vorhanden ist.
Das Licht ist immer gleich, verändert sich nicht.
Die beiden Schauspieler tragen vollkommen identische Kleider. Sehr weite, gerade weiße Hosen, die in der Taille mit einem Band festgezogen sind, ein ebenfalls gerade ge-

schnittenes, kragenloses, ziemlich langes weißes Überziehhemd aus grobem Stoff sowie eine viereckige Mütze aus demselben Material.
Sie sind barfuß.
Das Stück ist im Grunde mit Schauspielern jeden Alters spielbar, doch sollte der Schauspieler nicht älter als die Schauspielerin sein – oder aussehen! –, weil sonst die inneren Proportionen des Stücks empfindlich gestört würden.
Im Idealfall sind es Zwillinge, um die dreißig.
Das Stück gleicht am ehesten einem Ballett.
Im ganzen sind nur vier Requisiten erforderlich: ein roter Musselinschal, der im Hosenbund der Schauspielerin versteckt ist, sowie ein Klappmesser, das im Hosenbund des Schauspielers steckt, ferner zwei lebensgroße Puppen, die in Aussehen und Kleidung exakt der Schauspielerin und dem Schauspieler gleichen und die in den verschlossenen Särgen liegen.
Keinerlei Begleitmusik, Klangkulisse oder äußeres Geräusch.
Ein Vorhang fehlt.

sehr lange herrschen auf der Bühne vollkommene Stille und Reglosigkeit; natürlich hängt es von der Geduld des Publikums ab, wie lange die Pause durchgehalten wird, doch soll diese die Toleranzgrenze deutlich überschreiten; dann tauchen plötzlich der Schauspieler und die Schauspielerin auf, der Schauspieler von links, die Schauspielerin von rechts; beide sind entspannt, fein, freundlich, ruhig, selbstbewußt, still

sie bleiben stehen, sehen sich an, das heißt werden aufeinander aufmerksam und mustern sich dann von der Fußsohle bis zum Scheitel, als warteten sie darauf, daß der andere etwas tut, irgend etwas, eine winzige Bewegung

aber keiner bewegt sich

sehr lange Stille

dann lachen beide gleichzeitig leise auf und beginnen, um die Bühne zu gehen, sie in Augenschein zu nehmen

dies tun sie sehr langsam, in sich versunken, gründlich und vor allem gänzlich unabhängig voneinander; und obwohl ihre Bewegungen fast identisch sind, macht es den Anschein, als erkundete jeder seine eigene Spielfläche

sie betrachten etwas bis zum Überdruß Bekanntes, tun also nicht wichtig, dennoch liegt ihnen sehr viel daran, daß alles stimmt, alles an seinem Ort ist

sie betrachten die Luft, die Lichter, sie berühren die Wände, sie

schauen ins Dunkel, sie fassen den Boden an, kurz: sie nehmen den Raum in Besitz
aufgepaßt! sie sehen nicht einmal zufällig ins Publikum, sie kreuzen sich in der Mitte der Bühne, treten nach vorn
der Schauspieler bückt sich, berührt den Rand der Treppe, die Schauspielerin macht einige Schritte rauf und runter, probiert die Treppe aus
dann beschreiten sie auch den Raum unter der Treppe, scheinbar ohne die Särge zu bemerken
sie gehen bis zur Rampe vor, die Schauspielerin bewegt sich, wie eine Seiltänzerin, mit ausgestreckten Armen die Rampe entlang, der Schauspieler beobachtet sie eine Weile, dann geht er zum Sarg auf der linken Seite, berührt und betastet ihn, bleibt am Kopfende zögernd stehen
die Schauspielerin blickt auf, läßt zögernd die Arme sinken und geht dann zum Sarg auf der rechten Seite; sie geht um den Sarg herum, berührt und betastet ihn; fast gleichzeitig heben beide den Sargdeckel hoch
aufgepaßt! das Publikum kann nicht sehen, was sich in den Särgen befindet
Stille
sie sehen sich an, sehen in den Sarg

SCHAUSPIELERIN
Bist du auch drin?

Stille

SCHAUSPIELER
Du auch?

Stille
sie lassen langsam den Sargdeckel herunter, sehen sich an, reglos

SCHAUSPIELERIN
Eine Überraschung.
SCHAUSPIELER
Eine Falle.

Stille
sie sehen sich an, reglos

SCHAUSPIELERIN
Wir tun dann so, als hätten wir nichts gesehen.
SCHAUSPIELER
Betrügen uns selbst.

lange Stille
sie sehen sich an, reglos

SCHAUSPIELERIN
Gehen wir.

Stille

SCHAUSPIELER
Zurück.

sehr lange Stille
beide berühren den Sarg

SCHAUSPIELERIN
Von der Treppe darf man nicht runter. Das soll die erste Regel sein.
SCHAUSPIELER
Ja.

Stille
beide bewegen sich rückwärts, gehen rückwärts die Treppe hoch und bis zur Bühnenmitte, sehen abwechselnd einander und den Sarg an
sehr lange Stille
sie bleiben stehen

SCHAUSPIELERIN
Ist dageblieben.
SCHAUSPIELER
Dort.

Stille

SCHAUSPIELERIN
Gehen wir.
SCHAUSPIELER
Wohin?

Stille

SCHAUSPIELERIN
Ich werde es vergessen.
SCHAUSPIELER
Das kannst du nicht.

sehr lange Stille
sie stehen ziemlich weit voneinander entfernt, unbeholfen, und sehen sich an, um nicht auf den Sarg sehen zu müssen

SCHAUSPIELERIN
Keine große Sache.

SCHAUSPIELER
Keine große Sache.

sehr lange Stille
sie mustern sich gründlich, wenn auch etwas verkrampft, und beobachten zugleich sachlich, was nun Gegenstand ihres Spiels sein würde

SCHAUSPIELERIN
Was werden wir heute spielen?

Stille

SCHAUSPIELER
Was werden wir heute spielen?

lange Stille

SCHAUSPIELERIN
Wieso ahmst du mich nach?
SCHAUSPIELER
Wieso ahmst du mich nach?

sehr lange Stille

SCHAUSPIELERIN
Du weißt doch, was Nachahmen bedeutet.
SCHAUSPIELER
Genau darüber denke ich nach.
SCHAUSPIELERIN
Meine Frage hast du aber nicht beantwortet.
SCHAUSPIELER
Mit Absicht.

SCHAUSPIELERIN
Das versteh ich nicht.
SCHAUSPIELER
Warum fragst du mich?
SCHAUSPIELERIN
Ich dachte, du wüßtest es.
SCHAUSPIELER
Ich dachte, du wüßtest es.

Stille

SCHAUSPIELERIN
Ich weiß es nicht.
SCHAUSPIELER
Ich weiß es auch nicht.
SCHAUSPIELERIN
Was wird dann?
SCHAUSPIELER
Wann?
SCHAUSPIELERIN
Ist auch eine Frage.
SCHAUSPIELER
Du fragst aus Verzweiflung.
SCHAUSPIELERIN
Ich habe Angst.
SCHAUSPIELER
Aber warum soll ich es wissen, wenn ich's nun mal nicht weiß.
SCHAUSPIELERIN
Ich weiß es auch nicht.

lange Stille; sie sind reglos

SCHAUSPIELER
Wieso fragst du mich?
SCHAUSPIELERIN
Weil ich's nicht weiß. Ganz einfach.
SCHAUSPIELER
Aber du weißt doch, daß ich's auch nicht weiß.
SCHAUSPIELERIN
Ja.
SCHAUSPIELER
Das will ich aber nicht.
SCHAUSPIELERIN
Verzeih.

Stille

SCHAUSPIELER
Sonst sieht es aus, als hätte ich jetzt einen Sieg errungen.

Stille

SCHAUSPIELER
Ich möchte keinerlei Machtspiele.

Stille

SCHAUSPIELERIN
Dann schweigen wir halt.

Stille

SCHAUSPIELER
Ich möchte nicht, daß wir so tun, als ob. Als gäbe es ein Als-ob.

SCHAUSPIELERIN
Sehen wir einander an. Das ist schön und einfach.
SCHAUSPIELER
Keinerlei Verstellung.
SCHAUSPIELERIN
Dann spielen wir eben nichts als das.
SCHAUSPIELER
Gut.
SCHAUSPIELERIN
Schlimm kann das nicht sein.
SCHAUSPIELER
Das ist es ja gerade! Daß nichts Schlimmes daran ist.

sehr lange Stille
sie sehen sich an, aber irgendwie flüchtig, da alles unentschieden und ungewiß ist; auch wissen sie bald nicht mehr, was sie mit ihren Händen, Füßen und ihrem Gesicht anfangen sollen; ohne sich von ihrem Platz zu bewegen, probieren sie bestimmte neue Positionen aus, aber als sie die ungeschickten, linkischen, ungelenken Bewegungen des andern sehen, bemerken sie ihre eigene Ungeschicklichkeit und Ungelenkheit und werden zunehmend mißmutiger

SCHAUSPIELER
Und was sollen wir mit unsern Händen anfangen?
SCHAUSPIELERIN
Mir kommen vor allem meine Beine so überflüssig vor.

Stille

SCHAUSPIELER
Du hast Probleme, wie?

SCHAUSPIELERIN
Du auch.

Stille

SCHAUSPIELER
In solchen Momenten dehnt sich die Hand aus, und man sollte etwas mit ihr tun. Und auch der Kopf sitzt nicht mehr so richtig.

SCHAUSPIELERIN
Wenn wir wüßten, was wir spielen sollen, wäre alles gelöst.

SCHAUSPIELER
Oder wenn dieses Ding wenigstens eine Tasche hätte, in die man die Hand hineinstecken könnte.

SCHAUSPIELERIN
Nicht einmal das gibt's.

SCHAUSPIELER
Nichts.

SCHAUSPIELERIN
Wir stehen hier nur blöd herum.

SCHAUSPIELER
Dann sollten wir vielleicht das spielen.

SCHAUSPIELERIN
Was?

SCHAUSPIELER
Schon wieder eine Frage.

SCHAUSPIELERIN
Ich weiß nicht, warum dich meine Fragen so ärgern.

SCHAUSPIELER
Ich mach dich nur darauf aufmerksam, daß wir das schon vorhin gespielt haben.

Stille

SCHAUSPIELERIN
Dann könnten wir jetzt etwas mit den Särgen versuchen. Angenommen, wir bringen sie hierher, setzen uns darauf und beginnen ganz entspannt, über etwas zu plaudern.

Stille

SCHAUSPIELERIN
Wenn man spricht, kommt die Bewegung von alleine.
SCHAUSPIELER
Ich denke, die sind zu was anderem da.
SCHAUSPIELERIN
Angenommen, sie sind zufällig da geblieben, vom gestrigen Stück.
SCHAUSPIELER
Verstell dich nicht.
SCHAUSPIELERIN
Was wurde eben noch mal gespielt?
SCHAUSPIELER
Wie platt.

lange Stille
sie stehen reglos und zunehmend verkrampft an ihrem Platz

SCHAUSPIELERIN
Vielleicht liegt das Problem darin, daß wir ständig reden.
SCHAUSPIELER
Ich kenne mich selber nicht mehr aus.
SCHAUSPIELERIN
Wir sind es gewohnt, ständig zu reden, damit etwas passiert.

SCHAUSPIELER
Dann schweig mal ein bißchen.

sehr lange Stille
beide sind in ihr eigenes Schweigen vertieft und beobachten

SCHAUSPIELERIN
Mir ist, als käme ich nie mehr von hier weg.

sehr lange Stille

SCHAUSPIELERIN
In einem so großen Raum ist das sehr unangenehm. Wenn es wenigstens große Säulen gäbe.

sehr lange Stille

SCHAUSPIELER
Wenn es wenigstens irgendwelche Regeln gäbe, die wir genau befolgen müßten.

SCHAUSPIELERIN
Das hat mich schon oft im Traum verfolgt, aber ich dachte nicht, daß es mir zustoßen würde.

SCHAUSPIELER
Offenbar gibt es nicht einmal Regeln.

SCHAUSPIELERIN
Ich stehe auf der Bühne, ohne Kleider, vollkommen nackt, und habe vergessen, was ich sagen muß, und meine Füße sind wie angewurzelt. Am nackten Bretterboden.

SCHAUSPIELER
Dadurch sind wir völlig frei.

SCHAUSPIELERIN
Wie in der Schule, wenn man die Antwort nicht weiß.
SCHAUSPIELER
Ohne Ballast.

Stille

SCHAUSPIELERIN
Frei?
SCHAUSPIELER
Ja.
SCHAUSPIELERIN
Das ist bloß ein Wort. Das bedeutet nichts.
SCHAUSPIELER
Ja. Bloß ein Wort.
SCHAUSPIELERIN
Gut, daß wir Kleider haben. Die kann man wenigstens anfassen.
SCHAUSPIELER
Wir können tun, was wir wollen.
SCHAUSPIELERIN
Und einen Körper unterm Kleid. Augen, Fleisch, einen Mund, einen Bauch, Arme, Beine. Und Haare.
SCHAUSPIELER
Vielleicht ist das die einzige Grundregel.
SCHAUSPIELERIN
Unser Körper lebt, funktioniert ganz normal, das dürfen wir nicht vergessen. Und ich hab einen roten Schal aus Musselin, und du hast ein Klappmesser, nur mußten wir sie voreinander verstecken.
SCHAUSPIELER
Daß wir dasein müssen.

SCHAUSPIELERIN
Das sind die Überraschungen. Und reden können wir auch.

SCHAUSPIELER
Für eine Aufführung sollte das reichen.

Stille

SCHAUSPIELERIN
Ist womöglich sogar zuviel.

Stille

SCHAUSPIELERIN
Jetzt hab ich mich an die Starrheit schon gewöhnt.

SCHAUSPIELER
Und nur darum hab ich gesagt, daß wir frei sind. Das sollte reichen.

SCHAUSPIELERIN
Wenn es keinen Grund gibt, von hier wegzugehen, dann reden wir umsonst.

SCHAUSPIELER
Wir sind ohne Ballast und können tun, was wir wollen.

SCHAUSPIELERIN
Es wäre gut, wenn du etwas mit mir anfangen könntest.

SCHAUSPIELER
Man muß seine Lage immer gründlich analysieren.

SCHAUSPIELERIN
Bitte, ruf mich zu dir.

SCHAUSPIELER
Auch ich bin starr.

SCHAUSPIELERIN
Es müßte ganz natürlich erscheinen, daß wir da sind.
SCHAUSPIELER
Entspannen wir uns.
SCHAUSPIELERIN
Wie?
SCHAUSPIELER
Atmen wir.

Stille
sie stehen reglos einander gegenüber, es passiert nichts
dann atmet der Schauspieler sehr langsam ein
auch die Schauspielerin atmet sehr langsam ein
sie stehen da mit angehaltenem Atem
der Schauspieler atmet langsam aus
auch die Schauspielerin atmet langsam aus
der Schauspieler setzt sich im Lotussitz auf den Boden und atmet sehr langsam ein
Stille
beide sitzen da mit angehaltenem Atem
der Schauspieler atmet sehr langsam aus
auch die Schauspielerin atmet sehr langsam aus
der Schauspieler legt sich auf den Rücken und atmet sehr langsam ein
auch die Schauspielerin legt sich auf den Rücken und atmet sehr langsam ein
Stille
beide liegen da mit angehaltenem Atem
die Schauspielerin atmet sehr langsam aus
der Schauspieler atmet sehr langsam aus
sie verharren so
Stille

der Schauspieler setzt sich sehr langsam auf, erhebt sich dann ebenso langsam
die Schauspielerin tut es ihm nach
der Schauspieler beginnt, eine weite Runde zu drehen
auch die Schauspielerin setzt sich in Bewegung, doch in entgegengesetzter Richtung
sie laufen
sie laufen zunehmend schneller, machen mitunter Sprünge, drehen sich im Kreis, wechseln die Richtung, wobei sie sich immer gegenläufig zueinander bewegen; ihre Hände berühren, ihre Körper streifen sich, sie laufen, stoßen zusammen, laufen, und als sie das Tempo nicht mehr steigern können, verlangsamen sie es stufenweise und gleichmäßig, sie laufen in langsamerem Tempo, als hätte dies nie ein Ende, dann wird ihr Laufen ganz langsam und traumähnlich, bis sie fast unbemerkt die Ausgangsposition erreichen und in einiger Distanz voneinander stehenbleiben
sie keuchen
sehr lange Stille

SCHAUSPIELER
Wir sind angekommen.

sehr lange Stille

SCHAUSPIELERIN
Wir leben.

sehr lange Stille

SCHAUSPIELER
Wir verschnaufen ordentlich.

sehr lange Stille

SCHAUSPIELERIN
Das Problem ist, daß der Mensch als solcher nichts taugt.

Stille

SCHAUSPIELER
Das war nur zum Anwärmen.
SCHAUSPIELERIN
Wir haben nichts miteinander zu schaffen.
SCHAUSPIELER
Wir sind da.
SCHAUSPIELERIN
Nichts hat sich geändert.
SCHAUSPIELER
Das ist nicht wenig.
SCHAUSPIELERIN
Du bist weit.
SCHAUSPIELER
Es wäre nicht gut, etwas zu überstürzen.
SCHAUSPIELERIN
Ruf mich zu dir.
SCHAUSPIELER
Noch ist mir nicht danach.
SCHAUSPIELERIN
Ruf mich zu dir.
SCHAUSPIELER
Noch ist nichts passiert.
SCHAUSPIELERIN
Ruf mich zu dir.

SCHAUSPIELER
Ich kann dich nur gerade sehen.
SCHAUSPIELERIN
Ruf mich zu dir.
SCHAUSPIELER
Ich verschnaufe eben.
SCHAUSPIELERIN
Ruf mich zu dir.
SCHAUSPIELER
Verstehst du nicht, daß mir überhaupt nicht danach ist?
SCHAUSPIELERIN
Dann ruf mich zu dir.
SCHAUSPIELER
Ich mag nicht.
SCHAUSPIELERIN
Ruf mich zu dir.
SCHAUSPIELER
Komm.

die Schauspielerin geht auf den Schauspieler zu, bleibt aber nach ein paar vor Rührung unsicheren Schritten plötzlich stehen
sie sehen sich an
dann wendet sich die Schauspielerin jäh vom Schauspieler ab und bedeckt mit den Händen ihr Gesicht, als würde sie geschlagen

SCHAUSPIELER
Was ist?

Stille; die Schauspielerin regt sich nicht

SCHAUSPIELER
Wieso antwortest du nicht?

Stille; die Schauspielerin regt sich nicht

SCHAUSPIELER
Ich hab gesagt, du sollst kommen.

Stille; die Schauspielerin regt sich nicht

SCHAUSPIELER
Wir machen es nach und nach.

Stille; die Schauspielerin regt sich nicht

SCHAUSPIELER
Ich tu einen Schritt auf dich zu, du tust einen Schritt auf mich zu.

Stille; die Schauspielerin regt sich nicht; der Schauspieler tut einen ersten Schritt

SCHAUSPIELER
Ich streck die Hand nach dir aus, du streckst die Hand nach mir aus.

Stille; der Schauspieler streckt die Hand aus, die Schauspielerin regt sich nicht

SCHAUSPIELER
Wir helfen einander.

Stille; die Schauspielerin regt sich nicht

SCHAUSPIELER
Du kannst kommen. Komm!

Stille; die Schauspielerin regt sich nicht

SCHAUSPIELER
Aber nimm zuerst die Hand vom Gesicht.
SCHAUSPIELERIN
Nein.
SCHAUSPIELER
Sie stört.
SCHAUSPIELERIN
Ich kann nicht.
SCHAUSPIELER
Was kannst du nicht?
SCHAUSPIELERIN
Du weißt genau, warum.
SCHAUSPIELER
Nein.
SCHAUSPIELERIN
Du weißt es.

Stille; die Schauspielerin regt sich nicht, der Schauspieler macht ein paar unsichere Schritte auf sie zu und bleibt dann unschlüssig stehen

SCHAUSPIELER
Anders konnte ich dich nicht rufen.
SCHAUSPIELERIN
Du weißt es also.
SCHAUSPIELER
Ich möchte immer nur das sagen, was ich fühle, nur das. Das aber genau.

SCHAUSPIELERIN
Du fühlst es sehr genau.
SCHAUSPIELER
Erwarte nicht mehr.
SCHAUSPIELERIN
Das ist genug.
SCHAUSPIELER
Dann nimm die Hand vom Gesicht.
SCHAUSPIELERIN
Noch kann ich nicht.

Stille; die Schauspielerin regt sich nicht

SCHAUSPIELER
Dann wird es ein sehr schlechtes Spiel werden.
SCHAUSPIELERIN
Ich nehme sie weg.
SCHAUSPIELER
Ziemlich langweilig.
SCHAUSPIELERIN
Je langweiliger, desto besser.

sehr lange Stille

SCHAUSPIELER
Ich bitte dich zum letzten Mal.

Stille; die Schauspielerin regt sich nicht
der Schauspieler geht entschlossen auf sie zu, dreht sich jedoch auf dem Absatz um und geht zum Bühnenhintergrund zurück; er bleibt, mit dem Rücken zum Publikum, vor der Wand stehen

SCHAUSPIELER
Sag, wenn es soweit ist.

sehr lange Stille

SCHAUSPIELER
Solange dreh ich mich nicht um.

Stille; die Schauspielerin regt sich nicht

SCHAUSPIELER
Ist es soweit?

Stille; die Schauspielerin regt sich nicht

SCHAUSPIELER
Schämst du dich nicht?

Stille; die Schauspielerin regt sich nicht

SCHAUSPIELER
Ich glaube nicht, daß ich dich so schwer beleidigt habe.

Stille; die Schauspielerin regt sich nicht

SCHAUSPIELER
Darf ich mich umdrehen?

Stille; die Schauspielerin regt sich nicht

SCHAUSPIELER
Du könntest endlich antworten.

sehr lange Stille
dann dreht sich der Schauspieler um, geht zurück, tritt zur Schauspielerin und nimmt ihr die Hände vom Gesicht; nicht zu grob, aber recht entschlossen; die Schauspielerin läßt es geschehen; sie verharren so, sehen sich an, der Schauspieler hält das Handgelenk der Schauspielerin, und es macht den Anschein, als sähen sie sich zum ersten Mal wirklich

SCHAUSPIELERIN
Etwas ist trotzdem passiert.

Stille

SCHAUSPIELER
Deine Stimme. Gekünstelt. Auch meine. Als würden wir einen auswendig gelernten Text aufsagen.

Stille

SCHAUSPIELERIN
Wir haben's ganz gut gemacht.

Stille

SCHAUSPIELER
Im Grunde bin auch ich zufrieden.

Stille

SCHAUSPIELERIN
Laß meine Hand los.

Stille

SCHAUSPIELER
Doch der Klang unserer Stimme verrät uns. Das bist nicht du, das bin nicht ich.

Stille

SCHAUSPIELERIN
Ich sag dir, laß meine Hand los.
SCHAUSPIELER
Ich sag dir, ich tu's nicht.
SCHAUSPIELERIN
Du läßt sie los.
SCHAUSPIELER
Jetzt, da ich sie halte, behalt ich sie.
SCHAUSPIELERIN
Du bist gemein.
SCHAUSPIELER
Nicht genug.
SCHAUSPIELERIN
Es geht mir zu schnell.
SCHAUSPIELER
Später verlangsamen wir.
SCHAUSPIELERIN
Laß los.
SCHAUSPIELER
Nein.
SCHAUSPIELERIN
Was willst du?
SCHAUSPIELER
Nichts.

SCHAUSPIELERIN
Man sieht dich aber.
SCHAUSPIELER
Ich bin nicht blöd.

Stille

SCHAUSPIELERIN
Dann schließ ich eben die Augen.
SCHAUSPIELER
Nimm lieber deine Stimme in Besitz.
SCHAUSPIELERIN
Zieh mich an dich.
SCHAUSPIELER
Und atme tief.
SCHAUSPIELERIN
Küß mich.

Stille

SCHAUSPIELER
Tiefer, lange.

Stille

SCHAUSPIELER
Jetzt verlangsamen wir.
SCHAUSPIELERIN
Wieso?
SCHAUSPIELER
Ich muß mal nachdenken.

SCHAUSPIELERIN
Jetzt? Wieso?
SCHAUSPIELER
Ich habe mich überstürzt.
SCHAUSPIELERIN
Soll ich mich ausziehen?
SCHAUSPIELER
Warte noch.
SCHAUSPIELERIN
Ich wollte nur helfen.
SCHAUSPIELER
Das geht nicht.
SCHAUSPIELERIN
Was geht nicht? Alles geht.

der Schauspieler läßt die Hand der Schauspielerin langsam los, sieht zu, wie sie mit geschlossenen Augen starr dasteht, dann entfernt er sich einige Schritte von ihr
er betrachtet sie wie ein Bild, sachlich
setzt sich im Türkensitz hin
lange Stille
die Schauspielerin verharrt in ihrer Pose

SCHAUSPIELER
Ich kann mich oder dich, ich kann uns nur damit trösten, daß es gar nicht so schlecht war, daß wir es ganz gut gemacht haben. Damit tröste ich mich. Wir haben es ganz gut gemacht.
SCHAUSPIELERIN
Wir hätten es noch ein wenig steigern können.
SCHAUSPIELER
Bleib.

SCHAUSPIELERIN
Sieht es gut aus?

SCHAUSPIELER
Darf ich reden?

SCHAUSPIELERIN
Wie du meinst.

SCHAUSPIELER
Aber es hat mich traurig gemacht. Ich weiß nicht, warum. Sehr traurig, wenn ich so sagen darf, müde.

SCHAUSPIELERIN
Soll ich noch bleiben?

SCHAUSPIELER
Wie du meinst.

SCHAUSPIELERIN
Ich sehe wohl wie eine Parodie aus. Wie eine Karikatur. Dabei war nicht alles an mir falsch. Vielleicht war es nur meine Stimme. Ja, meine Stimme. Aber auch deine Stimme war es. Darf ich reden?

SCHAUSPIELER
Bitte.

SCHAUSPIELERIN
Es gab einen Moment, als ich wirklich etwas empfand. Nicht viel zwar, und es ist schwer, es zu fassen, weil auch das Falsche echt ist, aber es gab einen solchen Moment, den Bruchteil eines Moments. Als ich etwas empfand für dich.

Stille; die Schauspielerin verharrt noch immer mit geschlossenen Augen und reglos in der gleichen Pose

SCHAUSPIELERIN
Fragst du nicht?

SCHAUSPIELER
Welcher war's?
SCHAUSPIELERIN
Ich antworte gern.
SCHAUSPIELER
Hab nur keine Angst.
SCHAUSPIELERIN
Als ich es wußte, sagte ich, du würdest meine Hand loslassen, aber gleichzeitig blitzte es in mir auf: Nein! und auch das hätte der Wahrheit entsprochen.
SCHAUSPIELER
Blitzte es auf. Auf. Eigenartig.
SCHAUSPIELERIN
Jetzt hör ich schon auf damit.
SCHAUSPIELER
Gut.

die Schauspielerin öffnet die Augen, ihr Körper entspannt sich, sie macht einige Bewegungen, die an Turnübungen erinnern

SCHAUSPIELERIN
Meine Stimme klingt falsch, ich sehe es ein. Sosehr ich mich auch anstrenge, sie will nicht natürlich klingen. Aber das gilt auch für deine.
SCHAUSPIELER
Ich weiß es.
SCHAUSPIELERIN
Reden wir einfacher.
SCHAUSPIELER
Gut.

Stille

SCHAUSPIELERIN
Darf ich mich neben dich setzen?
SCHAUSPIELER
Komm.

Stille

SCHAUSPIELERIN
Danke.

die Schauspielerin geht langsam zum Schauspieler, kniet sich vor ihn hin und küßt seine Stirn

SCHAUSPIELER
Gern geschehen.
SCHAUSPIELERIN
Du blödelst umsonst.
SCHAUSPIELER
Ich blödle nicht.
SCHAUSPIELERIN
Ich wollte nur das. Genau das.
SCHAUSPIELER
Dann hast du's.

die Schauspielerin setzt sich neben den Schauspieler, so daß ihre Schultern sich fast berühren
sehr lange Stille
danach beginnt der Schauspieler leise zu zischen, und die Schauspielerin antwortet ihrerseits mit Gezisch; von da an geben sie, ohne sich von der Stelle zu rühren, die unterschiedlichsten Töne von sich; diese werden zunehmend lauter, unfreundlicher, bis hin zum unartikulierten Geschrei, um dann langsam abzuschwellen,

sich aneinander zu schmiegen und mit leiser Innigkeit in Stille zu münden, die nach und nach, zögernd und auf Umwegen, erreicht wird
sehr lange Stille

SCHAUSPIELERIN
Bist du zufrieden?
SCHAUSPIELER
Jedenfalls ist es besser, als wenn wir einen Text aufsagen würden.

sehr lange Stille

SCHAUSPIELERIN
Irgendwie ist es mir wichtig, daß du mit mir zufrieden bist. Beziehungsweise war es mir wichtig. Wichtig.
SCHAUSPIELER
Ich hab das nicht von dir verlangt.
SCHAUSPIELERIN
Ich weiß.

sehr lange Stille

SCHAUSPIELERIN
Schauen wir ins Dunkel.
SCHAUSPIELER
Etwas anderes bleibt uns gar nicht übrig.

Stille

SCHAUSPIELERIN
Oder stellen wir uns vor, diese Nacht wäre sternklar.

SCHAUSPIELER
Schade, daß es so scheußlich regnet.

Stille

SCHAUSPIELERIN
Und windet. Ich friere.
SCHAUSPIELER
Bei solchem Sonnenschein?

Stille

SCHAUSPIELERIN
Es schneit. Alles ist weiß. Von weichem Schnee bedeckt. Weiß. Siehst du nicht? Weiß.
SCHAUSPIELER
Manchmal kommt alles schön zusammen.
SCHAUSPIELERIN
Warum willst du nicht, daß ich etwas erfinde?
SCHAUSPIELER
Danach ist wieder nichts.

Stille

SCHAUSPIELERIN
Ist es dir unangenehm, daß wir so nebeneinander sitzen?
SCHAUSPIELER
Nein. Spürst du's nicht?
SCHAUSPIELERIN
Warum läßt du mich dann nicht etwas erfinden?
SCHAUSPIELER
Erfinde, was du willst.

SCHAUSPIELERIN
Eine schöne Geschichte, das wär's.
SCHAUSPIELER
Worüber?
SCHAUSPIELERIN
Über dich. Über uns.
SCHAUSPIELER
Daß wir so nebeneinander sitzen, ist dir das unangenehm?
SCHAUSPIELERIN
Spürst du's nicht?
SCHAUSPIELER
Mir genügt das vollauf.

Stille

SCHAUSPIELERIN
Aber wie schaffen wir es dann, aufzustehen?
SCHAUSPIELER
Keine Ahnung.
SCHAUSPIELERIN
Wenn du jedesmal die Stimmung verdirbst, schaffen wir es nie.
SCHAUSPIELER
Mag sein.

Stille

SCHAUSPIELER
Nicht ich habe sie verdorben.

Stille

SCHAUSPIELER
Ich möchte nicht, daß wir es aufeinander abschieben.

Stille

SCHAUSPIELER
Ich versuche laut zu denken.

Stille

SCHAUSPIELER
Mag sein, daß auch das nicht geht.

Stille

SCHAUSPIELER
Beobachtest du mich?
SCHAUSPIELERIN
Ich tu nichts anderes, ich beobachte dich ständig.
SCHAUSPIELER
Spürst du's nicht?
SCHAUSPIELERIN
Ich hab diese Umständlichkeiten etwas satt.
SCHAUSPIELER
Jetzt weiß ich schon, wie wir's verdorben haben. Spürst du's nicht?
SCHAUSPIELERIN
Und ich hab immer mehr Angst. Auch das spür ich. Allmählich spür ich nur noch das.
SCHAUSPIELER
Gerade darüber denk auch ich nach.

SCHAUSPIELERIN

Dabei tust du so, als nähmest du nichts zur Kenntnis. Ich will es nicht auf dich abschieben, aber du tust so, als interessierte es dich nicht, daß man dir zuschaut. Verstehst du? Zuschaut. Zuschaut. Du tust so, als wären wir nicht dazu da, daß man uns zuschaut. Tust so, als könntest du alles machen. Als wären wir frei. Dabei wolltest du gerade das vermeiden. Und tust trotzdem so, als gäbe es ein Als-ob. Deine blödsinnige Freiheit!

SCHAUSPIELER

Genau darüber denk ich nach. Das möchte ich irgendwie ausdrücken.

SCHAUSPIELERIN

Aber wer sieht schon, worüber du nachdenkst, wenn du so tust, als würdest du dich in dieser großen leeren Stille oder was immer, was ist das eigentlich? in diesem ganzen Zeug, in dieser ganzen Scheiße, wo nichts ist, ruhig und großartig fühlen. Als wäre es das Natürlichste auf der Welt. Als gäbe es nichts Natürlicheres, als nichts tun zu können. Daß wir nichts tun können. Daß ich mich nicht einmal rühren kann.

SCHAUSPIELER

Und wer sieht wohl deine Angst?

SCHAUSPIELERIN

Ich werde sie schon zeigen.

SCHAUSPIELER

Da bin ich aber sehr gespannt.

die Schauspielerin springt auf, greift sich an die Brust, als wollte sie die Angst aus ihrer Brust reißen, öffnet den Mund zum Schrei, als wollte sie sie hinausschreien, doch gibt sie keinen Laut von sich, heult stumm, während sie sich an die Brust

schlägt und an ihrem Hemd herumzerrt; dann bricht sie plötzlich ab
sie beginnt zu schreien, zuerst leise und mit tiefer Stimme, dann immer höher und lauter, doch bevor das Maximum erreicht ist, bricht sie plötzlich ab
Stille

SCHAUSPIELERIN
Ich kann nicht.
SCHAUSPIELER
Dabei fing es ganz großartig an.

sehr lange Stille

SCHAUSPIELERIN
Du bist sehr klug. Sehr.
SCHAUSPIELER
Und warum sollten wir etwas tun, nur damit man uns zuschaut?
SCHAUSPIELERIN
Du bist sehr klug.
SCHAUSPIELER
Man kann uns ja auch dabei zuschauen, wie wir nichts zustande bringen. Oder?
SCHAUSPIELERIN
Du bist sehr klug. Sehr.
SCHAUSPIELER
Meiner Meinung nach ist das mindestens ebenso interessant.
SCHAUSPIELERIN
Weil ich sonst umkomme. Verstehst du? Ich halt's nicht aus. Darum.

sehr lange Stille
die Schauspielerin verharrt in der gleichen Pose, der Schauspieler erhebt sich langsam

SCHAUSPIELER
Wir haben es verdorben. Das ist alles.

Stille
der Schauspieler geht nach links, wo er zuerst aufgetaucht ist

SCHAUSPIELERIN
Ich habe es wenigstens versucht.

der Schauspieler bleibt auf halbem Weg stehen, dreht sich um

SCHAUSPIELER
Warum sollte man das nicht zugeben?

Stille

SCHAUSPIELER
Beginnen wir nochmals von vorn.
SCHAUSPIELERIN
Man kann nicht nochmals von vorn beginnen.
SCHAUSPIELER
Dann tun wir eben so, als ob wir nochmals von vorn beginnen würden.

sehr lange Stille
langsam geht die Schauspielerin nach rechts, wo sie zuerst aufgetaucht ist, doch unterwegs bleibt sie plötzlich stehen

beide lachen gleichzeitig leise auf

SCHAUSPIELERIN
Als ob.
SCHAUSPIELER
Als ob.

Stille

SCHAUSPIELERIN
Aber dann wollen wir die Plätze tauschen.

sie tauschen die Plätze; der Schauspieler begibt sich nach rechts, die Schauspielerin nach links

SCHAUSPIELERIN
Es soll nicht ganz gleich sein.

beide treten einen Schritt zurück, die Bühne ist leer
sehr lange Stille

SCHAUSPIELER
Jetzt?
SCHAUSPIELERIN
Ja.

sehr lange Stille.
die Bühne ist unverändert leer

SCHAUSPIELERIN
Sei mir nicht böse, ich hab Angst. Furchtbar Angst.

SCHAUSPIELER
Paß auf! Wir müssen gleichzeitig vortreten.

sehr lange Stille
die Bühne ist unverändert leer

SCHAUSPIELER
Atme tief.
SCHAUSPIELERIN
Du bist wahnsinnig geworden. Das ist deine Manie.

sehr lange Stille
die Bühne ist unverändert leer

SCHAUSPIELERIN
Hast du nicht auch Angst?
SCHAUSPIELER
Offen gestanden, ich zittere.

sehr lange Stille
die Bühne ist unverändert leer

SCHAUSPIELERIN
Dann atme tief.
SCHAUSPIELER
Du spinnst.

sehr lange Stille
danach treten sie gleichzeitig vor, bleiben stehen, sehen sich an, setzen sich wieder in Bewegung; sie gehen aneinander vorbei, die Schauspielerin jetzt nach rechts, der Schauspieler nach links, und bevor sie verschwinden, blicken sie vorsichtig zurück

Stille

dann tauchen sie wieder auf, bleiben stehen; sehen sich an, gehen aufeinander zu, bleiben in der Bühnenmitte, einer vor dem andern, unschlüssig stehen

sie zögern, keiner wagt den Anfang, dann gehen sie beide weiter, doch verschwinden sie nicht hinter den Kulissen, sondern blicken zurück, sehen sich an und gehen dann die Wand entlang bis zur Treppe vor; hier kehren sie sich einander zu, bleiben stehen

sie zögern

plötzlich gehen sie aufeinander zu

sie treffen sich in der Bühnenmitte, zögern etwas länger, gehen dann aber, einander kreuzend, weiter, immer die Wand entlang, ziemlich schnell, und verschwinden hinter den Kulissen

lange Stille

dann tauchen sie wieder auf, bleiben stehen, sehen sich an, gehen aufeinander zu, bleiben in der Bühnenmitte, einer vor dem andern, unschlüssig stehen

SCHAUSPIELER
Seien Sie mir nicht böse.

SCHAUSPIELERIN
Warum sollte ich?

SCHAUSPIELER
Daß ich Sie anhalte.

SCHAUSPIELERIN
Ich bin selber stehengeblieben.

SCHAUSPIELER
Daß ich Sie anspreche.

SCHAUSPIELERIN
Was sollten Sie anderes tun?

SCHAUSPIELER
Sind Sie so sicher?

SCHAUSPIELERIN
Ja. Ich bin mir völlig sicher.

SCHAUSPIELER
Gehen Sie auch in diese Richtung?

SCHAUSPIELERIN
Sie werden sich wundern, genau in dieselbe.

SCHAUSPIELER
Sie wollten ja in die andere gehen.

SCHAUSPIELERIN
Ich bin ein wenig launisch.

SCHAUSPIELER
Darf ich Sie also begleiten?

SCHAUSPIELERIN
Sehr gerne.

sie gehen auf der Mittellinie der Bühne, einer neben dem andern

SCHAUSPIELER
Ist das gut für uns?

SCHAUSPIELERIN
Ich hoffe es.

SCHAUSPIELER
Seien Sie mir nicht böse, daß ich penibel bin, aber dann dürfen wir doch sagen, daß Sie die Richtung meinetwegen geändert haben.

SCHAUSPIELERIN
Ja.

SCHAUSPIELER
Darf ich das als Erfolg verbuchen?

SCHAUSPIELERIN
Erwarten Sie ein Geständnis?

bei der Treppe bleiben sie nebeneinander stehen; sie sehen sich neugierig an und sind dann völlig reglos

SCHAUSPIELER
Sie machen keine Umstände.
SCHAUSPIELERIN
Das erschreckt Sie.
SCHAUSPIELER
Irgendwie schon.
SCHAUSPIELERIN
Warum wohl?
SCHAUSPIELER
Die Sache hat eben erst angefangen.
SCHAUSPIELERIN
Ich möchte wissen, welches Ihr Ziel ist.
SCHAUSPIELER
Dafür gibt es einen schönen Ausdruck. Ich will Sie herumkriegen.
SCHAUSPIELERIN
Das haben Sie schon getan.
SCHAUSPIELER
Verraten Sie mir, wodurch?
SCHAUSPIELERIN
Durch nichts. Dadurch, daß Sie aufgetaucht sind.
SCHAUSPIELER
Ebensogut hätte ein anderer auftauchen können.
SCHAUSPIELERIN
Sie sind mißtrauisch.
SCHAUSPIELER
Um meinen Erfolg um so mehr genießen zu können.
SCHAUSPIELERIN
Ich verstehe nicht, von was für einem Erfolg Sie sprechen.

SCHAUSPIELER
Es tut mir leid, daß Sie es nicht spüren.

SCHAUSPIELERIN
Was denn?

SCHAUSPIELER
Ich spüre es so sehr, daß ich fast platze. Man spürt es in der Brust, im Bauch, in den Schenkeln. Überall.

SCHAUSPIELERIN
Wie auch immer. Wirklich interessant.

SCHAUSPIELER
Sie kokettieren. So hübsch.

SCHAUSPIELERIN
Warten Sie, lassen Sie mich meine Gefühle erforschen. Ja, ich spüre alles mögliche. Das stimmt.

SCHAUSPIELER
Und lachen mich aus.

SCHAUSPIELERIN
Wenn Sie wollen.

SCHAUSPIELER
Nein, nichts. Ich hatte nur den Eindruck, Sie lachen mich deswegen aus.

SCHAUSPIELERIN
Mich aber haben Sie neugierig gemacht zu erfahren, was das ist, was ich nicht spüren kann.

SCHAUSPIELER
Dann erwarten Sie also doch ein Geständnis.

SCHAUSPIELERIN
Mag sein, ich weiß es selber nicht.

SCHAUSPIELER
Warum sind Sie plötzlich so traurig?

SCHAUSPIELERIN
Wollen wir uns nicht setzen?

SCHAUSPIELER
Ja, setzen wir uns.

sie setzen sich auf die Treppe, nicht zu nahe nebeneinander
sehr lange Stille

SCHAUSPIELERIN
Was für eine Stille hier herrscht.
SCHAUSPIELER
Manchmal hört man ein Husten.
SCHAUSPIELERIN
Mach weiter.
SCHAUSPIELER
Es reicht, wenn du dich um deine eigenen Worte kümmerst.
SCHAUSPIELERIN
Ich wähle sie mit Bedacht.
SCHAUSPIELER
Kann man es etwa nicht hören?
SCHAUSPIELERIN
Ich bin nicht taub.

Stille

SCHAUSPIELER
Warum antworten Sie nicht?
SCHAUSPIELERIN
Worauf sollte ich antworten?
SCHAUSPIELER
Auf die Frage, wieso Sie plötzlich so traurig sind.
SCHAUSPIELERIN
Weil ich weiß, daß wir uns vergeblich gefreut haben.

SCHAUSPIELER
Verderben Sie's nicht schon wieder.

SCHAUSPIELERIN
Das Ganze ist dermaßen sinnlos. Schlecht. Leer.

SCHAUSPIELER
Wenn Sie das so empfinden, hat das auch einen gewissen Sinn.

SCHAUSPIELERIN
Auch die Empfindung ist leer. Hohl. Alles ist leer. Ich kann darüber nicht sprechen.

Stille

SCHAUSPIELER
Dann haben Sie sicher jemanden.

SCHAUSPIELERIN
Ja.

SCHAUSPIELER
Lieben Sie ihn auch?

SCHAUSPIELERIN
Ich glaube schon.

SCHAUSPIELER
Das läßt hoffen.

SCHAUSPIELERIN
Es ist hoffnungslos.

SCHAUSPIELER
Dann müßte ich jetzt kämpfen gegen ihn.

SCHAUSPIELERIN
Das können Sie nicht. Sie können nicht gegen mich kämpfen.

SCHAUSPIELER
Wie dumm ich war.

SCHAUSPIELERIN
Sie wären es gerne gewesen.
SCHAUSPIELER
Ich dachte, Sie hätten niemanden.
SCHAUSPIELERIN
Ich kann mir nicht vorstellen, daß Sie allein sind.
SCHAUSPIELER
Ich bin es aber.
SCHAUSPIELERIN
Dann tritt endlich vor.

Stille

SCHAUSPIELER
Was redest du da?
SCHAUSPIELERIN
Warum lügst du? Warum lügst du die ganze Zeit dich und mich an?
SCHAUSPIELER
Wovon redest du?
SCHAUSPIELERIN
Ich glaube, daß es jetzt schon ganz natürlich sein könnte.
SCHAUSPIELER
Vermeidbar.
SCHAUSPIELERIN
Du machst dich lächerlich. Und mich dazu.
SCHAUSPIELER
Ich will dich nicht beleidigen.
SCHAUSPIELERIN
Gut, dann hören wir eben auf.
SCHAUSPIELER
Das glaub ich auch.

sehr lange Stille

SCHAUSPIELERIN
Denkst du, ich habe es verdorben?
SCHAUSPIELER
Jetzt denk ich nichts.
SCHAUSPIELERIN
Ich habe dich beleidigt.
SCHAUSPIELER
Du kannst mich nicht beleidigen.
SCHAUSPIELERIN
Bin ich dir so gleichgültig geworden?
SCHAUSPIELER
Überhaupt nicht.
SCHAUSPIELERIN
Denkst du, wir dürften uns nicht hineinziehen lassen?
SCHAUSPIELER
Wieso fragst du mich?
SCHAUSPIELERIN
Weil du dich sträubst.
SCHAUSPIELER
Du bist heimtückisch, und das kränkt bis zu einem gewissen Grade mein sogenanntes moralisches Empfinden, aber wenn es nicht um mich ginge, würde ich sagen, daß es nicht uninteressant war.
SCHAUSPIELERIN
Wir haben unsern eigenen Körper ins Spiel gebracht.
SCHAUSPIELER
Er ist zugerichtet.
SCHAUSPIELERIN
Trotzdem sprechen wir von uns, sosehr wir uns dagegen wehren.

SCHAUSPIELER
Auch da gibt es Grenzen.

SCHAUSPIELERIN
Wir haben keinen Text. Keine Dekoration. Nur dieses Sträflingskleid.

SCHAUSPIELER
Daraus besteht unser Spiel.

SCHAUSPIELERIN
Ich spüre seine Regeln nicht.

SCHAUSPIELER
Die müssen wir selber erschaffen.

SCHAUSPIELERIN
Auch jetzt sprechen wir nur von uns, du verteidigst dich, ich greife an.

SCHAUSPIELER
Genug davon.

sehr lange Stille

SCHAUSPIELERIN
Sagst du.

sehr lange Stille

SCHAUSPIELERIN
Schön wäre es, wenn wir uns selbst nicht zurücknehmen müßten.

Stille

SCHAUSPIELERIN
Auch dann, wenn wir keine besonderen Gefühle füreinander hätten.

Stille

SCHAUSPIELERIN
Aber die haben wir nun mal.

Stille

SCHAUSPIELERIN
Ich zum Beispiel bin jetzt schon vollkommen leer. Entspannt, leicht, meine Angst hat sich verflüchtigt. Hast du noch Angst?

Stille

SCHAUSPIELERIN
Ich könnte auch sagen, ich sei mir gleichgültig. Uninteressant. Vielleicht gab es zuviel Scheitern, aber offensichtlich hat auch das seine Vorteile. Jede Bewegung ist ein Scheitern, jeder Ton. Jetzt sitz ich einfach da und spüre, daß du immer angespannter wirst. Was aus mir auszieht, zieht ein bei dir, und ich bin wie ein großes, leeres, rostiges Gefäß, das man weggeworfen hat. Auch das ist ein Scheitern, doch hab ich wenigstens die Kraft, es zuzugeben. Ein Faß. Interessiert mich nicht. Was immer du hineingießt, fließt sowieso wieder heraus, oder du läßt es leer, dann ist es leer, es kommt alles aufs selbe hinaus. Es interessiert mich schlicht nicht. Nichts interessiert mich. Und wenn wir es schon soweit gebracht haben, wenn ich mich durch die unergründbare Gunst des Schicksals so leer und gleichgültig fühle, was kann mich dann hindern, Beliebiges zu tun? Und magst du noch so sehr nach Regeln suchen, die Regeln, das sind ich und du, das sind mein Körper und dein Körper, das ist dein

Kleid, das deinen Körper verhüllt, und mein Kleid, das meinen Körper verhüllt, das ist meine Stimme, die ganz rein und ungeschützt hervortritt, wir haben ja genug Tonleitern gesungen! und das ist dein Schweigen, mit dem du zu antworten versuchst, um deine Angst auszudrücken, wenigstens sie! Und warum kann man darüber nicht reden? Warum sollte ich gerade vom Allerwichtigsten schweigen? Nein, hab keine Angst, jetzt wird etwas Unwiderrufliches geschehen, du fürchtest dich umsonst, denn warum sollte ich jetzt nicht eine solche Regel schaffen, die mir zu sagen erlaubt, wie sehr ich dich liebe, und warum solltest du diese Regel nicht annehmen?

Stille
anschließend dreht sich die Schauspielerin sehr langsam zum Schauspieler um, zieht sehr langsam die Füße unters Gesäß, und während sie ununterbrochen redet, gerät sie fast unbemerkt in eine kniende Position, dann rutscht sie mit geradezu rücksichtslos zielstrebiger Langsamkeit auf den Knien zum Schauspieler, der die ganze Zeit regungslos vor sich hin starrt

SCHAUSPIELERIN
Jetzt hab ich's schon gesagt.

Stille

SCHAUSPIELERIN
Muß ich noch etwas hinzufügen?

Stille

SCHAUSPIELERIN
Aber warum ist es so schwer, es zu wiederholen, wenn ich es wiederholen will? Ich möchte es sehr oft sagen. Denn jetzt spür ich, daß ich trotzdem Angst habe. Ich weiß nicht, vor wem ich mich fürchte, doch nicht etwa vor dir? oder wovor ich mich fürchte, oder was diese Angst soll, denn was kann schon passieren? Höchstens liebst du mich nicht, das weiß ich, dann sagst du brav: Ich liebe dich nicht, tut mir leid, ich liebe dich nicht. *schreit* Verstehst du? Ich liebe dich nicht! *wieder leise* Und dann bleib ich allein damit. *schreit* Ich liebe dich! Verstehst du? *wieder leise* Aber ich war ja bisher auch allein und es spielte keine Rolle. Und doch zittere ich und bin froh, daß man es nicht allzusehr sieht, aber alles in mir zittert, weil ich dir sagen möchte, daß du mich keineswegs mißverstanden, daß du mich richtig verstanden hast, und ich möchte, daß du es verstehst, darum will ich es wiederholen, damit du hörst, immer hörst, bis du völlig taub bist, wie sehr ich dich liebe. Ein dummes Wort. Es klingt völlig dumm. Aber ich sage nun mal, ich liebe dich. Ich liebe alles an dir und in dir. Ich liebe dich schrecklich, wahnsinnig, fürchterlich, hoffnungslos, ich liebe dich schmerzlich, ich liebe dich heimlich. Und versuch es nicht zu verstehen. Und wehr dich auch nicht dagegen, denn ich kann es selber nicht verstehen, und du brauchst auch nichts zu sagen. Es reicht, wenn du schweigst. Ich kann damit nichts anfangen. Das ist nicht deine Schuld. Ich kann es nicht loswerden. Wenn du nicht wärst, wäre es nicht. Ich möchte meine Haut, mein Fleisch, mein Herz, meine Nägel in Stücke reißen. Ich habe mir tatsächlich vorgestellt, daß ich mich aus meinem eigenen Mund erbreche. Aber vielleicht wäre auch das nicht genug. Ich liebe das Leiden, obwohl ich keine Ahnung hatte, daß ein einzelner Mensch soviel Leiden in sich fassen kann.

Denn das Leiden ist das einzige, das ich uneingeschränkt von dir bekomme. Auch das sind nur Worte. Soll ich dir sagen, wie sehr ich leide? Dich interessiert ja gewöhnlich alles. Ich erwarte dich in jedem Augenblick. Warte, daß du plötzlich auftauchst. Daß du mir gehörst. Denn jeder Augenblick ist voll von dir. Darum warte ich auch, wenn du schon da bist. Auch jetzt warte ich, und wenn du gehst, warte ich, daß du wiederkommst. Und wenn du so dasitzt, warte ich, daß du eine Bewegung machst, eine einzige, winzige Bewegung. Das ist gut. Aber wenn du sie nicht machst, ist es auch gut. Denn dann weiß ich wenigstens, daß du nichts verderben kannst. Aber wenn du was verdirbst, macht es auch nichts, denn dann leide ich noch mehr. Manchmal denk ich, noch mehr leiden, das geht nicht, aber es geht. Ich kann es so nicht sagen. Ich warte auf dich. Alles ist gut. So einfach ist das mit meinem Leiden. Alles ist sehr gut. Sehr, sehr gut. Ich habe beten gelernt. Das ist gut. Auch gut. Ich liebe auch deine Bosheit, deine Dummheit, deine Häßlichkeit, auch das hab ich gelernt, auch das ist gut, weil ich dadurch noch besser fühle und sehe, wie schön du bist, du bist nicht schön, und doch hab ich niemand Schöneren gesehen, wie klug, wie gut, wie teuer und lieb du bist. Ich liebe dich. Verstehst du? Du kannst es nicht verstehen, weil ich ja von dir rede. Du hattest Mundgeruch. Als du sagtest, ich soll tief atmen. Tiefer konnte ich ihn nicht in mich ziehen. Ich rede ständig von dir. Es gibt Dinge, die einen ekeln, auch wenn man so liebt, wie ich dich liebe, aber ich mag auch das, durch diesen Ekel hab ich dich noch mehr liebgewonnen, denn ich konnte deinen Magen spüren, ich spürte deinen Magen, aus dem der Geruch kam. Durch meinen Ekel gelangte ich in dich. In deinen Magen, wo etwas schlecht verdaut wurde. Was hast du gegessen? Jetzt bin ich auch dort. Manchmal denk ich, ich hab dich selber geboren. Ich möchte zusehen, wie du scheißt. Ich möchte, daß Gott uns vertauscht. Denn nichts reicht aus, um dich kennenzulernen.

der Schauspieler erhebt sich sehr langsam und weicht in Richtung Bühnenhintergrund zurück
die Schauspielerin folgt ihm auf den Knien; doch aufgepaßt! darin ist nichts Erniedrigendes! vielmehr wirkt sie aufrecht, groß, stolz

SCHAUSPIELERIN
Ich möchte, daß mein Körper mit seinem Fleisch, mit Haut, Haar und Knochen, daß alles, was ich bin, für eine kurze Weile nach dir riecht. Nach deinem Magen, deinem Mund, deinen Achselhöhlen, deinem Geschlecht, deinen Füßen. So liebe ich dich. Ich möchte ganz kurz, nicht lange, nur ganz kurz Teil deiner Bewegung sein, ich verlange nicht viel, ich möchte nur die Hand sein, die jetzt an deine Stirn greift.

der Schauspieler greift sich tatsächlich mit der Hand an die Stirn, bedeckt sein Gesicht mit den Handflächen, krümmt sich zusammen und weicht weiter zurück

SCHAUSPIELERIN
Nur das, nichts anderes. So liebe ich dich. Oder ich möchte dein Geschlecht sein, das sich zwischen meinen Fingern langsam aufrichtet und in mich eindringt, um für einen Augenblick, einen einzigen Augenblick nicht nur als Ich fühlen zu müssen, das ist so dürftig. Um auch du zu sein. So liebe ich dich.

der Schauspieler weicht in die linke Ecke des Bühnenhintergrunds zurück, die Schauspielerin folgt ihm auf den Knien

SCHAUSPIELERIN

Dein Geschlecht liebe ich, ja. Ich liebe es zärtlich, heiß, neugierig, und manchmal mache ich mich auch über es lustig, wenn meine arglose Hand nach einem schwabbeligen Frosch greift. Doch dann wird unversehens ein sehr stolzes Pferd daraus, auch ich möchte einmal darauf galoppieren. Nicht lange, nur bis ich auf dir eine große Wiese überquert hätte. Dort wäre ein großes Wasser. Still würden wir hinüberschwimmen. So liebe ich dich. Oder ich möchte ein klitzekleines Stück deiner Erinnerung sein, wenn ich dir unverhofft in den Sinn komme, möchte die Brust deiner Mutter sein, du hast sie nur einmal gesehen, zufällig, dann aber würd ich spurlos verschwinden. Würde mit dir in jenes Dunkel zurücksinken, wo man nichts berühren darf. So möchte ich dich lieben, und obwohl das nicht möglich ist, liebe ich dich so.

SCHAUSPIELER

Als Kostprobe reicht das wohl.

SCHAUSPIELERIN

Oh, ich hab noch nicht einmal angefangen. Ich hab noch nichts wirklich gesagt. Gesagt, wie sehr ich dich liebe. Jetzt werde ich nach Worten suchen. Und ich werde die unmöglichsten Worte finden. Ich liebe dich. Denn ich liebe dein Haar, ich liebe deine nackten Schultern, ich liebe die Kraft deiner Umarmung, ich liebe deine Hautfarbe, und noch immer habe ich nichts gesagt, denn ich liebe deinen Bauch, deine Schenkel, den Nagel deines kleinen Zehs, die Spur, die deine nassen Füße auf dem Stein hinterlassen, und den Fingerabdruck, mit dem man dich registriert hat, ich liebe das

Klopfen deines Herzens, deinen Atem, deine feuchte Augenhöhle, ich will jeden kleinsten Teil von dir aufzählen, damit du weißt, hörst, siehst, spürst, wie ich sie ständig durchnehme, wenn ich daran denke, und ich denke immer daran, wie sehr ich dich liebe, und ich möchte wissen, warum gerade ich dazu ausersehen wurde, dich so sehr zu lieben. Wer wollte das? Und warum diese Strafe? Und was war mein Vergehen? Kühl, streng, wie ein Aufseher versuche ich festzustellen, welcher Teil von dir mich so verrückt gemacht hat, denn inzwischen weiß ich natürlich, daß ich verrückt bin, wahnsinnig, und das Ganze nur ein Spiel, müßig und vergänglich, bloß vergeht es nicht, und so forsche, so stochere ich in dir herum, inventarisiere dich, zerlege dich und setze dich wieder zusammen, während ich spüre, ja spüre, daß ich dich vielleicht gar nicht liebe, falls ich dazu überhaupt in der Lage bin, ich seziere dich, doch ist das bloß mein verzweifelter Kampf, denn was interessiert mich, wie du bist, was interessiert mich, wie du deine Schuhe abträgst, da ich dich doch liebe, wie du bist, genau so, und mich nichts anderes interessiert. So liebe ich dich. Ich sehe dich klar. Noch nie hat ein Mensch einen Menschen so klar durchschaut wie ich dich, der du vor mir stehst. Und wenn du dieses Bild nur für einen Augenblick sehen könntest, würdest du sterben vor Schmerz über die Schönheit des Gesehenen und Gefühlten. Etwas anderes hab ich nicht. Ich werde dich töten. Ich werde dich so lange zerreden, bis du vernichtet bist.

der Schauspieler drückt sich in die linke Ecke des Bühnenhintergrunds und bleibt dort zwangsläufig stehen; die Schauspielerin kniet unmittelbar vor ihm

SCHAUSPIELERIN
Immerhin hast du deine Hand damals auf meine Hüfte gelegt, vergiß das nicht. Du spürst, wie sehr ich dich liebe, du spürst es, obwohl du es vergessen möchtest, und du konntest es mir nicht verweigern. Deine Hand auf meiner Hüfte, immerhin. Aber dann wolltest du's doch nicht, erinnere dich. Als wäre es dir zuviel gewesen, daß du wirklich willst. Vergiß es nicht. Als hättest du dein Begehren überwinden wollen. Vergessen. Und du hast dich abgewandt, hast dich auf die andere Seite gedreht, als wolltest du schlafen. Erinnere dich. Erinnere dich auch daran. Du hast es dir in meinem Schoß, in meinen Armen bequem gemacht, erinnere dich. Ich erinnere mich an alles. Es gibt nichts, nichts, woran ich mich so genau erinnere. Noch spürt meine Hüfte die Wärme deiner Hand, ihr Gewicht. Die Haut, der Knochen spüren es. Ich weiß nicht, wer es spürt, alles an mir spürt es. Als wäre deine Hand noch dort. Das kann keine Erinnerung sein, denn du bist da. Erinnerst du dich nicht daran? Erinnere dich, bitte. Wenn du diesen Augenblick, als du mich wirklich wolltest und dich mir verweigert hast und trotzdem mein warst, mein, mein! mein!, wenn du diesen einzigen Augenblick, als deine Hand sich an meine Hüfte schmiegte, als sie sich eben anschmiegte, wenn du den verstehen und akzeptieren würdest, wenn du spürtest, was ich damals gespürt habe, wenn du diese Handbewegung von damals erleben könntest wie ich, so wie ich mich in meinem warmen Körper an deinen warmen Körper erinnere, dann könntest du mich nicht mehr nicht lieben, weil du wüßtest, wie sehr ich dich liebe, und das könntest du nicht mehr vergessen. So liebe ich dich.

der Schauspieler dreht sich plötzlich zur Wand, legt die Arme um den Kopf und drückt das Gesicht an die Wand

SCHAUSPIELERIN
Die Liebe ist nichts anderes als Erinnerung.

SCHAUSPIELER
Ich erinnere mich nicht. Es gibt nichts zu erinnern. Du bemühst dich umsonst.

SCHAUSPIELERIN
Woran solltest du dich auch erinnern, wo du doch eingeschlafen bist. Natürlich, du hast ja geschlafen.

SCHAUSPIELER
Jetzt reicht's.

SCHAUSPIELERIN
Ich hielt dich in den Armen, dein Rücken lag auf meiner Brust, und aus irgendwelchen Gründen schämte ich mich ein wenig, daß dein Rücken so unmittelbar, so grob, so direkt mit meiner Brust in Berührung kam.

SCHAUSPIELER
Aber wirklich.

SCHAUSPIELERIN
Und unsere Beine waren so ineinander verschlungen, daß ich nicht mehr wußte, wo meine und wo deine waren, und immer wieder fuhr ich hoch, als wär ich eingeschlafen, aber ich wollte nicht schlafen, weil ich dann nur mich gespürt hätte, diese bewußtlose Vermischung, ich aber wollte dich, nur dich, einzig und allein dich spüren, wie du, der du dich verweigert hattest, in meinen Armen ruhst, mein Mund auf deinem Hals, in meinem Mund der Geschmack deiner Haut, ich wollte nichts versäumen, wollte nicht einschlafen, wollte meinen Mund auf deinem Hals wach behalten. So liebe ich dich.

SCHAUSPIELER
Ich hab geschlafen.

SCHAUSPIELERIN
Ich weiß.
SCHAUSPIELER
Ich hab nichts gespürt.
SCHAUSPIELERIN
Ich weiß.
SCHAUSPIELER
Und werde auch nichts spüren.
SCHAUSPIELERIN
Ich weiß.
SCHAUSPIELER
Es gibt Dinge, mit denen man nicht spielen darf.
SCHAUSPIELERIN
Ich weiß.
SCHAUSPIELER
Was also willst du noch?
SCHAUSPIELERIN
Ich will sagen, wie sehr ich dich liebe.
SCHAUSPIELER
Wenn ich deine Liebe nicht erwidere, wirst du über kurz oder lang sowieso komisch dastehen.

die Schauspielerin umklammert plötzlich die Beine des Schauspielers

SCHAUSPIELERIN
Ich weiß.
SCHAUSPIELER
Ich hab dich lächerlich gemacht.
SCHAUSPIELERIN
Ich weiß.

SCHAUSPIELER
Laß meine Beine los.

SCHAUSPIELERIN
Ich weiß, ich weiß.

SCHAUSPIELER
Ich möchte weg von hier.

SCHAUSPIELERIN
Ich weiß.

SCHAUSPIELER
Ich hab bis jetzt geschwiegen, um dich möglichst lächerlich zu machen.

SCHAUSPIELERIN
Ich weiß.

SCHAUSPIELER
Damit du selber einsiehst, daß es eine solche Geschichte nicht gibt und nicht gegeben hat.

SCHAUSPIELERIN
Ich weiß.

SCHAUSPIELER
Und keine Hoffnung.

SCHAUSPIELERIN
Ich weiß.

SCHAUSPIELER
Du hast eifrig drauflosgeredet, aber kein einziges vernünftiges Wort über mich gesagt.

SCHAUSPIELERIN
Ich weiß.

SCHAUSPIELER
Jetzt kannst du mir wirklich verraten, in wen du so verliebt bist.

SCHAUSPIELERIN
In dich.

SCHAUSPIELER
Ich möchte, daß du mich losläßt.
SCHAUSPIELERIN
Ich weiß.
SCHAUSPIELER
Du verbohrst dich, dabei mußt du zugeben, daß es mißlungen ist.
SCHAUSPIELERIN
Ich weiß.
SCHAUSPIELER
Auch jetzt mißlingt's.
SCHAUSPIELERIN
Ich weiß.
SCHAUSPIELER
Mag sein, es gelingt doch.
SCHAUSPIELERIN
Ich weiß.
SCHAUSPIELER
Wenn du mich nicht losläßt, werde ich genötigt sein, Gewalt anzuwenden.
SCHAUSPIELERIN
Ich weiß.
SCHAUSPIELER
Das willst du nun erzwingen.
SCHAUSPIELERIN
Ich möchte ein Kind von dir. Ich würde dich in meinem Bauch aufziehen. Unser Blut würde in einem einzigen Kreislauf strömen. Ich würde dich von meinem Fleisch ernähren. Jede Zelle in mir gehörte dir. Ich würde dich zur Welt bringen. Würde dir Milch geben. Ich könnte dein Kind sein. Wenn du mir zehn Minuten von deiner Nacht gäbest. Noch einmal.

SCHAUSPIELER
Es gibt keine Nacht.
SCHAUSPIELERIN
Ich weiß.
SCHAUSPIELER
Es gibt kein Kind, keine Milch. So steht es.
SCHAUSPIELERIN
Ich weiß.
SCHAUSPIELER
Du kannst daraus keine Geschichte machen.
SCHAUSPIELERIN
Ich weiß.
SCHAUSPIELER
Dann laß meine Beine los.
SCHAUSPIELERIN
Nein.

sie raufen
die Schauspielerin reißt den Schauspieler zu Boden, sie schlagen und prügeln einander, doch sieht es auch ein wenig nach Liebesspiel aus

SCHAUSPIELERIN
Ich wußte es. *kreischt* Ich weiß, ich weiß. *schreit* Ich wußte es.

der Schauspieler springt auf, zückt das Messer, die Schauspielerin liegt auf dem Boden
sehr lange Stille

SCHAUSPIELER
Du hast mich geschlagen.

SCHAUSPIELERIN
Töte mich lieber.
SCHAUSPIELER
Du hast mich geschlagen.
SCHAUSPIELERIN
Ich werde beten.

der Schauspieler schleudert das Messer in hohem Bogen weg, und dieses gleitet über die Bühne und die Treppe hinunter und bleibt vor dem Sarg rechts liegen
sehr lange Stille
die Schauspielerin setzt sich langsam auf, betrachtet das Messer
der Schauspieler verharrt in der Pose, in der er das Messer weggeworfen hat

SCHAUSPIELER
Etwas stimmt nicht. Ich weiß nicht, was, aber etwas stimmt nicht. Stimmt nicht.
SCHAUSPIELERIN
Hab ich dich sehr geschlagen?
SCHAUSPIELER
Ich weiß nicht, was, aber etwas stimmt nicht.
SCHAUSPIELERIN
Ich wollte es wirklich nicht, aber es war schwer, die Gefühle auseinanderzuhalten. Einen Moment lang hab ich dich richtig gehaßt.
SCHAUSPIELER
Es ist aufgeblitzt.
SCHAUSPIELERIN
Aufgeblitzt.

sie lachen

SCHAUSPIELER
Auch dieses Messer stimmt nicht. Gut, daß ich es wegwarf. Es hätte kein Messer gebraucht.

SCHAUSPIELERIN
Ich wollte dich wirklich töten, ein ziemlich seltsames Gefühl. Darum geriet es so heftig. Hast du schon mal so was gespürt? Ich noch nie.

SCHAUSPIELER
Ich wartete den Moment ab, den passenden Moment, um das Messer zu zücken, aber ich hab es wohl falsch eingeschätzt. Es stimmte nicht ganz. Ich war wohl zu schnell.

SCHAUSPIELERIN
Hab ich dich anständig versohlt?

SCHAUSPIELER
Nicht genug, um mich aufzugeilen.

SCHAUSPIELERIN
Voll in die Fresse.

SCHAUSPIELER
Vielleicht war nichts mehr übrig.

SCHAUSPIELERIN
Du Miststück.

SCHAUSPIELER
Hör zu. Ich mag das jetzt nicht hören.

SCHAUSPIELERIN
Ich hasse dich. Wie gut. Ich hasse dich. Sei mir nicht böse, aber ich muß mich irgendwie erleichtern. Voll in die Fresse. Peng.

SCHAUSPIELER
Ebenda fing ich an dich zu lieben, verzeih.

SCHAUSPIELERIN
Puh, wie gut das tat. Peng in die Fresse. Du wirst mir noch den Kopf verdrehen.

SCHAUSPIELER
Nein, ich hab dich nur liebgewonnen. Du hast es prima gemacht.

SCHAUSPIELERIN
Hassen ist besser als lieben. Man möchte alles rundum zerstören.

SCHAUSPIELER
Ein bißchen hab ich dich sogar beneidet.

SCHAUSPIELERIN
Anzünden. Ausreißen, zerbrechen, kaputtschlagen. Zertreten. Wir könnten wirklich noch ein wenig raufen. Schlag zu. Daß ich flach liege.

SCHAUSPIELER
Haß mich, und ich geh auf dich los.

SCHAUSPIELERIN
Das Problem ist, daß ich's jetzt nicht mehr kann. Der Haß ist schon abgeklungen. Ich will mich nur erleichtern. Abgeklungen ist der Arme. Und ich erinnere mich bloß noch, wie gut es tat.

SCHAUSPIELER
Schade.

SCHAUSPIELERIN
Mir tut's auch leid.

SCHAUSPIELER
Wen liebst du denn so?

SCHAUSPIELERIN
Dich.

SCHAUSPIELER
Damit hör auf.

SCHAUSPIELERIN
Dabei ist es das einzige, was weiterführt.

SCHAUSPIELER
Jetzt wäre ich dran.

SCHAUSPIELERIN
Komm.

SCHAUSPIELER
Aber in mir ist kein Drang.

SCHAUSPIELERIN
Komm, hilf mir auf.

SCHAUSPIELER
Ich kann mich nicht bewegen. Wir sind wieder gleich weit.

SCHAUSPIELERIN
Es sind nur ein paar Schritte.

SCHAUSPIELER
Wenn es wenigstens einen Dritten gäbe, auf den ich eifersüchtig sein könnte. Ein dunkles Gefühl.

SCHAUSPIELERIN
Stellen wir es uns vor.

SCHAUSPIELER
Aber ich kann mir nur vorstellen, was ich sehe. Und was ich sehe, brauche ich mir nicht vorzustellen, weil es ja ist. Hier aber ist leider nichts. Nur du. Wenn du mich wenigstens lieben würdest. Wenn etwas von dem wahr wäre, was du gesagt hast.

SCHAUSPIELERIN
Es ist wahr. Es gibt nichts Wahreres.

SCHAUSPIELER
Oder wenn ich allein sein könnte. Mich sehnen. Das wäre zumindest ein brauchbares Gefühl.

SCHAUSPIELERIN
Stellen wir es uns vor.

SCHAUSPIELER
Ich sehe dich.

SCHAUSPIELERIN
Schließ die Augen.

SCHAUSPIELER
Ich kann sie jederzeit öffnen.

SCHAUSPIELERIN
Denk nicht dran. Denke an nichts.

SCHAUSPIELER
Fangen wir von vorn an.

SCHAUSPIELERIN
Es gibt nichts zum Anfangen.

SCHAUSPIELER
Ich spüre, du bist stärker, weil es in dir immer weiterlebt. Darum hab ich dich geliebt.

SCHAUSPIELERIN
Ganz einfach. Ich denke an nichts.

SCHAUSPIELER
Aber jetzt klingt es schon ab. Ich spüre, daß es abklingt, und ich fürchte, daß wieder nichts bleibt, wenn es vorbei ist.

Stille

SCHAUSPIELER
Vielleicht ist das Problem, daß ich sehe. Ich sehe ständig, daß wir sind.

Stille

SCHAUSPIELER
Und etwas anderes gibt's nicht.

Stille

SCHAUSPIELER
Verbinde mir die Augen.

Stille
die Schauspielerin erhebt sich langsam, zieht aus dem Hosenbund den roten Musselinschal hervor, schwenkt ihn, läuft damit zweimal um die Bühne, schwingt ihn wie eine Fahne, bleibt hinter dem Rücken des Schauspielers stehen und verbindet ihm die Augen
beide verharren so
lange Stille

SCHAUSPIELERIN
Ist es gut so?

Stille

SCHAUSPIELER
Ja.

Stille

SCHAUSPIELER
Sehr gut.

Stille

SCHAUSPIELER
Oh, sehr gut.

Stille

SCHAUSPIELER
Ich denke an nichts.

Stille

SCHAUSPIELER
Endlich.

Stille

SCHAUSPIELER
Obwohl, das ist auch ein Gedanke.

Stille

SCHAUSPIELER
Aber vorher gab's einen Augenblick, als ich an nichts dachte.

Stille

SCHAUSPIELER
Das ist zwar auch ein Gedanke, aber ich werd ihn schon los.

Stille

SCHAUSPIELER
Geh nicht weg.

Stille

SCHAUSPIELER
Ich möchte, daß du mir irgendwie hilfst.

Stille
die Schauspielerin geht auf Zehenspitzen um die Bühne, sucht sich einen Platz; in der Bühnenmitte setzt sie sich auf die Treppe, das Gesicht zum Publikum, legt die Arme um den Kopf und läßt ihn müde in den Schoß sinken

SCHAUSPIELER
Wo bist du?

Stille

SCHAUSPIELER
Wo bist du?

Stille

SCHAUSPIELER
Ich spüre, daß du da bist, aber du spielst jetzt, daß du nicht da bist.

Stille

SCHAUSPIELER
Du spielst es, damit ich dich suche. Du denkst, ich soll dich

suchen. Dich finden. Sicher hast du recht, das wäre die einzige Lösung.

Stille

SCHAUSPIELER
Aber auch das ist ein Gedanke. Ich denke, daß du das jetzt denkst. Vielleicht aber denkst du gar nichts.

Stille

SCHAUSPIELER
Was denkst du?

Stille

SCHAUSPIELER
Es ist ganz schön dunkel.

Stille

SCHAUSPIELER
Wenn ich meine Augen hinter dem Tuch öffne, was mir nicht ganz gelingt, ist alles rot. Blut.

Stille

SCHAUSPIELER
Wenn ich dich nur getötet hätte. Dann wäre es jetzt zu Ende.

Stille

SCHAUSPIELER
Eine andere Lösung wäre, wenn ich alle meine Gedanken aushauchen könnte. Sie sind mir nicht wichtig. Und ich müßte endlich nicht mehr von dem reden, was wichtig ist.

Stille

SCHAUSPIELER
Warum antwortest du nicht?

Stille

SCHAUSPIELER
Möchtest du, daß ich dich suche?

Stille

SCHAUSPIELER
Auch darauf antwortet sie nicht.

Stille
der Schauspieler streckt die Hände aus, setzt sich in Bewegung, bleibt unschlüssig stehen

SCHAUSPIELER
Aber auch das ist nur ein Gedanke, Spiel.

er setzt sich wieder in Bewegung, tastet mit den Händen in der Luft, und als hätte er die Richtung gefunden, geht er auf die Schauspielerin zu

SCHAUSPIELER
Schließlich sind wir ja Schauspieler, müssen das jetzt spielen.

er tastet mit den Händen in der Luft, geht, bleibt stehen

SCHAUSPIELER
Wenigstens ein Wort.

er setzt sich in Bewegung, und als er schon fast bei der Schauspielerin angelangt ist, weicht diese ihm aus

SCHAUSPIELER
Ich spür dich, auch wenn du nichts sagst.

die Schauspielerin weicht zurück, der Schauspieler folgt ihr blind

SCHAUSPIELER
Ich spür genau, wo du bist.

die Schauspielerin muß immer schneller zurückweichen, der Schauspieler folgt ihr immer ungestümer, doch als er sie schon fast erreicht hat, kauert sich die Schauspielerin hinter den Sarg auf der rechten Seite

SCHAUSPIELER
Ich spür es genau.

der Schauspieler erreicht die Wand über dem Kopf der Schauspielerin, tastet sich daran entlang und hält dann wie besessen auf den Bühnenhintergrund zu

SCHAUSPIELER
Nichts spüre ich so gut wie einen Körper.

er bleibt stehen, wird unsicher

SCHAUSPIELER
Wie geräuschlos deine Schritte sind.

Stille

SCHAUSPIELER
Vielleicht bin ich deshalb Schauspieler geworden. Schließlich bin ich ja Schauspieler.

er setzt sich wieder in Bewegung, tastet sich voran

SCHAUSPIELER
Ich sage einen geschriebenen Text auf. Ich mache vorgeschriebene Bewegungen. Ich spiele, daß ich nicht existiere, während ich bin.

er bleibt stehen, tastet umher, spürt, daß er die Richtung verfehlt hat

SCHAUSPIELER
Ich spiele, daß ich in diesem Moment diese Bewegung mache. Ich spiele, daß ich in diesem Moment diesen Satz sage. Und bin das nicht ich, der sagt, der macht, was andere sich vorgestellt haben? Diese Falschheit spiele ich. Und auch das ist ein Gedanke.

er setzt sich in Bewegung, dreht sich dann aber plötzlich um und bleibt stehen

SCHAUSPIELER
Ein tiefsinniger, sehr tiefsinniger Gedanke.

Stille; er lacht

SCHAUSPIELER
So tiefsinnig, daß ich vergeblich darüber nachsinne.

Stille

SCHAUSPIELER
Und das kann sich sonst niemand erlauben. Zwischen sieben und zehn Uhr abends. Nur ich.

Stille

SCHAUSPIELER
Wie spät ist es?

Stille

SCHAUSPIELER
Haben wir noch Zeit?

Stille

SCHAUSPIELER
Jetzt möchte ich keine einzige vorgeschriebene, einstudierte, erprobte Bewegung machen müssen. Keine vorgegebenen Wörter aufsagen. Ich möchte, daß wir Zeit für Abschweifungen hätten. Es ist mir was eingefallen. Was ich gleich erzählen möchte. Im Grunde ist es nur ein Wort.

Nicht mehr. Ein einziges Wort. Das möchte ich dir sagen. Und ich spüre, daß ich dich finden werde. Wenn ich es dir gesagt habe.

die Schauspielerin huscht auf Zehenspitzen über die Bühne und versteckt sich hinter dem Sarg auf der linken Seite

SCHAUSPIELER

Es ist, als spürte ich zwischen meinen Fingern dein Haar. Darum ist mir das Wort eingefallen. Oder weil mir das Wort eingefallen ist, spüre ich von neuem dein Haar zwischen meinen Fingern. Jetzt hab ich mich verirrt, aber das macht nichts, ich werde revoltieren und einfach erzählen, was mir in den Sinn kommt. Von jenem Wort. Und was mir durch dieses Wort eingefallen ist. Dein Haar, dein Kopf, als spürte ich ihn in meiner Hand. Vielleicht will ich mich nicht von dem Gefühl trennen, das ich vorhin für dich empfunden habe. Doch dieses Wort müßte man im Grunde hinausschreien. Man müßte nichts anderes tun als dieses eine Wort hinausschreien. Ich spür's nicht mehr. Als würde ich dein Haar nur spüren, solange ich überzeugt bin, daß ich dieses Wort auszusprechen wage. So mischt sich, vielleicht verbotenerweise, etwas ins Spiel, was ich bin. Ich. Was aus meinen Erinnerungen stammt. Wie dieses Wort. Aber ich wage es einfach nicht. Reden wir von was anderem. Du sagst, Liebe sei Erinnerung. Erinnerung, mag sein. Dann wollen wir uns eben erinnern. Stell dir vor, wir wären siebzehn. Diese Geschichte erzähl ich dir statt des Wortes. Damit ich es nicht aussprechen muß. Damit es bleibt. Alles ist gleich, alles ist genau so, und doch ist alles ganz anders, weil ich keine Erinnerungen an dich habe. Es gibt nur dieses Wort. Nur das Aroma deines Haars.

SCHAUSPIELERIN

Du denkst. Du denkst umsonst.

SCHAUSPIELER

Noch mach ich keine einzige einstudierte Bewegung, noch hab ich meine Stimmlage nicht gefunden, der Klang ist falsch, lauter als nötig. Doch Geduld.

SCHAUSPIELERIN

Du denkst.

SCHAUSPIELER

Stell dir eine leere Wohnung vor. Lieber erzähl ich dir eine Geschichte. Auf eurem Küchentisch Frühstücksreste. Um nicht dieses Wort aussprechen zu müssen. Durch das trübe Fenster fällt schönes Oktoberlicht. Ich wage es nicht. Es ist Mittwoch. Ich wage es nicht. Unsere Schultasche, die wir in der Diele fallen lassen. Ich wage es nicht hinauszuschreien. Es ist Morgen. Zehn nach acht. Oder auszusprechen. Unter unsern Füßen der Teppich, der sich wellt. Aber es soll auch nicht in mir bleiben. Die Platte mit der Tanzmusik ist abgespielt, der Plattenspieler summt stumm, das Bett zerwühlt. Nur verderben darf ich's nicht. Der fremde Geruch des Bettes. Der fremde Dämmer der leeren Wohnung.

der Schauspieler macht wieder Schritte auf die Schauspielerin zu

SCHAUSPIELER

Draußen im Licht die Schüsse. Würde ich es aussprechen, bliebe auch von diesem Wort nichts übrig. Die Platte ist abgespielt, wir hatten sie aufgelegt, um die Schüsse nicht zu hören, aber jetzt hört man sie wieder. Mal von nahe, mal von fern. Wenn ich es nicht aussprechen kann, verfault es in meiner Lunge. Und wir hören unsern eigenen Atem.

SCHAUSPIELERIN
Ich mach dich darauf aufmerksam, daß du denkst.

die Schauspielerin richtet sich auf, huscht auf Zehenspitzen hinter den Rücken des Schauspielers; der Schauspieler tastet sich in Richtung des Geräuschs voran

SCHAUSPIELER
Mach mich auf nichts aufmerksam. Stell dir lieber die Schüsse im schönen Herbstlicht vor. Und das Wort.
SCHAUSPIELERIN
Ich mach dich darauf aufmerksam, daß das nicht deine Erinnerungen sind.

der Schauspieler dreht sich zum Geräusch um, setzt sich in Bewegung, doch die Schauspielerin versteckt sich wieder hinter seinem Rücken

SCHAUSPIELER
Doch, es sind unsere Erinnerungen.
SCHAUSPIELERIN
Kein einziges Wort ist von dir, jede Bewegung einstudiert. Was hast du schon für Erinnerungen?

der Schauspieler schlägt mit der Hand in die Richtung, aus der das Geräusch kommt, setzt sich in Bewegung, doch die Schauspielerin versteckt sich hinter seinem Rücken

SCHAUSPIELER
Doch, ich erinnere unsere Erinnerungen.
SCHAUSPIELERIN
Die berühmte Revolte ist gescheitert! Und das Wort immer

noch nicht raus. Im übrigen ist es bloß ein Wort. Bedeutet nichts.

die Schauspielerin lacht, der Schauspieler dreht sich in die Richtung, aus der das Lachen kommt, setzt sich in Bewegung, doch die Schauspielerin versteckt sich hinter seinem Rücken

SCHAUSPIELER

Ich sag dir doch, stell dir den Geruch der ungelüfteten Wohnung vor. *schreit* Ich erinnere unsere Erinnerungen, die leeren Straßen. Die Stille über der ganzen Stadt. *wieder leise* Unsere Erinnerungen, *schreit* die Stille, wie sie aus den Häusern strömte, aus jedem Haus, jedem Baum und jedem Strauch strömte die Stille, sie strömte aus den Friedhöfen und von den Brücken, selbst die Laternenpfähle verströmten eine furchtbare Stille, und diese gewaltige, diese unermeßliche Stille hing in den Ästen, im Himmel, doch immer entströmte noch mehr Stille, aus dunklen Torwegen und Abzugskanälen, und vergessen wir nicht, das war die stinkende Stille, die große stinkende Stille, alle Stille wollte ausströmen, und vor Stille war der Mittwochshimmel ganz klar, er barst fast vor all der Stille, die ausströmen wollte *wieder leise* und es doch nicht tat. Und in dieser Stille konnte man die Schüsse hören. Da standen wir in dieser Stille, als müßten wir über sie entscheiden, als müßten wir etwas ganz Natürliches entscheiden. Das Allernatürlichste wählen. Die Liebe. Das natürlichste Wort. Die natürlichste Regung. Etwas, das wir schon lange wollten, und jetzt war es da in der Stille, erreichbar, als müßten wir nur die Hand danach ausstrecken. Und vergegenwärtige dir auch, daß ich nie wagte, dich anzusprechen. Du schautest mich an, ich schaute dich an.

der Schauspieler tastet mit der Hand in der Luft, als hoffte er nach jedem Schritt, die Schauspielerin endlich zu erreichen

SCHAUSPIELER
Jetzt möchte ich das Tuch wegnehmen. Ich möchte sehen.
SCHAUSPIELERIN
Du denkst.

der Schauspieler dreht sich wieder um, und die Schauspielerin versteckt sich hinter seinem Rücken

SCHAUSPIELER
Das erste Bild von der Welt, das mir wirklich geblieben ist. Das warst du. Als hättest du mich durch deinen Ruf zur Welt gebracht. Und ich folgte dir, und so standen wir in der Diele, auf unsere Entscheidung vertrauend, und ich durfte dich anfassen. Jetzt hilft mir das Wort. Hilft mir zu erzählen. In meiner Hand spür ich deinen Kopf, zwischen meinen Fingern dein Haar. Auf der Straße wurde geschossen, vor Stille blaute der Himmel, und nie wieder spürten wir so deutlich, was wir damals gespürt haben.
SCHAUSPIELERIN
Du denkst.

der Schauspieler dreht sich um, will nach der Schauspielerin greifen, doch diese versteckt sich hinter seinem Rücken

SCHAUSPIELER
Daß wir sind.
SCHAUSPIELERIN
Du denkst.

der Schauspieler dreht sich blitzschnell um, will nach der Schauspielerin greifen, doch diese weicht ihm wieder aus und versteckt sich hinter seinem Rücken

SCHAUSPIELER
Dein Haar war, deine Augen waren, deine Stirn war, deine Nase war, und dein Mund. Dein Mund war. Als die Tür hinter uns ins Schloß fiel, hatten wir die Schüsse gleichsam ausgesperrt. Aber es wurde geschossen. Deine Schultern waren, deine Brüste waren. Deine Brüste. Dein Schoß, deine Beine. Da standest du, in abgetragenen roten Schuhen. Und es wurde geschossen. Eben hatten sie zwei lange, sehr lange Häuserreihen zusammengeschossen, es wollte kein Ende nehmen. Dann wieder jähe Stille. Und ein einsamer Schuß. Hätte ich meine Hand zur Faust geballt, wäre harte Stille darin geblieben. Alles bestand aus dieser Stille damals.
SCHAUSPIELERIN
Du denkst.

der Schauspieler dreht sich blitzschnell um, will nach der Schauspielerin greifen, doch diese weicht wieder aus und versteckt sich geräuschlos hinter seinem Rücken

SCHAUSPIELER
Und dann ergriff ich mit beiden Händen deinen Kopf. Ich wollte es nicht. Es geschah von alleine. Vielleicht ergriff dein Kopf meine Hände. Dort war sein Platz. Alles hatte seinen Platz. Denken war überflüssig. Mehr kann ich dazu nicht sagen. Das übrige war Sache des Mundes, der Drüsen vielleicht, der Zellen, des Hirns, Sache der Gerüche, der Schüsse, unseres Atems, der abgespielten Platte. Alles zusammen war dazu da, daß wir sind.

SCHAUSPIELERIN
Du denkst.

SCHAUSPIELER
Ich wurde ohnmächtig, es war zuviel für mich.

SCHAUSPIELERIN
Du denkst.

der Schauspieler dreht sich langsam um, doch die Schauspielerin bewegt sich nicht von der Stelle; der Schauspieler ergreift mit beiden Händen ihren Kopf

SCHAUSPIELER
Seither bin ich nicht wieder zu mir gekommen.

SCHAUSPIELERIN
Ich bin da.

SCHAUSPIELER
Es wollte mir nicht gelingen.

SCHAUSPIELERIN
Du kannst es spüren. Deine Hände umschließen meinen Kopf.

SCHAUSPIELER
Seither suche ich das.

SCHAUSPIELERIN
Ich bin's.

SCHAUSPIELER
Das bist nicht du.

SCHAUSPIELERIN
Ich bin's.

SCHAUSPIELER
Davon handelt meine Geschichte.

sehr lange Stille

sie stehen reglos
dann lehnt die Schauspielerin ihren Kopf an die Brust des Schauspielers, der Schauspieler seinen an die Schulter der Schauspielerin
sie umarmen sich immer fester, bis sie reglos erstarren
sehr lange Stille

SCHAUSPIELERIN
Es gibt nichts anderes.
SCHAUSPIELER
Nichts anderes. Es gibt nichts anderes.

sehr lange Stille; sie sind reglos

SCHAUSPIELERIN
Hattest du wirklich eine solche Liebe?
SCHAUSPIELER
Du warst es.
SCHAUSPIELERIN
Ich hab dich nicht gekannt.
SCHAUSPIELER
Und jetzt?
SCHAUSPIELERIN
Wieso?
SCHAUSPIELER
Ich stecke hinter einer erfundenen Geschichte.
SCHAUSPIELERIN
Ich schlüpf da hinein, wenn du's erlaubst.
SCHAUSPIELER
Drück mich an dich.

sehr lange Stille; sie sind reglos

SCHAUSPIELERIN
Ich glaube, ich bin schon drin.
SCHAUSPIELER
Noch, noch tiefer!

Stille

SCHAUSPIELERIN
Ich bin schon drin.
SCHAUSPIELER
Noch, noch tiefer!

Stille

SCHAUSPIELERIN
Ich bin schon drin.
SCHAUSPIELER
Jetzt stimmt es endlich.

sehr lange Stille; sie sind reglos

SCHAUSPIELERIN
Ja.
SCHAUSPIELER
Ja, ja.
SCHAUSPIELERIN
Ja. Endlich.
SCHAUSPIELER
Ja, ja, ja.

SCHAUSPIELERIN
Jetzt stimmt es endlich, ja.
SCHAUSPIELER
Ja, ja, ja, ja.
SCHAUSPIELERIN
Jetzt stimmt es endlich, ja, ja, ja.
SCHAUSPIELER
Ja.

sehr lange Stille; sie sind reglos

SCHAUSPIELERIN
Endlich.
SCHAUSPIELER
Jetzt.
SCHAUSPIELERIN
Ja.

sehr lange Stille; sie sind reglos

SCHAUSPIELER
Ja?
SCHAUSPIELERIN
Ich liebe dich.
SCHAUSPIELER
Du liebst mich.
SCHAUSPIELERIN
Ja.
SCHAUSPIELER
Ja.

sehr lange Stille; sie sind reglos

SCHAUSPIELERIN
Ich liebe dich.

SCHAUSPIELER
Jetzt kann ich dir auch gestehen, daß ich in dieser erfundenen Geschichte selber drinstecke. Man erfindet eine Geschichte, um etwas nicht aussprechen zu müssen, und ist doch drin.

SCHAUSPIELERIN
Auch ich kann dir gestehen: man sagt, was man fühlt, und dann scheint es, als hätte man es erfunden. Dabei ist alles wahr.

sehr lange Stille
der Schauspieler streift sachte die Mütze vom Kopf der Schauspielerin, wühlt mit den Fingern in ihrem herabfallenden Haar
die Mütze fällt zu Boden
die Schauspielerin streift mit einer einzigen Bewegung die Binde von den Augen des Schauspielers und die Mütze von seinem Kopf, wühlt in seinem Haar; Mütze und Tuch fallen zu Boden; jeder hält mit beiden Händen des andern Kopf
sehr lange Stille

SCHAUSPIELER
So sind wir denn zu zweit.

SCHAUSPIELERIN
In deinen Augen seh ich meine Augen.

SCHAUSPIELER
Ich auch.

SCHAUSPIELERIN
Der einzige Augenblick.

SCHAUSPIELER
Da wir sind.

SCHAUSPIELERIN
Wahrhaftig.

SCHAUSPIELER
Spürst du ihn noch?

SCHAUSPIELERIN
Er dauert an.

SCHAUSPIELER
Und es gibt nichts anderes.

die Schauspielerin läßt ihre Linke sehr langsam auf die Schulter des Schauspielers herabgleiten, ergreift mit der Rechten seine Hand

SCHAUSPIELERIN
Dann können wir jetzt vielleicht doch mit der Aufführung beginnen.

SCHAUSPIELER
Langsam wäre auch eine Pause fällig.

SCHAUSPIELERIN
Was für eine Aufführung stellst du dir nach der Pause vor?

SCHAUSPIELER
Was für eine?

SCHAUSPIELERIN
Ich dachte, du weißt es.

SCHAUSPIELER
Ich dachte, du weißt es.

Stille

SCHAUSPIELERIN
Ich weiß es nicht.

Stille
der Schauspieler läßt seine Rechte sehr langsam auf die Hüfte der Schauspielerin herabgleiten

SCHAUSPIELER
Ich stelle mir eine wunderbare Aufführung vor.
SCHAUSPIELERIN
Zwei Liebende kämen darin vor.
SCHAUSPIELER
Und viel Emotion.

sie stehen in Tanzpose und beginnen sehr langsam zu tanzen
Musik fehlt natürlich, doch zum Einstudieren ist sie unerläßlich, da der Tanz sehr genau zu sein hat und da vermieden werden muß, daß die Bewegung durch den Dialog rhythmisiert wird
zur Einstudierung empfiehlt sich Carl Maria von Webers «Aufforderung zum Tanz»

SCHAUSPIELERIN
Stellen wir es uns vor.
SCHAUSPIELER
Das tun wir.
SCHAUSPIELERIN
Wilde Erotik.
SCHAUSPIELER
Viele überflüssige Bewegungen.
SCHAUSPIELERIN
Etwas Humor. Nicht viel.

SCHAUSPIELER
Politische Pikanterien.

SCHAUSPIELERIN
Träume. Unbedingt.

SCHAUSPIELER
Philosophie. Tiefster Tiefsinn. Ernst.

SCHAUSPIELERIN
Und viel Bosheit. Schmutz, Schande, Mord.

SCHAUSPIELER
Intrige, Verrat, feine Diplomatie.

SCHAUSPIELERIN
Kanonen, Säbel, Dolche, Giftbecher.

SCHAUSPIELER
Champagner.

SCHAUSPIELERIN
Kognak.

SCHAUSPIELER
Strang.

SCHAUSPIELERIN
Genickschuß.

SCHAUSPIELER
Unschuld.

SCHAUSPIELERIN
Auch Reinheit.

SCHAUSPIELER
Sittenstrenge. Ethik und Moralpredigten, reichlich.

SCHAUSPIELERIN
Nutzloses Gerede.

SCHAUSPIELER
Hehre Ideen, ewige Glaubenswahrheiten. Freundschaft.

SCHAUSPIELERIN
Und Liebe, Liebe, Liebe, dreifach.

SCHAUSPIELER
Viel Erbauliches.
SCHAUSPIELERIN
Worte, Worte, Worte.
SCHAUSPIELER
Ausgekochter Blödsinn.
SCHAUSPIELERIN
Geschwafel.
SCHAUSPIELER
Leeres Geschwätz.
SCHAUSPIELERIN
Gut geölt.
SCHAUSPIELER
Wortgemenge.
SCHAUSPIELERIN
Damit es rutscht.
SCHAUSPIELER
Schöner Zeitvertreib.
SCHAUSPIELERIN
Nur keine Stille!
SCHAUSPIELER
Soll niemandem einfallen.
SCHAUSPIELERIN
Die Stille. Oder das Wort.
SCHAUSPIELER
Soll sich niemand erinnern.
SCHAUSPIELERIN
Wort auf Wort.
SCHAUSPIELER
Erinnerung auf Erinnerung.
SCHAUSPIELERIN
Ein Wort soll das andere verdrängen.

SCHAUSPIELER
Wie wir es jetzt tun.

SCHAUSPIELERIN
Das ist die Aufführung.

SCHAUSPIELER
Eine Erinnerung soll die andere überdecken.

SCHAUSPIELERIN
Nur jenes eine Wort falle nicht!

SCHAUSPIELER
Niemand soll wissen, daß wir dieses Wort aussprechen möchten.

SCHAUSPIELERIN
Und vor lauter Erinnern soll keine Erinnerung zurückbleiben.

SCHAUSPIELER
Ich möchte es aussprechen.

SCHAUSPIELERIN
Eine Bewegung soll die andere verdrängen.

SCHAUSPIELER
Jenes eine Wort aussprechen.

SCHAUSPIELERIN
Soll es in Tanz, Musik, Rausch und Pracht untergehen.

SCHAUSPIELER
Es hinausschreien.

SCHAUSPIELERIN
In Reichtum, Seide, Silber, Spiegeln, Samt und Mode.

SCHAUSPIELER
Oder verschweigen. Wenn es nicht geht.

SCHAUSPIELERIN
Lüster sollen Licht verbreiten, schwarzgekleidete, grauhaarige Herren über rote Teppiche schreiten.

SCHAUSPIELER
Ich werde es in Stummheit wickeln. In Stille hüllen.

SCHAUSPIELERIN
Schleier, Vorhänge, bildschöne Städte, mörderische Kämpfe, Aufregungen, Ängste, Ferkeleien, Auszeichnungen sollen es verdrängen.

SCHAUSPIELER
Verdrängen.

SCHAUSPIELERIN
Pfeifen und Trommeln es übertönen.

SCHAUSPIELER
Die Rohrgeige.

SCHAUSPIELERIN
Soll es unhörbar machen.

sie tanzen gleichmäßig und präzis rund um die Bühne, ohne das Tempo zu beschleunigen oder zu verlangsamen; der Tanz beschreibt immer wieder den gleichen Kreis

SCHAUSPIELER
Dann aber kann es ausgesprochen werden.

SCHAUSPIELERIN
Wenn es schon überflüssig ist.

Stille; sie tanzen gleichmäßig

SCHAUSPIELER
Schließlich können wir ja tun, was wir wollen.

SCHAUSPIELERIN
Wir könnten es aussprechen, wenn wir wollten.

Stille; sie tanzen gleichmäßig

SCHAUSPIELER
Jenes Wort.

Stille; sie tanzen gleichmäßig

SCHAUSPIELERIN
Nur wollen wir nicht.

Stille; sie tanzen gleichmäßig

SCHAUSPIELER
Wir wollen nichts.

Stille; sie tanzen gleichmäßig

SCHAUSPIELERIN
Wir haben nichts.

Stille; sie tanzen gleichmäßig

SCHAUSPIELER
Was wir hatten, haben wir vergeudet.

Stille; sie tanzen gleichmäßig

SCHAUSPIELERIN
Und bereuen es nicht einmal.

Stille; sie tanzen gleichmäßig

SCHAUSPIELER
Doch fröhlich sind wir auch nicht, nein.

Stille; sie tanzen gleichmäßig

SCHAUSPIELERIN
Auf jeden Fall sind wir.

Stille; sie tanzen gleichmäßig

SCHAUSPIELERIN
Schlicht und einfach.

Stille; sie tanzen gleichmäßig

SCHAUSPIELERIN
Obwohl wir mit etwas Geschick jenen Dolch hätten bewahren können. Um der Sicherheit willen.

Stille; sie tanzen gleichmäßig

SCHAUSPIELER
Oder das rote Tuch. Für bessere Zeiten.

Stille; sie tanzen gleichmäßig

SCHAUSPIELERIN
Oder die Mützen.

Stille; sie tanzen gleichmäßig

SCHAUSPIELER
Es regnet sowieso nicht.

Stille; sie tanzen gleichmäßig

SCHAUSPIELERIN
Ein Glück.

Stille; sie tanzen gleichmäßig

SCHAUSPIELER
Man muß seine Lage immer genau überdenken. Dann kann nichts schiefgehen.

SCHAUSPIELERIN
Und wir haben ebensoviel gewonnen, wie wir verloren haben.

SCHAUSPIELER
Schließlich mußten wir uns ja überlisten.

SCHAUSPIELERIN
Und haben wenigstens ein bißchen gespielt.

Stille; sie tanzen gleichmäßig

SCHAUSPIELER
Ein Glück.

SCHAUSPIELERIN
Schließlich sind wir ja Schauspieler, was sollten wir sonst tun.

Stille; sie tanzen gleichmäßig

SCHAUSPIELER
Ein bißchen sind wir allerdings durcheinander.

SCHAUSPIELERIN
Verstört.

SCHAUSPIELER
Wahnsinnig.

SCHAUSPIELERIN
Ins Trudeln geraten.
SCHAUSPIELER
Wir wissen es selbst nicht so genau.
SCHAUSPIELERIN
Was wir fühlen.
SCHAUSPIELER
Und vor allem, was wir nicht fühlen.
SCHAUSPIELERIN
Füreinander.

Stille; sie tanzen gleichmäßig

SCHAUSPIELER
So glaubt uns natürlich keiner mehr.
SCHAUSPIELERIN
Wieso auch.
SCHAUSPIELER
Ich meine nur.
SCHAUSPIELERIN
Kümmere dich nicht um die andern.
SCHAUSPIELER
Wir kümmern uns am besten um uns selbst.
SCHAUSPIELERIN
Wenigstens sind wir zu zweit.
SCHAUSPIELER
Soviel steht fest.
SCHAUSPIELERIN
Wir tanzen.
SCHAUSPIELER
Endlich.

SCHAUSPIELERIN
Mir ist wohl.

Stille; sie tanzen gleichmäßig

SCHAUSPIELER
Wir tanzen.
SCHAUSPIELERIN
Wir sind.
SCHAUSPIELER
Wir fühlen.
SCHAUSPIELERIN
Wir denken.
SCHAUSPIELER
Jetzt tanzen wir.

Stille; sie tanzen gleichmäßig

SCHAUSPIELERIN
Damit nichts bleibt.
SCHAUSPIELER
Damit nichts das Nichts verdeckt.

Stille; sie tanzen gleichmäßig

SCHAUSPIELERIN
Damit man es hören kann.
SCHAUSPIELER
Damit man endlich die Stille hören kann.
SCHAUSPIELERIN
Damit ich es endlich in der Stille aussprechen kann.

Stille; sie tanzen gleichmäßig

SCHAUSPIELER
Sprich es nicht aus.

Stille; sie tanzen gleichmäßig

SCHAUSPIELERIN
Ich darf alles aussprechen.

Stille; sie tanzen gleichmäßig

SCHAUSPIELER
Du darfst alles aussprechen.

Stille; sie tanzen gleichmäßig

SCHAUSPIELERIN
Wir können tun, was wir wollen.

Stille; sie tanzen gleichmäßig

SCHAUSPIELER
Du kannst tun, was du willst.

Stille; sie tanzen gleichmäßig

SCHAUSPIELERIN
Ich wage es nicht.

Stille; sie tanzen gleichmäßig

SCHAUSPIELER
Auszusprechen.

Stille; sie tanzen gleichmäßig

SCHAUSPIELERIN
Wir haben uns gut aufeinander eingespielt.

Stille; sie tanzen gleichmäßig

SCHAUSPIELER
Das einzige, was wir tun konnten.

Stille; sie tanzen gleichmäßig

SCHAUSPIELERIN
Sonst nichts.

Stille; sie tanzen gleichmäßig

SCHAUSPIELER
Nichts sonst.

Stille; sie tanzen gleichmäßig

SCHAUSPIELERIN
Immerhin etwas, verglichen mit nichts.

Stille; sie tanzen gleichmäßig

SCHAUSPIELER
Zuviel sogar.

Stille; sie tanzen gleichmäßig

SCHAUSPIELERIN
Wir werden außer Atem geraten.

Stille; sie tanzen gleichmäßig

SCHAUSPIELER
Noch immer etwas zum Verzichten.

Stille; sie tanzen gleichmäßig

SCHAUSPIELERIN
Zum Aufgeben.

Stille; sie tanzen gleichmäßig

SCHAUSPIELER
Um fühlen zu können.

Stille; sie tanzen gleichmäßig

SCHAUSPIELERIN
Sprich es nicht aus!

Stille; sie tanzen gleichmäßig

SCHAUSPIELER
Wie sehr es fehlt.

Stille; sie tanzen gleichmäßig

SCHAUSPIELERIN
Daß wir es nicht mehr verheimlichen können.
SCHAUSPIELER
Es kriecht unter unserer Müdigkeit hervor.

Stille; sie tanzen gleichmäßig

SCHAUSPIELER
Dabei ist es gut.
SCHAUSPIELERIN
Ganz gut.
SCHAUSPIELER
Fast hervorragend.

Stille; sie tanzen gleichmäßig

SCHAUSPIELERIN
Wir tanzen.
SCHAUSPIELER
Wir haben uns aufeinander eingespielt.
SCHAUSPIELERIN
Wir haben uns erhitzt.
SCHAUSPIELER
Wir sind zusammen.
SCHAUSPIELERIN
Schön.

Stille; sie tanzen gleichmäßig

SCHAUSPIELER
Der Atem geht uns aus.

SCHAUSPIELERIN
Wir können nicht aufhören.
SCHAUSPIELER
Jetzt müßten wir anfangen.

Stille; sie tanzen gleichmäßig

SCHAUSPIELERIN
Dann fangen wir eben an.

den schwungvollen Tanzschritt jäh unterbrechend, bleiben sie stehen, lassen linkisch die Arme sinken und sehen sich an
sehr lange Stille
sie wenden sich voneinander ab, senken beide den Kopf
sie keuchen laut
der Schauspieler geht langsam Richtung Bühnenhintergrund

SCHAUSPIELER
Ich muß mal verschnaufen.

sehr lange Stille
sie keuchen laut, atmen
als ihr Atem sich einigermaßen erholt hat, blickt die Schauspielerin umher und geht dann langsam zum Sarg auf der linken Seite

SCHAUSPIELERIN
Es gibt nichts zum Anfangen.

sehr lange Stille
der Schauspieler lehnt sich an die Wand des Bühnenhintergrunds, dreht sich dann langsam um und läßt sich zu Boden gleiten

er sitzt stumm da
die Schauspielerin setzt sich auf den Sarg links
beide starren stumm vor sich hin
sehr lange Stille
die Schauspielerin steht plötzlich auf, setzt sich in Bewegung, liest die Gegenstände zusammen, das Messer, das Tuch, die zwei Mützen, und schichtet sie in der Bühnenmitte zu einem kleinen Stapel auf, dann setzt auch sie sich langsam auf den Boden

SCHAUSPIELERIN
Wir könnten ihn anzünden, wenn wir Streichhölzer hätten.

sehr lange Stille

SCHAUSPIELERIN
Ein Leuchtfeuer.

sehr lange Stille

SCHAUSPIELERIN
Ein Feuer.

sehr lange Stille
plötzlich springt der Schauspieler auf, kommt nach vorn, bleibt hinter der Schauspielerin stehen

SCHAUSPIELER
Abschied.

die Schauspielerin erhebt sich zögernd, sie stehen wieder einander gegenüber

sie umarmen sich schnell, etwas hysterisch und sentimental
Stille
der Schauspieler stößt die Schauspielerin von sich und gibt ihr mit dem Kopf ein Zeichen, sie solle die Bühne verlassen
die Schauspielerin weicht ein paar Schritte zurück und bleibt stehen
der Schauspieler macht mit der Hand ein Zeichen
die Schauspielerin weicht ein paar Schritte zurück und bleibt dann stehen

SCHAUSPIELER
Geh.

die Schauspielerin weicht wieder ein paar Schritte zurück und bleibt stehen

SCHAUSPIELER
Geh.

die Schauspielerin weicht wieder ein paar Schritte zurück, kommt dann aber erneut nach vorn und bleibt stehen

SCHAUSPIELER
Geh, geh.

der Schauspieler senkt den Kopf
die Schauspielerin weicht zurück, bleibt stehen
der Schauspieler wartet reglos
sehr lange Stille
die Schauspielerin hebt die Arme, läßt sie langsam wieder sinken und verläßt dann sehr rasch die Bühne; sie verschwindet durch die Tür rechts

sehr lange Stille
der Schauspieler rührt sich nicht
die Schauspielerin erscheint wieder in der Tür rechts, bleibt stehen
der Schauspieler wartet reglos
sehr lange Stille
die Schauspielerin verschwindet wieder
sehr lange Stille
der Schauspieler rührt sich nicht
die Länge der Pause hängt wieder, wie am Anfang, von der Geduld des Publikums ab, doch soll sie die Toleranzgrenze deutlich überschreiten, bis hin zum Skandal
dann bückt sich der Schauspieler, hebt jeden Gegenstand einzeln auf, blickt umher, trägt die Gegenstände zum Sarg links, blickt wieder umher, hebt den Sargdeckel und wirft die Gegenstände mit einer einzigen Bewegung in den Sarg
er schließt den Sargdeckel, blickt umher
sehr lange Stille
er lacht laut auf
wieder hebt er den Sargdeckel, blickt in den Sarg, greift hinein und zieht dann, während er mit der andern Hand den Sargdeckel hält, langsam und ungeschickt die Puppe heraus, welche die Schauspielerin darstellt
dabei werden alle Gegenstände über den Boden verstreut
er läßt die Puppe los, wirft die Gegenstände in den Sarg zurück, schließt den Sargdeckel
dann zieht er die Puppe an den Haaren hoch, schleppt sie zur Mitte der Bühne, legt sie hin, stützt ihren Kopf auf die Treppe und breitet ihre Glieder schön sorgfältig aus
er betrachtet sie
sehr lange Stille
er blickt wieder umher, wartet, als würde in der rechten Tür

gleich die Schauspielerin erscheinen, dann geht er zum Sarg rechts, hebt den Sargdeckel, greift in den Sarg und zieht die eigene Puppe, fast schon geübt, an den Haaren heraus
er schließt den Sargdeckel, richtet sich auf, zieht die Puppe an den Haaren hoch, läßt sie fallen und zieht sie wieder hoch
er lacht laut und grob auf
er schüttelt die Puppe, lacht laut, läßt sie plötzlich fallen und versetzt ihr einen Fußtritt
die Puppe sackt zusammen
er betrachtet sie
sehr lange Stille
er geht zurück zum Sarg links, hebt den Sargdeckel und holt die Gegenstände hervor, das Messer, das Tuch und die beiden Mützen; dazu singt er ein Lied aus Sárköz; siehe Magyar Népzene, I.1/b 7. Qualiton

SCHAUSPIELER
Vöglein mein, heißa, hei
Am Tor steht mein Liebchen bereit,
Zwei oder drei.
Vöglein mein, heißa, hei!
Zwei oder drei.
Vöglein mein, heißa, hei!

er trägt das Messer, das Tuch und die beiden Mützen zu seiner Puppe, zieht der Puppe eine Mütze über, verbindet ihr die Augen mit dem Tuch, legt sie ordentlich auf den Rücken, breitet ihre Glieder aus; dann nimmt er das Messer und kauert sich hinter ihrem Kopf nieder
er betrachtet sie
sehr lange Stille
dann holt er mit dem Messer aus und stößt es zweimal hintereinander, sehr schnell, in die Brust der Puppe

er betrachtet sie
sehr lange Stille
er legt das Messer hin, hebt die Puppe hoch, schleppt sie neben die andere Puppe, welche die Schauspielerin darstellt, breitet wieder ihre Glieder aus
er betrachtet sie
sehr lange Stille
während er die andere Mütze über den Kopf der Schauspielerin-Puppe zieht, löst er das Tuch von der eigenen Puppe und verbindet damit die Augen der Schauspielerin-Puppe; dazu singt er wieder, diesmal lauter

SCHAUSPIELER
Hei Liebchen, mein Seelchen!
Wie Maismehl ist dein Ärschchen.
Hei, heute spiel auf,
Und morgen schlaf aus!
Hei, heute spiel auf,
Und morgen schlaf aus!

er hebt das Messer auf, kauert sich hinter den Kopf der Schauspielerin-Puppe nieder
er betrachtet sie
dann holt er mit dem Messer aus und stößt es zweimal hintereinander, sehr schnell in die Brust der Puppe
und als wäre er mit dem Ergebnis nicht zufrieden, stößt er auch ein drittes Mal zu
er betrachtet sie
sehr lange Stille
während er das Tuch vom Kopf der Schauspielerin-Puppe löst, singt er wieder, zunehmend leiser

SCHAUSPIELER
Hei, heute spiel auf,
Und morgen schlaf aus!
Hei, heute spiel auf,
Und morgen schlaf aus!

mit Messer und Tuch in der Hand steht er auf
sehr lange Stille
er wickelt das Messer fest in das Tuch ein und geht ganz nach vorn, an die Rampe
er legt das eingewickelte Messer auf den Boden
er betrachtet es
sehr lange Stille
dann dreht er sich rasch um, geht zurück, hebt die beiden Puppen gleichzeitig auf und versucht, sie aneinandergelehnt aufzustellen
die Puppen stehen einen Augenblick lang
dann sinken sie zusammen
er versucht es noch einmal, doch nach kurzem Taumeln sacken die Puppen wieder in sich zusammen
er setzt sich neben sie auf den Boden, senkt den Kopf, zieht die Knie an die Brust, umschlingt sie mit den Armen und wiegt sich leicht
dann verfällt er langsam in Starre
sehr lange Stille
er steht auf
er packt die beiden Puppen, schleppt sie zum Sarg rechts, hebt den Sargdeckel und stopft die beiden Puppen rasch in den Sarg, dann schließt er den Sargdeckel
er betrachtet ihn
sehr lange Stille
er blickt umher

mehrmals geht er kreuz und quer über die Bühne, betrachtet, berührt, betastet alles, doch nicht um es kennenzulernen, sondern um Abschied zu nehmen
er geht zum linken Sarg, hebt den Sargdeckel, kriecht in den Sarg, legt sich hin und schließt den Sargdeckel über sich
sehr lange Stille
der Sargdeckel hebt sich, der Schauspieler guckt hinaus, als wartete er auf etwas, dann lehnt er sich ganz aus dem Sarg
sehr lange Stille
ganz langsam zieht er den Kopf ein und schließt wieder den Sargdeckel über sich
die Bühne ist leer, die Beleuchtung unverändert
natürlich treten die Schauspieler nicht vor, um sich zu verbeugen

Letzte Seiten eines Probentagebuchs

29. Oktober 1980, nachts
Wenn ich sterbe. Dann kann man sagen, daß etwas zum Abschluß gekommen ist.
Ich habe es wirklich in meinem Kopf gewälzt. Konnte mich nicht vom Gedanken befreien, das heißt, es war kein Gedanke, vielmehr ein Bild: drei Menschen, ein junger Mann, eine junge Frau sowie eine alte Frau, nach dem Hausputz, bevor sie den großen Spitzenvorhang wieder aufhängen. Sie spielen mit dem Vorhang Hochzeit. Wie die Kinder. In dieser Situation werden sie zu bösen Kindern. Und die alte Frau stirbt an dem Spiel.
Der Spitzenvorhang als Voraussetzung. Der Brauttanz. Der Hochzeitstanz. Der Totentanz. Ich habe das Stück ausgehend von diesem Bild geschrieben.
Im Theater interessiert mich nicht die Geschichte. Auch die sogenannten Gedanken interessieren mich nicht. Das ist Sache der Literatur, der Philosophie. Im Theater interessieren mich die Beziehungen zwischen den lebenden Körpern. Die Bilder. Die Bilder, doch nicht im kunsthistorischen Sinne. Mich interessieren die bewegten Bilder des lebenden Körpers. Die insofern nicht dem Film gleichen, als sie nicht multiplizierbar sind. Mich interessiert das Bildgefühl, das aus der

Sinnlichkeit des lebenden Körpers resultiert. Was natürlich auch eine Art Geschichte erzeugt, und aus der Geschichte wiederum läßt sich ein Gedanke herausfiltern. Ich habe also versucht, ein Textgerüst zu entwerfen, das erlaubt, daß auf der Bühne der Körper des Schauspielers dominiert, nicht der Text, nicht die Geschichte, nicht der Gedanke, nicht die Philosophie. Im Grunde eine sehr primitive Sache. Wenn zwei Menschen sich unterhalten, dann sind ihre Gesten, ihre glänzenden Augen, sind Temperatur und Geruch ihres Körpers viel wichtiger, als was sie einander mit Worten sagen. Davon können wir uns leicht überzeugen, wenn wir zum Beispiel eine vermeintlich gehaltvolle Diskussion auf Tonband aufnehmen. Der Text für sich wirkt gehaltlos. Seit wir jenen Typus von Theater für unerträglich halten, in dem uns erhabene literarische Texte und kernige Philosophien vorgetragen oder Lehrfabeln eingepaukt werden, hat sich die Dramensprache der Umgangssprache angenähert, doch meines Erachtens zwingt auch diese erneuerte Form der Bühnensprache die Schauspieler zu leerem Mimen und hohler Technik – sie will Leben sein, ist es aber nicht! –, weil die Schauspieler auch hier vor allem ihren Mund, ihre Stimmbänder und ihr Hirn benutzen, während ihr Körper unbeweglich bleibt. Unbeweglich, obwohl sie sich schrecklich viel bewegen. Ich habe versucht, mich auf die Musikalität der Sprache zu verlassen. Ein subtiles sprachliches Medium zu schaffen, das den Schauspieler zwingt, mit seinem ganzen Körper, mit den inneren Zusammenhängen seines Körpers zu sprechen. Er soll mit seinem Körper ausdrücken, was ich mit der musikalischen Struktur der Sprache signalisiert habe. Ich bin also davon ausgegangen – und das wiederum ist eine sehr primitive Sache –, daß das Theater weder Literatur noch Leben ist. Das Theater ist sehr theatralisch! Und so soll es denn

theatralisch sein! Und warum sollte die Oper nicht dramatisch sein? Wo sie es doch ist! Sie ist die einzige Bühnenform, die unsere gesunde Theatralität bewahrt hat.
Und warum sollte der Hausputz nicht mit opernhafter Stilisierung vereinbar sein? Das Schrubben erzeugt sehr interessante Geräusche. Auch der Eimer macht Geräusche. Vor allem der Henkel. Und der Lappen, wenn man ihn auswringt. Dann das Wasser auf dem Fußboden, das Wasser auf dem Wasser, diese Geräusche geraten in eine sinnige Beziehung zum Geräusch der nackten Füße, des Atems und der Worte.
Mária Kovács, Mária Bajcsay und János Bán schrubben in einem festgelegten Raum, auch László Angster hat seinen festen räumlichen Ort. Er steht in der Wand und wartet auf den letzten Moment, um von dort herauszutreten; was bisher nur als totes Bild präsent war, soll jetzt lebendig werden. Seit dem dritten Probentag, seit zwei Monaten ist ihr Körper mit diesem Raum verbunden. Ein Körper in einem festgelegten Raum – man kann sich keine tiefere Realität vorstellen. Und wenn ich, der ich mir die Proben ansehe, diesen Bühnenraum wirklich als Zimmer empfinde, obwohl er das nicht ist – so kann man das zweifellos *auch* als Stilisierung bezeichnen. Die Frage ist nicht, ob es sich um Stilisierung handelt. Im Theater ist nur Stilisierung möglich. Die Frage betrifft das Ausmaß oder das Maß der Stilisierung sowie die Intensität der schauspielerischen Präsenz.
Ich wollte einfach einen Text schreiben, in dem die Grenze zwischen Innen und Außen verwischt wird. Als ob es eine solche Grenze nicht gäbe. Nach außen kehren, was immer in uns ist. Es weiß sowieso jeder alles. Davor muß man sich nicht fürchten, denn Schweigen und Verschweigen sind auch so noch unendlich.

Wir realisieren immer nur im nachhinein, daß im Grunde Ernst ist, was von uns als Spiel geplant war, und umgekehrt, daß nur Spiel ist, was wir für Ernst hielten. Die Ungewißheit gehört zu den schönsten und großartigsten menschlichen Eigenheiten. Die Ungewißheit ist für mich der Ausgangspunkt. Ich weiß nichts. Wenn ich dies zu erkennen vermag, so macht mich diese Erkenntnis auch fähig, Sinn und Wert meiner Taten zu ermessen.

1. November

Fast unmöglich, die Woche zusammenzufassen.

Proben gab es keine.

Ich war auch außerstande, den zwischen János und Mária entbrannten Streit zu schildern.

Klar ist: sie können nicht mehr zusammenarbeiten.

Ich bin in einer vollkommen ruinösen und aussichtslosen Lage.

Alles entwickelt sich in einer Richtung, die meinem Instinkt widerspricht.

Alles ist trivial und entbehrt jener menschlichen Wärme und Kühnheit, die ich mir von einer solchen Tätigkeit, um nicht zu sagen Kunst, wünschte.

Ich verstehe alles und glaube jeden zu verstehen – das aber ist zuviel.

Zu wenig Wahnsinn.

Berechnung und Realitätssinn diktieren, darum geht der Wahnsinn in Hysterie, Alkohol und Geschäftigkeit unter.

Gleichzeitig müßte ich aus so etwas wie Ehre oder Ehrgefühl ausharren.

Obwohl ich raus möchte.

Mich interessiert auch nicht, daß mich meine Stellung

bindet. Ich scheiße auf meine Stellung. Ich wäre glücklich, wenn ich meinen Vertrag ohne weiteres auflösen könnte.

Gleichzeitig möchte ich mich aus irgendeinem Grunde, um die Sache noch komplizierter zu machen, der nächstfolgenden Phase hingeben; möchte ausprobieren, wie ich mich in einer Lage verhalte, die weder meinem Körper noch meinem Instinkt entspricht.

Mich schön, elegant zurückziehen. Gleichsam unbemerkt. Fein.

Würde ich mich rausziehen, wäre das ebenso hysterisch und trivial wie das, worin wir bis zum Hals drinstecken.

Jetzt aber gilt es, alles Vorgefallene schön zu notieren.

Vor einer Woche habe ich hier aufgehört: Mária sitzt auf einem Stuhl, die Bajcsay faßt sie um die Schultern, Mária weint, ich knie mich vor sie hin, János kommt dazu. Die Bajcsay reicht ihr ein Glas, sie trinkt. János ist so angespannt, als wäre er nicht Körper, sondern Gegenstand. «Ich hab's euch im voraus gesagt», sagt leise Mária. «Was?» frage ich und ergreife ihre Hand.

Ich behaupte nicht, daß ich den Dialog, den wir danach führten, genau zitieren kann. Es ist eher der Versuch einer Wiedergabe, denn er war so kompliziert und wild, daß ich bei seiner Beschreibung nicht einmal die Richtungen zuverlässig anzugeben vermag.

«So wird das nicht gehen!» sagt sie, und sagt es leise wie jemand, den es eine ungeheure Anstrengung kostet, Worte zu formen.

Und diese Geste ist im Grunde nichts anderes als der Hinweis auf eine frühere Bemerkung, wonach sie schon öfters in eine Lage geraten sei, in der «ich einfach durcheinanderrede, meine Zunge klebt im Mund, ich kriege kein vernünftiges Wort heraus, und dann kommt das Krankenhaus, die Neurologie».

Unser beider Hände sind schweißnaß.

Es gibt nur diesen Moment, aus dem ich ihr heraushelfen muß. Mit meinem Körper, indem ich sie mit der Realität meiner Hand in die Realität zurückhole.

Während ich weiß, daß es nicht ein Zufall, sondern wunderbar symbolisch ist, daß sie ausgerechnet am Ende ihres Todesmonologs, bei ihrem letzten Hilferuf «Spielt mit mir!», wirklich zu weinen begann.

Als sie zu weinen begann, sahen Géza und ich uns anerkennend und glücklich an, weil wir meinten, auch das gehöre zum Spiel, sie habe das Weinen erfunden; und wie ihr ganzes spontanes Spiel geriet auch dieses vollkommen und wunderbar.

Nur handelte es sich nicht mehr um Spiel.

Es ist klar, daß sie den Druck ihrer Isolation genau spürt und wirklich will, daß man mit ihr spielt.

Doch will sie das Spiel nicht durch Spielen.

Jetzt knie ich vor ihr.

«Aber wir haben alles getan, Mária, daß du so spielen kannst, wie du willst», sage ich leise.

Wir sehen einander in die Augen.

János ist reglos.

Die Bühnenarbeiter kommen herein und beginnen die Dekoration abzubauen; das sehe ich aus den Augenwinkeln, dennoch bin ich aus dem ganzen Bild ausgeblendet, und nur wir sind hier, wir vier, und vor allem ihr Gesicht, ihr Körper, ihre Augen.

2. November

Ich kann erst am nächsten Tag fortfahren, denn ich bin auch

durch Schreiben, durch Notieren nicht zu retten: wenn es denn Rettung und Flucht überhaupt gibt, dann nicht bloß im Hirn.

Ich weiß nicht, wo.

Das heißt, ich weiß es schon, aber das will ich nicht und will ich auch nicht sagen, weil es sonst aufhört.

Und wie seltsam!

Frau Harag fragt mich vor dem Gastspiel der Towstonogow-Truppe, ob ich bete, wenn ich Probleme habe.

«Was?» fragt Harag, der aus irgendeinem Grunde, wegen der Vorstellung oder wegen der Anwesenheit dieses andern großen Tiers, sehr aufgeregt ist.

«Ich sage, daß ich manchmal bete, obwohl ich nicht wirklich gläubig bin», sagt Frau Harag.

Harag ist schon verschwunden.

Ich würde gerne darüber reden, doch was ich sagen würde, wäre jetzt, hier, in diesem Gewühl vor der Vorstellung, deplaziert.

Auf dem Programm steht *Der Stille Don*.

Die Erregung, die Konzentration auf die Gemütsbewegungen, das Suchen meines Platzes inmitten solcher Erregtheit verwischt jene Sätze, ich kann sie nicht mehr heraufholen.

Jetzt zünde ich eine Zigarette an, mit dem roten Feuerzeug, das ich von Mária geschenkt bekommen habe.

Seit Tagen überlege ich, ob ich dieses Feuerzeug nicht weglegen sollte, doch dann entscheide ich jedesmal, daß ich es benutzen muß. Obwohl ich kein Feuerzeug mag, und schon gar nicht ein rotes. Würde ich es aber weglegen, würde das etwas bedeuten. Da ich es nicht weglege, bedeutet es lebenswichtige Kontinuität.

3. November

Am Morgen kam der Schnee.

Nachts um drei wachte ich mit einem Wutanfall auf. Und umsonst überlegte ich, was ich tun sollte. Nicht nur sie, auch alle andern. All jene, die als Schuldner in den Kantinen der Provinztheater zugrunde gehen – ohne daß ihre Begabung auch nur für einen Moment unvergänglich erstrahlt wäre. Sie sterben davor. Dafür. Dazwischen.

Mária Kovács bewundere ich. Daß sie es ganze fünfunddreißig Jahre ausgehalten hat, auf beiden Füßen stehend.

Ich grub meinen Kopf ins Kissen und schrie und rief Gott an.

Als würde dieser in seinem Schweigen die Welt so einrichten, wie sie ist. Als würde sein Schweigen nicht erlauben, daß wir eingreifen. Er ist nur Liebe, und ist überhaupt keine Liebe, bloß deren Mangel. Dieser Mangel spricht, doch mit ihm reden ist unmöglich.

Trockener Schauspieler, denn der Schauspieler ist so stark, daß er nicht einmal Tränen schicken kann.

Ich weiß nicht, wie und wann ich wieder einschlafe.

Wie kommt es, daß es welche gibt, die das Ganze aushalten, nüchtern?

Ungeheuer. Nicht Menschen. Oder sie sind beschränkt, blind, dumm.

Aber nochmals zurück zu der immer weiter entschwindenden Geschichte der Woche.

Nach dem Geschrei gehen wir hinunter in das Zimmer des Regisseurs.

Ich spüre, daß ich mich beruhigt habe. Etwas ist zusammengebrochen, dennoch fühle ich mich gut. Szikora hat den auch in mir tobenden Haß herausgebrüllt.

Man kommt mit der Nachricht, Mária sei übel geworden, sie weine in der Garderobe.

János wird aktiv. Mit István stellt er den Probenplan auf. Er will eine außerordentliche Intendanzsitzung einberufen, überlegt, wer statt Mária in Frage käme; er möchte, daß sie ihre Rolle abgibt.

Als Géza und ich nicht allzu begeistert kooperieren, schreit er uns an.

Ich schreie zurück.

Er wird still, lacht.

Und dann folgt jene Woche, über die ich nicht einmal imstande bin zu referieren.

Am Sonntag nachmittag fahre ich mit dem Zug nach Budapest zurück.

Am Montag vormittag kommen János und Géza nach, damit wir die Lage besprechen.

János, der nie trinkt, möchte unerwartet trinken. Magda bringt Kognak, wir betrinken uns ein wenig.

Den Intendanten können wir telefonisch nicht erreichen.

Ich versuche, Mária Kovács anzurufen, doch sie nimmt nicht ab. Wahrscheinlich ist sie zum Arzt gegangen.

Als wir den Intendanten endlich erreichen, stellt sich heraus, daß er eine Versöhnungsaktion gestartet hat. Mária ist bereit, am Dienstag zu proben.

Am Dienstag fahren wir alle zurück. Miklós Györffy und die Bajcsay nehmen uns mit dem Auto mit.

Wir haben eine schöne, fröhliche, sonnige Fahrt.

Als wir ankommen, stellt sich heraus, daß es keine Probe gibt, weil Mária ein Medikament bekommen hat und drei Tage liegen muß.

Die Probe ist am Freitag.

Ich fahre mit dem Abendzug zurück.

Am Donnerstag nachmittag klingelt es, ein Telegramm, in dem es heißt, die Probe am Freitag falle aus, gleichzeitig

klingelt das Telefon, die Bajcsay erkundigt sich, was passiert sei.
Wir sind beide wütend.
Magda sagt, ich solle nicht wütend sein, sondern Mária anrufen.
Ich sage, ich tue es nicht.
Dann werde sie sie anrufen.
Ich sage, gut.
Trotzdem nehme ich ihr den Hörer aus der Hand.
Wir besprechen, daß ich am nächsten Vormittag zu Mária gehe.
Ich gehe um elf, wir unterhalten uns bis halb drei.
Ich kehre nach Hause zurück, János kommt. Er hat inzwischen Éva Olsavszky engagiert.
Seine Bitte, der Olsavszky das Stück zu bringen, schlage ich ab.
Doch fahre ich mit dem Dienstwagen des Theaters zurück nach Györ.
Inzwischen bringen wir das Stück bei den Olsavszkys vorbei.
Sie ist nicht zu Hause, sie spielt in Kaposvár.
Zwei Tage Einsamkeit.

4. November
Am Nachmittag rufen wir die Olsavszky an. Sie übernimmt die Rolle. Kommt am folgenden Tag. Premiere ist am 22. November.
János fährt nach Budapest zurück, ich bleibe, um die Wohnung zu räumen, denn sie können für die Olsavszky keine andere Wohnung besorgen.
Ich muß zurück ins Theater ziehen.
Am Abend schaue ich mir mit Angster und István den Film *Cabaret* an.
Heute morgen schneit es noch immer.

5. November
Am Vormittag ziehe ich von der Béla-Bartók-Straße ins Theater. Richte mich gewohnheitsmäßig ein. Vor meinem Tod werde ich die Gegenstände geschmackvoll um mich herum arrangieren, werde das Lavabo säubern, kleine Bilder an die Wand hängen, um meine Umgebung einigermaßen persönlich zu gestalten, werde das Licht löschen, vor allem, wenn nicht ich die Rechnung bezahlen muß! und erst dann.

Und heute morgen das Gefühl, ich verfügte nicht einmal mehr über Routine, ich bin sogar darüber hinaus, die letzten Reste meiner Kräfte aufzubrauchen.

An mir ist kein Stückchen Oberfläche für neue Eindrücke.

Genauer, ich bestehe aus lauter nackten, losen Teilen, die ich schützen muß, damit es mir nicht durch Mark und Bein geht – ich bin für alles empfänglich.

Panzer.

Ich müßte nach Hause.

Am Nachmittag raufen wir uns langsam zusammen. Um halb sechs kommen auch Olsavszky, Szikora, Bajcsay und Bán.

Die Bajcsay strahlt. Sie trägt Ohrringe, drei türkise Pünktchen, hat ihr Haar wieder etwas geschnitten, es ist schon ganz knabenhaft kurz, die Augen sind geschminkt.

Bán ist bedrückt, apathisch, unausgeschlafen.

Szikora ist scheinbar sehr rührig, in Wirklichkeit aber nur halb fit.

Die Olsavszky ist schön, aufgeregt, verlegen. Sie hat etwas Mädchenhaftes, Streberhaftes.

In der Kantine trinken wir Kaffee, dann gehen wir hinauf in den Probenraum.

Es laufen noch alle möglichen technischen Dinge ab, wir können nicht sofort anfangen. János bittet mich, Éva die mit dem Stück verknüpften Geschichten zu erzählen.
Wir gehen in mein Zimmer hinunter.
Ich erzähle.
Aber wir können uns nicht sehr aufeinander konzentrieren.
Genauer gesagt konzentrieren wir uns nur aufeinander, nicht auf das, was der andere sagt, sondern darauf, wie er ist.
Was ich sage, interessiert sie jetzt nicht, und das ist sehr verständlich.
Auch mich interessiert es nicht, alles, was ich sage, bleibt leeres Gerede, weil ich wiederhole, was ich vor zwei Monaten bei der ersten Leseprobe gesagt habe; nur daß es damals durch die Spannung der ersten Begegnung glaubwürdig erschien. Jetzt klingt es hohl. Damals mußte ich den Widerstand von Mária brechen, umgehen. Éva zeigt keinen Widerstand.
Dann werde ich auf die Probenbühne gerufen.
János geht das ganze Stück durch, damit Éva einen Überblick gewinnt.
Éva erfaßt die Situationen präzis und mit unglaublicher Konzentration, sie bewegt sich an der Grenze zwischen vollkommener Hingabe und vorsichtiger Zurückhaltung, man sieht, daß sie wirklich arbeiten kann.
Und die während zwei Monaten erarbeiteten Situationen sind plastisch genug, um Erklärungen überflüssig zu machen.
Natürlich kann man schon jetzt sehen, daß sie diese Situationen als Entwürfe versteht, die sie umformen wird.
Sie ist etwas kleiner als die Bajcsay.

Man spürt, daß sie in der Lage ist, Bán zu lieben, was Bán ebenso verlegen macht wie zuvor Márias Unberührtheit.
János aber ist in seinem Element. Schnell, genau, suggestiv, und man sieht, daß er zur Olsavszky vom ersten Augenblick an eine starke Beziehung hat – zu Mária hatte er keine oder nur eine künstliche.
Hajnal Tordai sitzt hinter mir. Manchmal wechseln wir ein paar Worte über Évas mögliche Kostüme.
Hose? Morgenrock?
Sie ist in jeder Kleidung schön und elegant.
Hajnal macht Entwürfe.
Erst jetzt fällt mir auf, wie viel Bán gestikuliert; als würde er den Text mit seinen Händen erklären, deuten; als würde er auf diese Weise ausdrücken, was er mit seinem Körper noch nicht auszudrücken vermag.
Punkt zehn ist die Probe zu Ende.
Der erste Überblick.
Hätte es davor nicht so viel gemeinsame Qualen gegeben, wäre sie bestimmt nicht so glatt verlaufen.
Wenn es denn eine Vorstellung geben wird, so auch dank Mária Kovács, obwohl ihr Name vom Programmzettel verschwunden ist.
Jetzt kann man zum ersten Mal richtig spüren, daß etwas im ungarischen Theater überhaupt nicht Natürliches natürlich wurde, und die Suggestion dieser Natürlichkeit vermag die Olsavszky nun leichter einer möglichen Lösung zuzuführen.
Noch stelle ich unwillkürliche und ungerechte Vergleiche an.
Die Olsavszky scheint perfekt. Mária Kovács war nie perfekt, in ihr war immer etwas Formloses, wie es großen Künstlern eignet, immer etwas Unentwirrbares. Sie wollte

alles aus sich heraus und mit sich lösen, sie war unfähig, sich mit ihrem ganzen Gewicht der Situation anheimzugeben. Sie spürte sich selbst so genau, daß sie die Situation nicht spürte. Das machte ihre Originalität aus.
Mein Herz weilt noch bei dieser formlosen Urkraft.
Bei dieser Kraft, die an sich selber leidet.
Die Olsavszky jedoch entfaltet sich sofort, freilich nicht als Privatperson, sondern als Fachperson, was aber keineswegs unpersönlich ist; sie scheint die Kunst der Distanziertheit zu kennen.
Soviel für heute.

9. November
Nach zehn Uhr ruft János an, die Olsavszky sei heute vormittag weinend zusammengebrochen; hätte sie gewußt, wie schwierig das sei, hätte sie die Rolle nicht übernommen, sie wolle den Vertrag auflösen, sie mache nicht weiter. Doch hätten sie sich schließlich geeinigt, die Premiere zu verschieben.
Neuer Termin: 27. November.
János möchte, daß ich komme. Ich sage, mehrere hätten mich angeschnauzt, wieso ich dabei sei. Der Autor soll lieber auf seinem Arsch sitzen und schlechte Stücke schreiben als auf den Proben herumlungern. Auch ich selbst hätte den Eindruck, alles gehe auf Konto meiner Gegenwart.
Wer das gesagt habe.
Zum Beispiel Judit Elek.
Gut, dann rufe er morgen abend an.
Ich lege den Hörer auf.
Und beschließe, daß ich morgen früh fahre.

10. November

Ich komme am Vormittag an. Am Bahnhof Angster, auch er aus Budapest.

Und jetzt kann ich nicht einmal mehr Tagebuch schreiben in gewohnter Art.

Was geschieht, nimmt mich einerseits gefangen, andererseits interessiert es mich nicht.

Nur die Spannung bleibt.

Nicht so sehr die Sache, denn deren Schicksal ist einigermaßen absehbar, als vielmehr das Schicksal des Prozesses.

Den aber betrachte ich ziemlich skeptisch.

Ich möchte ihn möglichst rasch hinter mich bringen, möchte ausscheren.

Gleichzeitig bin ich ständig und immer tiefer in ihm drin.

Die Intensität meines Interesses hat sich Richtung Privatleben verlagert.

Aber auch dort die gleiche Hoffnungslosigkeit.

Was als symptomatisch gelten kann. Statt Spiel – Leben. Statt Theater – Asyl. Statt Arbeit – Psychologie. Statt Seele – Alkohol. Statt Wahnsinn – Hysterie.

Ist man in die Ecke gedrängt, gibt es keine Freiheit.

Die Olsavszky ist todmüde, hat Angst.

Sie nimmt Schlaftabletten, wird morgens schwer wach.

Richtet ihren Blick nur sehr spärlich auf einen. Redet wenig, beantwortet Fragen zögernd und kurz. Als wollte sie ihre Zeit nicht für menschliche Beziehungen vergeuden.

Doch im Grunde arbeiten sie gut.

Während des Spiels lockert sie sich.

Auf Olsavszkys Bauch ist gut sichtbar, wie sie atmet.

Bán und die Bajcsay haben im Lauf der Zeit auf seltsame Art ihr Gesicht, ihren Körper aufeinander abgestimmt, ach! diese drei Monate!

Beim Tanzen: Mari müßte ihren Text vielleicht später beginnen, denn dieser gerät durch die Wiederholung außer Atem.
Die Bajcsay in neuem Kostüm – kein Rückendekolleté, schwarzer, feingemusterter Kattun, und schön ist es dann, wenn die beiden obersten Knöpfe offen sind.
«Wir wissen alles.» – «Alles denn doch nicht.» Die Bajcsay hebt den Finger, wie Bán. Das soll sie nicht tun.
«Und Sie wollte ich mit der Pistole erschießen, die Sie gestohlen haben, damit Ihr Mann sich umbringt» – Éva zeigt auf sich. «Ja» – sagt Bán –, das ist zuviel, das bricht den Duktus.
«Wir lassen alles, wie es ist.»
«Atmet sie noch?»
«Man müßte einen Spiegel vor ihren Mund halten.»
«Wir könnten das Zimmer wieder einrichten.»
Olsavszkys Einstellung stimmt nicht, in der Picknick-Szene ist sie nicht fein genug – sie achtet immer darauf, wie die andern reagieren.
Bevor sie mit Papier zugedeckt wird, sollte Jani noch ein wenig umherrennen: so ist es zu direkt.
Setzt Mari Éva die Perücke nicht wieder auf?
Éva muß am Schluß auf der Seite liegen.
«Holen wir mal die Pistole hervor.»
Bán bekommt einen Wutanfall, als János bittet, daß sie sich vor Kláras Augen, unter dem Bild von András, lieben wie die Hunde. Bán müßte auf den Rücken der Bajcsay klettern.
Auch János wird wütend; sein Zornesmonolog aber trifft schön ins Ziel.
Die Bajcsay ist krank. «Ich dachte, ich werde Szikora gleich verprügeln», sagt Bán nach der Probe. Und er hat recht,

denn wenn sie sich an der Wand «wie die Hunde» lieben würden, warum müßte er sie dann am Schluß erschießen?
Die Bajcsay hat einen bösen Husten. Nach dem Laufen und Rennen bekommt sie keine Luft.
Wir essen gemeinsam zu Mittag.

12. November
Das Notieren macht mich schon im voraus müde.
Alle sind todmüde.
Trotzdem war die Probe vormittags und nachmittags gut. Seit die Olsavszky da ist, ist die Namenliste der maximalistischen Beteiligten komplett. Doch fürchtet sie, sie hätte nicht genügend Zeit. Sie schlägt sich mit dem Text herum, was Bán und die Bajcsay, die diesen schon leid sind und die ohne Textarbeit spielen möchten, wahnsinnig nervös macht; zwar nehmen sie sich fabelhaft zusammen, dennoch kommt es immer wieder zu Ausbrüchen.
Das wiederum verursacht der Olsavszky Gewissensbisse.
Sie trösten sich gegenseitig.
«Ich gehe» – wenn sie den ersten Monolog nicht an Zsuzsa richtet, dann ist der Anfang des Monologs «Um neun standen sie auf» unverständlich.
Es ist nicht gut, wenn Éva ein Hustenbonbon in Báns Mund steckt.
«Sie ist ganz klein» – nämlich die Pistole, während wir eine große Knarre haben.
Dieses Herumliegen müßte man wohl beenden.
Szikoras Energie ist am Schwinden.
Die Bajcsay hat wahrscheinlich eine Brustfellentzündung.
Bán indes scheint zu seinen eigenen Ansprüchen emporzuwachsen, was immer dabei herauskommen mag. Er quält sich fürchterlich – «Du weißt nicht, was mich dieses Stück ko-

stet!» – sagt er am Abend in der Kantine. Er kämpft, arbeitet, seine Stimme, seine Augen, sein Gesicht waren noch nie so nuancenreich, so erfüllt, so empfindsam. Sein Körper leistet noch Widerstand. Ist eher akrobatisch als geschmeidig.
Noch steht das Gebäude nicht – und ist schon eine Ruine.
Die Schwankungen sind zu stark.

13. November
János setzt die am Vortag begonnenen szenischen Übungen fort.
Mit improvisierten Worten müssen sie einen Nachmittag von Jóska und Klára spielen. János zieht die Spitzenvorhänge zu. Die Szene spielt sich hinter Vorhängen ab. Bán ist fein, gelöst, ein wenig gockelhaft arrogant, die Olsavszky empfindsam, schwächlich, leicht, aber ausdauernd gekränkt, mit prächtigen erotischen Eruptionen und Schwankungen.
Die ganze Szene ist bis zur Unerträglichkeit schwül und schamlos.
Hinter mir sitzt die Bajcsay und sieht sich die Sache an, geifert, brummt und kreischt halblaut, wie ein wildes Tier. Das sei ein Blödsinn, dafür sei jetzt wirklich keine Zeit. Ich drehe mich mehrmals um, versuche sie zu besänftigen, aber sie will oder kann sich nicht beherrschen. Halblaut murmelt sie vor sich hin, Szikora werde sich noch wundern, wenn Éva das nicht aushält.
Als János sie aufruft, ist es, als ginge sie zur Schlachtbank.
Jetzt müssen sie spielen, wie Zsuzsa ankommt, die Jóska über eine gewisse «Frau Löffler» für Klára gefunden hat.
Die Bajcsay ist trotz ihres inneren Widerstands großartig, doch sind sie nicht in der Lage, die selbstentworfene Szene genau auf den bisherigen Anfang abzustimmen. Diese wirkt viel realistischer, lebensnaher und, zugegebenermaßen,

schöner und gefühlvoller als die bisherigen Versuche. Sie kommen ins Stück rein, lassen aber gewisse Repliken instinktiv weg (das gehobenere Niveau des Textes würde gegen sie arbeiten), und auch die gröberen Gesten fallen feiner aus.

Die aus solcher Selbstpreisgabe und Hingabe resultierende Spannung wächst im Raum.

Man kann spüren: je perfekter sie improvisieren – das heißt, je mehr sie geben müssen –, desto mehr hassen sie Szikora, der ihnen solches abverlangt; doch der Haß macht sie nur besser, was sie zunehmend genießen.

János aber spürt wahrscheinlich, daß die Improvisation langsam Richtung Privatleben-Haß abgleitet, und läßt sie neu beginnen, mit dem Auspacken des Zimmers.

Das ist in dieser Spannung so grausam, daß ich nicht mehr hinsehen kann.

Ich muß den Raum einfach verlassen.

Dabei hasse ich mich dafür, daß ich mir das leisten kann.

Ich weiß nicht, wohin.

Eine Zeitlang streife ich durch das Gebäude, gehe auf die Probe von Harag, doch sie machen gerade Pause; dann gehe ich in mein Zimmer hoch, sitze stumpfsinnig an meinem Tisch.

Ruft man mich?

Der Lautsprecher in meinem Zimmer funktioniert nicht, ich höre den im Flur, gehe aber nicht hin, weil ich nicht sicher bin, daß dic Durchsage mir gilt, und selbst wenn sie mir gälte, würde ich nicht hingehen.

Ich überlege, gleich abzureisen.

Dann ertönt im Flur wieder die Durchsage, diesmal höre ich deutlich meinen Namen.

Ich begebe mich in den Probenraum.

Die Olsavszky weint.

Die Bajcsay hat eben zu weinen aufgehört und schreit, dafür sei jetzt keine Zeit. Ihre Kollegialität ist verblüffend, denn es ist völlig klar, daß sie genau das herausbrüllt, was die Olsavszky brüllen würde, wenn sie nur könnte. Und indem sie die Spannung der andern gleichsam in sich aufnimmt, leitet sie die eigene ab.

Szikora aber schreit mit beherrschter Stimme, man müsse bestimmte Dinge ausprobieren, sonst könne man auf nichts aufbauen, müsse Grundsituationen herstellen, mit denen man dann arbeiten könne.

Die Olsavszky ist kraftlos, ihre Schultern zittern, Szikora streichelt sie, betont, es gebe keinen Grund zur Panik, man müsse ihm vertrauen, er wisse zu entscheiden, wann was zu tun sei. Es gehe hier nicht um Albereien, sondern darum, wie sie das Stück angehen sollen, denn der bisherige Anfang sei schlecht gewesen.

«Gut. Dann an die Arbeit», sagt die Olsavszky kraftlos.

Lautloses Schweigen.

Und ohne einen Zollbreit nachzugeben, läßt János sie wieder die Auspackszene spielen.

Jetzt mangelt es der Szene an Kraft, aber auch so ist sie gut.

Während des Spiels teilt János mit, das Stück werde mit dieser Szene beginnen.

Das Auspacken dauert zehn, elf Minuten. István mißt die Zeit mit der Stoppuhr, sie würde ungefähr ausreichen, daß das Publikum seine Plätze einnimmt.

Géza dreht sich um und fragt János während des Spiels laut, was sonst nicht seine Gewohnheit ist: «Wird die Pointe mit dem Vorhang so nicht verschenkt?»

Vielleicht ist es nicht schlecht, daß wir uns laut unterhalten,

denn diese scheinbare Unkontrolliertheit, die die Schauspieler sonst zu Recht hassen, leitet jetzt gleichsam von außen die Spannung ab.
Gézas Instinkte funktionieren unfehlbar, zumindest was das Theater betrifft.
«Ich glaube, nein», sage ich ebenfalls laut. Bis jetzt war der Vorhang eine Pointe. Jetzt spielt er.
Und es ist verblüffend schön, wenn er nach dem Auspacken auseinandergezogen wird.
Am Ende der Probe stürzt die Olsavszky dennoch wortlos hinaus.
Die Zusammenbruchsstimmung ist perfekt.
Als wäre nichts Wesentliches passiert, als spürte niemand, daß etwas sehr Wichtiges passiert ist – so ist das Eingangsbild.
Auch ich stürze hinaus.
Ich frage Géza, ob man nicht nachschauen sollte, was mit der Olsavszky los ist.
«Natürlich. Aber ich kann nicht», sagt er.
«Ich auch nicht», sage ich.
Und warte, ob er keine Anstalten macht. Aber er rührt sich nicht.
Jetzt hasse ich nicht nur seine Passivität und Feigheit, sondern auch mein eigenes Unvermögen. Aber ich kann nicht zu Éva. Könnte ihr keine Erklärung für János' Grausamkeit geben, weil ich zutiefst verstehe und weiß, daß man nur arbeiten kann, könnte, wenn man die Grenzen des Erträglichen überschreitet, überschritte, wenn man fähig ist, sich der eigenen Phantasie frei zu überlassen. Jener einzig möglichen Freiheit, die in diesem Erdenwinkel noch existiert.
Um Géza kümmere ich mich einen Dreck und gehe zurück in den Probenraum.

Sage zu János, ob nicht er nachschauen gehe, was mit der Olsavszky los ist.

Er sagt, er tue es nicht. Es interessiere ihn nicht.

Darüber bin ich so erbost, daß ich wieder hinausstürze.

Ich laufe in mein Zimmer hinunter.

Natürlich hält es mich auch dort nicht.

János kommt mir auf dem Flur entgegen. Fragt, ob wir zusammen zu Mittag essen.

Ich habe keine große Lust dazu, will ihn aber überreden, daß er zur Olsavszky geht.

Es dämmert schon, als wir aus dem Restaurant kommen. Schwere Schneewolken, feuchtes, trostloses Grau.

Gemeinsam gehen wir zum Schauspielerheim an der Béla-Bartók-Straße, er betritt seine Wohnung, ich klopfe bei Éva an.

Keine Antwort, Stille.

Ich klopfe noch einmal, leise, trotzdem widerhallt es unangenehm im leeren Flur.

Nichts.

Vielleicht schläft sie, versuche ich mich zu beruhigen und gehe zu János.

Doch länger als zehn Minuten halte ich es nicht aus, kehre zur Tür von Olsavszky zurück.

Auf mein Klopfen folgt ein langes Rumoren, dann öffnet sie, läßt mich wortlos ein und weicht zurück.

Das Zimmer ist leer, die Lampe verbreitet mattes Licht.

Sie steht in der Mitte des Zimmers, sieht nicht mich an, sondern die Wand, was mir das Gefühl gibt, sie stünde schon seit Stunden so da.

Sie antwortet auf nichts, bleibt reglos.

Ich möchte sie berühren, irgendwie aus diesem Wachtraum wecken, aber ich spüre, daß ich sie nicht anfassen darf.

Sie ist unendlich fragil und verschlossen.

Dann sagt sie völlig unerwartet, seit Tagen käme jemand nachts in ihr Zimmer, aus der Wand, sei plötzlich da. Ein Toter. Aber er sei nicht tot, sondern lebendig. Und das sei keine Einbildung, denn er sei bei ihr. Sie halte das nicht länger aus, sie wisse, daß es wegen des Stückes sei, darum müsse sie aufhören.

Zu meiner größten Verwunderung sage ich nicht, sie solle nicht aufhören, sondern sage, sie solle aufhören; weil ich es verstehe.

Wir unterhalten uns ungefähr eine halbe Stunde so, reglos, in der Mitte des leeren Zimmers, als jemand leise an die Tür klopft.

Es ist János, lächelnd, ein wenig verlegen, doch hinter seinem Lächeln und seiner Verlegenheit die Lage ermessend.

Er sagt, es sei bald sechs, Zeit für die Probe.

Die Olsavszky zeigt jetzt erstmals eine für die Außenwelt bestimmte Reaktion, lächelt; müde, resigniert, skeptisch, weise.

Dann gehen wir zusammen durch die dunkle Straße zum Theater.

In großen, dichten Tropfen fällt der Schneeregen.

Die beiden gehen untergehakt, reden, kichern.

Ich halte etwas Abstand, weil ich nicht will, daß sie sehen und hören, wie ich heule.

Und sosehr das Weinen auch weh tut, es ist ein gutes Gefühl, daß ich es verheimliche, und mein Gesicht ist naß vom Regen.

Das Auspacken müßte vonstatten gehen, als hätte man den Ton abgedreht.

«Als ich ein Dienstmädchen war, habe auch ich gestohlen. Soll ich's erzählen?»

«Um neun standen sie auf» – lyrisch beginnen, weil der Textanfang so ausgesprochen nostalgisch ist.
«Ich stand im Licht» – falsche Betonung.
«Das ist das einzige, was ich vor Ihnen schützen möchte» – unklar, worum es geht.
«Entstanden an jenem Nachmittag, als wir uns in Göd kennenlernten» – nämlich das Bild.
Das Küssen hat keine Entwicklung.
Éva muß Janis Pulsader einen Takt später fühlen.
Von der großen Dreiecksszene an ist Éva zu routiniert, ohne jegliche menschliche Intimität – hier ist sie bereits Karikatur, zu laut.

16. November
Komme nachmittags an.
Treffe am Ostbahnhof meinen Bruder, zufällig. Er fährt nach Dunakiliti. Wir reisen zusammen.
Géza hat vergessen, meinen Zimmerschlüssel abzugeben, also muß ich sofort in die Kantine, mitten ins Wasser.
Die Bajcsay habe sich wieder im Griff, sei dadurch aber irgendwie steif geworden.
Olsavszkys Perücke ist angeblich ekelhaft und wunderbar.
Mit Géza in meinem Zimmer: die Rede ist von Perspektiven, von Sackgassen.
Tandoris Vers fällt mir ein: «Diese Dinge sind schon zu Ende.»
Die Probe ist gut.
Die Olsavszky ist phantastisch, hat sich den Text sprunghaft angeeignet.
Auch der Beginn nimmt Gestalt an.
János versucht, das Duett von Bajcsay-Bán «Ich würde mir einen Liebhaber halten» freudig zu gestalten.

Beide spüren, daß das nicht geht.
«Das kriege ich nicht hin. Daraus kann ich nicht mehr machen!» sagt die Bajcsay.
Dann Wechsel: Bán-Bajcsay gehen ab.
Sie proben Olsavszkys Arie «Ich bekomme keine Luft».
Das Meer soll grausig sein, daß es mich schaudert.
Sie sagt den Text auf.
Mária und Bán kommen zurück.
Jetzt sind sie zu dritt.
«Nichts kann mich zurückhalten» – das ist bei Olsavszky kein Fragesatz!
Nach der Pause Schrubben mit Wasser, zu dritt.
Das Jóska-Zsuzsa-Duett ist wieder schwächer, funktioniert nicht.
Das Zsuzsa-Klára-Duett ist schön, der Kuß hat eine mystische Wirkung.
«Ich wußte, daß es zu Ende war.»
«Aber ich schloß das Tor ab» – das soll nicht weinerlich, sondern erinnernd hart klingen!
In der Szene, wo sie ringen, ist der Mop an eine falsche Stelle gefallen, das macht immer Probleme, denn wenn sie sich auf diesem fauligen Mop wälzen, sind sie wie gerädert oder können den Eimer nicht umstoßen.
Bán schiebt den Mop wütend weg, was die Bajcsay kränkt; beide geifern.
Die Szene handelt genau davon.
«Hältst du mich für eine Hure?»
«Sind Sie denn keine?»
Diese Replik war noch nie so gut, und zwar darum, weil sie sich jetzt hassen.
Später dann, an der Stelle «Ich zünde das Haus an!», tritt Bán so kräftig gegen den Eimer, daß dieser an Maris Fuß geschleudert wird und das Wasser herausschwappt.

Sie beginnt zu weinen.
Die Probe dauert bis um halb elf, was zu weiterer Spannung führen könnte, doch stört es niemanden, weil es gut läuft.
Die Bajcsay versöhnt sich mit Bán in der Kantine, doch nicht so, daß sie mit ihm nach Hause ginge.
Sie bittet mich, daß ich sie begleite.
Es regnet.

17. November
Die Fahrt mit János, letzte Woche. Der leere Zug. Abends.
Manchmal habe er den Eindruck, er müsse mit dem Ganzen aufhören.
Gestern Géza, der sagte: «Ich hoffe, ich kann möglichst bald aus dem Ganzen aussteigen.» Unklar, worauf sich das bezieht: Will er das Theater oder gar das Leben definitiv hinter sich bringen?
Die Bajcsay, die gestern die *Beerdigung* gelesen hat und meint, sie wisse nicht, ob das Stück gut sei oder nicht, sie sei sich aber sicher, daß sie es nicht spielen könnte.
Die Probe am Nachmittag fällt aus, weil die Olsavszky in Szombathely auftritt *(Sommernachtstraum)*; am Abend schauen wir uns *Mamzell' Nitouche* an. Nicht zum ersten Mal kommt mir der Gedanke, ich müßte eher etwas in dieser Art schreiben und zur Aufführung bringen.
Warum sie es denn nicht spielen könnte.
Weil niemand, der die Beerdigung gespielt habe, je wieder eine Bühne betreten könne.
Ich sage, ich hätte umgekehrt gehofft, dieses Stück würde jenes Theater ermöglichen, das mir vorschwebt und das zu realisieren sich lohnt.
Sie sieht mich an.

Schweigt.
«Ich bin schon fünfunddreißig. Ich habe noch fünf Jahre.»
«Na und?»
«Solches Theater kann man dann nicht mehr machen.»
«Warum nicht?»
«Weil es nicht geht.»
Jetzt schweige ich.
Und langsam, ratternd, gibt mein Hirn ihr recht.
Weil ich sie liebgewonnen habe.
Sie ist kalt und heiß, schlau, klug und dumm, sie ist wie ein edles Tier, grob, aber gut, menschlich fein, verletzlich, unverletzbar, hart, böse, rachsüchtig, schön. Sie hat gleichzeitig etwas Bäurisches und Bürgerliches, im vornehmsten Sinne des Wortes.
Harag sagt, als wir mittags das Restaurant betreten: «Je! Da ist ja Ferenc Molnár mit Lili Darvas!»
Es ist nur fast wahr, doch mit seinem wie immer phantastischen Gespür ahnt Harag unsere «Begegnung».
Was wir beide vollkommen nüchtern quittieren.
So in Zivil entwickle ich einen Moment lang Gefühle, wenn ich ihren Mund, ihre Augen, ihren Gang betrachte. So wie auch sie momentweise Gefühle entwickelt, ich weiß nicht, ausgelöst wovon.
Das bleibt so, ohne daß wir einen Rückzieher machen.
Sie läßt nicht locker.
«Du kannst, wenn du willst, nach alledem auf Stücke verzichten, kannst einen Roman schreiben, was immer. Aber wenn ich das spielen würde, was könnte ich danach tun?»
Und Harag meinte zum gleichen Thema ein paar Tage zuvor:
«Bei dir geht es immer um die Überschreitung von Grenz-

situationen. Mich aber regen Grenzsituationen auf. Ich bin zu konservativ, um sie zu überschreiten. Im Nachtasyl zum Beispiel habe ich dem Baron ein großes Familienalbum untern Arm geklemmt, das er immer schützt, auf das er immer aufpaßt, weil es seine Vergangenheit bedeutet, doch dann nehmen sie ihm das Album weg, und es stellt sich heraus, daß darin kein einziges Foto ist. Dich interessiert so was nicht mehr. Bei dir gibt es keine Gegenstände, die etwas bedeuten, weil sich alles nur im Innern der Menschen abspielt. Ich verstehe und akzeptiere das, ich denke auch so, aber für mich sind diese Gegenstände wichtig.»

Er hat recht.

Bestimmt habe ich mich geirrt.

Habe eine Grenzsituation überschritten.

Und auch wenn ich mich gänzlich hingäbe, wäre es nicht genug.

Harag hat es an jenem Abend richtig ausgedrückt, als er mich nach meinem ersten Zusammenbruch in die Intendanz brachte:

«Nicht die Umstände sind ungünstig. Das ungarische Theater ist sechzig Jahre zurückgeblieben. Und ich fürchte, es bleibt keine Zeit.»

Vielleicht ist es das, was ich spüre, und darum kann und will ich mich nicht hingeben.

Dabei bin ich wirklich geeignet dafür, und das Theater würde mich auch nehmen.

17. November

Nach dem langen Schrubben dürfte er nur sagen: «Dann heirate ich Zsuzsa!»

Es ist nicht gut, daß Bán den Eimer abstellt, ohne daß man es hört! Auch nicht gut, daß er sich sofort setzt.

Da die Olsavszky ganz gut schrubbt, hat die Szene, wo die Tür gewaschen wird, wenig Sinn.
Was wäre, wenn sich Bán während Kláras Monolog nicht auf einen Stuhl, sondern in die Ecke hinter der Tür setzen würde. Er macht sie zu, setzt sich aber dahinter, um zu lauschen.
Das Scheuern noch mehr verlangsamen!
«Aber ich schloß das Tor ab!» – Éva sagt dies zu gekünstelt.

20. November
Am Montag mit dem Nachmittagszug nach Hause gefahren, am Mittwoch mit dem Mittagszug zurück.
Ich überquere den Platz vor dem Theater, da kommen mir Jocó und Géza entgegen.
«Weißt du, wieso wir Oleg Koschewoj mögen?» fragt Jocó.
«Nein.»
«Weil er jeden Morgen folgsam den Mund seiner Mutter spült.»
Sie johlen.
Das ist so dumpf und ungeschlacht, als hätte man mir den Inhalt eines Nachttopfs in die Fresse geleert.
«Ich sag's nur, damit du Bescheid weißt, falls Totyi was sagt», meint Jocó.
«In Ordnung», sag ich und will schon gehen.
«Und ich sag dir was, aber halte dich fest!» meinte Géza grinsend. «Jani Bán hat sich gestern was im Rücken ausgerenkt, er muß bis Freitag unbeweglich im Bett liegen. Die Proben fallen aus.»
«Im Ernst?» frage ich und blicke mich unwillkürlich auf dem Platz um. «Was soll ich tun? Nach Hause fahren?» sage ich eher zu mir selbst. «Und die andern?»

Sonnenschein, es bläst ein starker Wind.
«Die Bajcsay und Éva sind nach Hause gegangen.»
«Und János?»
«Der kommt am Nachmittag.»
«Gut.»
Ich gehe weiter.
Seltsam, Bán war mir eben im Zug eingefallen, und mir kam der Gedanke – eigentlich kein Gedanke, sondern ein Bild, ein Bild völliger Kopflosigkeit –, daß ihm etwas Tragisches zugestoßen, daß er völlig zusammengebrochen sei und nicht proben könne und es mindestens eine Woche dauern werde, bis er wieder arbeitsfähig sei.
Nicht die Mitteilung selbst überrascht mich also, sondern die Art und Weise der Mitteilung. Obwohl mich auch die nicht mehr allzu sehr überrascht. Wo sich die Kultur in solch ruinösem Zustand befindet, ist es auch mit der Gefühlskultur nicht weither.
Später klopft Géza, der die Unangemessenheit der kleinen Szene zweifellos selber bemerkt hat, an meine Zimmertür, um die Sache zurechtzubiegen; er ist gekommen, um die Sache zurechtzubiegen, ich aber habe keine Lust, den Großzügigen zu spielen; ohne mich freilich schafft er es nicht, obwohl er es möchte.
Im Theater dann erfahre ich die Geschichte vom Vortag.
Mitten im Todestanz, als sie Éva auf den Boden betteten, konnte sich Bán nicht mehr aufrichten.
Am Vormittag brachten sie ihn zu einem Akupunkteur, der ihn mit Stichen behandelte und ihm bis Freitag Bettruhe verordnete. Am Freitag wird er ihn wieder untersuchen. Dann entscheidet sich alles.
Ich gehe zum Mittagessen ins Rábaparti.
Roter Sonnenuntergang.

Dann schlafe ich eine halbe Stunde.
János klopft an. Etwas blaß, aber mit wolkenloser Engelsmiene.
Er wisse nicht, warum, aber er sei jetzt ruhig.
Wir gehen zur Probe von Harag.
Nach der Probe sehen wir uns im Wiener Fernsehen Polanskis Film *Der Tanz der Vampire* an.
Gut.

21. November
Mein Alter hat mich eingeholt, und vielleicht versuche ich, mein Alter einzuholen. Das schüttere Haar. Die kaputten Zähne. Der Körper hält sich für jung, doch wenn er unvermittelt in den Spiegel sieht, erschrickt er über das Ausmaß seiner Zersetzung.
Vormittags lese ich.
Mittags Essen mit den Harags.
Szikora sitzt in der Kantine, trinkt Kaffee. Er ist heiter und ruhig.
Wir machen einen Krankenbesuch bei Bán. Gehen aber zuerst zu Herrn Bergmann, dem Konditor, um Süßigkeiten für ihn zu besorgen.
Gespräch mit Herrn Bergmann, der uns anschaut und dann weniger fragend denn feststellend meint: «Sind Sie vom Theater?»
Bán ist schon auf, kann gehen, den Kopf bewegen, was er am Vortag noch nicht konnte.
Er möchte sich einen Mantel kaufen, wir gehen mit. Der Mantel ist ihm zu klein, eine größere Nummer gibt es nicht, er möchte ihn trotzdem kaufen, wir versuchen, ihn davon abzubringen. Er kauft ihn schließlich nicht, hegt aber einen Groll gegen uns, weil wir ihn abgehalten haben.

János möchte nicht mit ins Theater, kommt dann aber doch.

Wir gehen über den Schnürboden zu den Beleuchtern, schauen uns die Aufführung von dort an. Der erste Teil hat eine frenetische Wirkung. Jedes Detail, jede Pointe sitzt. Der zweite Teil ist etwas abgeschlafft.

Nach der Vorstellung unterhalten wir uns mit Angster. Gegen Mitternacht setzt sich auch Baranyai dazu.

«Sag, Laci, was tun, wenn man allein ist? Du mußt das wissen!»

Sie umarmen einander, nicht sehr überzeugt, aber dennoch.

22. *November*

Ich bin noch selten an einem Ort so vielen und so verschiedenen Formen der Einsamkeit begegnet.

Jede andere Kunstgattung verbirgt ihre Qualen besser, selbst hinter den Kulissen.

Ist das Theater vielleicht darum so anziehend? Oder darum so abstoßend und weckt im Menschen Fluchtinstinkte?

Wegen seiner Offenheit?

Schon seit Wochen tröste ich mich damit, daß das alles einmal ein Ende nimmt und ich weggehen kann.

Irgendwie vergesse ich es auch.

Gleichzeitig beschäftigt mich, wie das Leiden die dünne Scheidewand, die die Begabung von der Genialität trennt, durchbrechen könnte. Was ist der Unterschied zwischen beiden? Wo sind die Grenzen? Warum ist der Mensch ein Sklave seiner Fähigkeiten, und wie könnte er dank seiner Genialität frei, ein wenig frei werden? Wo wird die Genialität verteilt? Sind das von vornherein festgelegte Größen? Als müßte man nur gelegentlich an einer bestimmten Schraube drehen?

«HEITERKEIT INS LEIDEN» – eines Vormittags heftete ich diese drei Worte von Hölderlin an meine Zimmerwand, damit es nicht so schmerzt.

23. November

«Wie gefiel dir der Abbruch der Wand?»

«Gar nicht. Schön war's, als die ganze Wand auf einmal zusammenstürzte.»

«Das war aber meine letzte Idee», sagte János, und sein Mund zuckt, woraus ich schließe, daß er meine Bemerkungen satt hat.

«Ein kleines Übel», fahre ich fort. «Katastrophal ist, was heute passiert ist. Von dem, was wir wollten, ist schlicht nichts mehr übrig.»

«Mach keine Panik.»

«Ich mache überhaupt keine Panik. Ich stelle nur fest, daß die Sache katastrophal aussieht.»

«Ich finde nicht. Mir war eher euphorisch zumute. Mich freute, daß wir wieder zusammen sind und arbeiten können. Es wird nicht schieflaufen, das spür ich.»

«Glaubst du, daß man das in vier Tagen wieder einrenken kann?»

«Ja. Es wurde fotografiert, die Kameras klickten, und Olsi konzentrierte sich auf den Text.»

«Schon gut. Die Gründe ahne ich selbst.»

Unser Gespräch findet am Ende der Probe statt.

Die Probe war auf fünf Uhr angesetzt.

Um Viertel vor fünf kommen sie mit Bajcsays Wagen, zu dritt. Sie sind fröhlich, frisch, aufgekratzt. Olsavszkys Gesicht wirkt verändert, etwas voller und glatt. Die Bajcsay ist in eher grober Verfassung. Das macht sie roher und gefühlloser als nötig. Bán scheint unverändert an jenem Punkt zu sein, den er im Laufe der Proben erreicht hat. Interessant, wie verschieden sie sind: Die Bajcsay weiß offenbar alles im ersten Moment, findet sofort ihren Weg, danach verändert sie sich kaum noch, und wenn, dann in einer falschen Richtung. Bán jedoch vertieft sich langsam und stetig, entwickelt und steigert sich, äußerst langsam, überrascht einen aber immer mit neuen Dingen.

Was die Olsavszky betrifft, so denke ich mir beim Durchlauf: Bei den Szenenproben ist sie tief, ehrlich und roh, sucht und findet in sich echte Anknüpfungspunkte, um später, wenn der Stoff in ihr gebunden ist, diesen Ursprung (!) schnell und sorgsam zu verdecken und sich selbst durch Distanz zu bewahren. Es ist sehr angenehm, zu beobachten, wie sie arbeitet.

In der ersten Probenhälfte gehen sie das ganze Stück durch, sagen den Text auf. Die Olsavszky hat den Text gelernt – auch ihre Fehler sind konstant.

Nach zwanzig Minuten Pause – der Durchlauf.

Und wie nach einer seelenlosen Textprobe nicht anders zu erwarten, ist das Ganze drittklassiges Theater. Ungenießbar. Man hat keine Ahnung, worum es überhaupt geht. Sie schreien, als hätten sie vergessen, wo sie sind. Ich weiß nicht, wer damit begonnen hat, vielleicht die Olsavszky, vielleicht die Bajcsay, doch mit fortschreitendem Spiel wird dieser Ton immer konstanter. Vielleicht war schon die einleitende Verfolgungsjagd zu grob.

Bán aber spielt gut, reich, schön. Fast ohne sich beeinflussen zu lassen. Er bleibt bei dem, was er aufgebaut hat. Und obwohl ich mich damit beruhige, daß János ausdrücklich gebeten hat, sie sollen sich nicht allzusehr verausgaben, obwohl ich weiß, wie hinderlich die Fotografen sind, wie störend das voll aufgedrehte, ungewöhnlich starke Licht, obwohl ich spüre, daß die Olsavszky darum alles vergessen hat, weil sie sich am gelernten Text freut – halte ich es nicht länger aus, da die Richtung falsch ist. Die Richtung: zurück zum Theater der Deklamation, dem jede Intimität abgeht, weil jeder allein ist, für sich, in sich – wo aber Kontakte fehlen, stürzt das ganze Gebäude in sich zusammen.

Vor der Picknickszene gehe ich hinaus, wie einer, der flüchtet.

Diese Szene ist auch sonst höchst problematisch, kaum nähert sie sich, fange ich zu zittern an.

Wir regredieren zum schlimmsten Theater, regredieren zu dem, was Grotowski Prostitutionstheater nennt.

Während ich draußen eine Zigarette rauche, überlege ich, ob ich mir nicht lieber die Aufführung der *Schönen Helena* ansehen soll.

Doch als ich von drinnen Olsavszkys Gekreisch höre: «Auch das ist vorbei!», gehe ich trotzdem wieder hinein.

Der Rest ist erträglich, weil er nur angedeutet wird. János schont Báns Rücken, sie müssen die Möbel nicht zurücktragen.

Olsavszkys doppelte Perücke ist schrecklich und wunderbar. Wunderbar angefertigt.

Einzig beruhigend, daß ich höre, wie Olsavszky zu János sagt: «Das mußte jetzt schlecht laufen.»

Die Unbestechlichkeit und Unfehlbarkeit der Selbstkontrolle heischt Respekt.

Was schiefging, ist nicht hier und wegen dieser paar Leute schiefgegangen. Auch das gilt es zu wissen.

Die Sache ist schon viel früher gescheitert.

Und gehört so zu mir, wie sie ist.

24. November
«Wasch die Tür!» Mari! Du fängst zu hoch an!
«Das weicht den Dreck auf» – intimer, wärmer, nicht so keck.
Ich stand im Licht.
Mari: «Ich möchte, daß du mich haßt!» – das ist kein guter Witz.
Beim Satz «Umarme mich!» breitet Éva ihre Arme aus, das ist falsch, sie sollte lieber ganz steif werden.
Jani: «Hoppa! Ein Eimer Scheiße» – das «Hoppa» weglassen.
An Ende der Übelkeit ist nicht ein scharfer, sondern ein dumpfer, hallender Schrei.
Nach der Übelkeit kann man nicht im gleichen Ton fortfahren und die gleichen Bewegungen machen.
DIE PERÜCKE.
«Erfinde etwas Gutes» – das ist ein Flehen!
DEN LAPPEN IM VORAUS BEFEUCHTEN, sonst wird er nicht naß.
Mari: der Monolog über ihren SOHN ist sehr leise.
AM ENDE DER PAUSE sehen sie einander prüfend an.
Mari: du tust nur so, als wäre dein Mund voll, aber er ist voll.
ICH MÖCHTE EIN KLEINES MÄDCHEN SEIN – flüsternd, zusammengekrümmt.
Mari, das zweite Schrubben war besser – dieses wirkt aufgesetzt!
Das war eine relativ gute Probe.
Aber nur bis elf, weil sich die Olsavszky ins Auto setzen mußte, um nach Kaposvár gefahren zu werden, wo sie am Abend eine Vorstellung hat.
Alle drei haben ihr gestriges Gedröhne reduziert. János lenkte die Olsavszky an einigen wichtigen Stellen zu einem intimeren Ton, wie auch ich ihn mir wünsche.

Ich beruhige mich und mag ihn dafür, daß er mir Gehör geschenkt hat.
Nachmittags Beleuchtungsprobe.
Mittagessen mit Mária, János, Géza, später kommen auch die Haragս und Pályi dazu.
Alles ist so heiter, ruhig und friedlich.
Am Nachmittag gehe ich zu Géza hinüber, aber seine Tür ist verschlossen. Er schläft oder macht nicht auf.
Später stellt sich heraus, daß er nicht aufgemacht hat.
Harag hält die *Beerdigung* für manieriert. Er meint, das sei zu clever, gehe nicht unter die Haut.
In der Kantine unterhalten wir uns über das Stück.
«Und wenn man das auch noch spielen sollte! Ich fühle mich auf diesem Gebiet zwar fremd und kann es nicht mit Sicherheit sagen, aber es geht nicht, daß man an einem Tag *Mamzell' Nitouche*, am andern Tag dieses Stück spielt, sondern es braucht zwei Menschen, vier Menschen! einerlei! auf jeden Fall ein Theater, wo es zwei Menschen gibt, die *Hausputz* und dieses Stück und andere solche Sachen spielen», sagt er.
Géza schenkt mir unterdessen zwei halbe Wodkas ein, die mir sofort zu Kopf steigen.
Des Menschen Blöße.
Als wäre der andere ohne Haut.
Im Morgengrauen schrecke ich auf.
Kann nicht mehr einschlafen.
Und will nicht, was ich will.

25. November
Vormittags Probe, bis vier.
Um acht die öffentliche Hauptprobe, auf der sich mindestens hundertzwanzig Leute auf den Zuschauertribünen drängen.

Bei der Verfolgungsjagd verletzt sich die Bajcsay einen Finger, starkes Bluten, und als sie Bán ohrfeigt, ist sein Gesicht ganz blutverschmiert.

Ich stehe oben auf der Treppe, ein bißchen hinterm Vorhang versteckt.

Kann es nicht mit ansehen, daß sie blutet, ziehe mich hinter den Vorhang zurück, lausche, richte mich manchmal auf, um zu sehen, wie das Publikum reagiert.

Sie sehen sich das Stück unbewegt, verstört, kichernd, kleinlaut an.

Eine ältere Frau kommentiert das Ganze von Anfang bis Ende. Sie ist nervös, wütend. Auf dem Gesicht der Theaterleute Bestürzung und Mißbilligung.

Das Niveau der Aufführung ist katastrophal.

Am Schluß, als sie von der Bühne herunterkommen, gehe ich zu ihnen, um bei ihnen zu sein, und als sie hinausrennen, rutscht die Bajcsay auf dem Gummiteppich, der voll Wasser ist, aus, schlägt hin, stößt sich schrecklich.

Schwer legt sich die Stimmung von Durchfall, Debakel und vollkommener Katastrophe auf uns.

Besprechung im Klub. János mag nicht viel reden, redet dann aber viel.

Die Olsavszky ist gebrochen, Bán mißtrauisch und aktiv, die Bajcsay wütend, Angster vernichtet.

Wir trennen uns kläglich. Wir mögen einander nicht. Keiner mag den andern. Das ist in dieser ganzen verworrenen Geschichte wohl das erste Mal so.

Géza und János gehen aus irgendwelchen Gründen, vielleicht um ihren Mantel zu holen, in ihr Zimmer hoch, auch ich gehe in mein Zimmer, dann bleiben wir zusammen. Im kühlen Neonlicht des Büros. Sie in ihren Mänteln.

Langsam kommen wir ins Gespräch. János stellt sich fein,

aber unmißverständlich auf den Standpunkt, daß das Stück nicht funktionieren könne. Darüber beginnen wir zu reden. Sachlich, analytisch, doch ohne daß einer von uns nachgibt; János sieht die Gründe für den Durchfall im Stück, ich in der notgedrungenen Abweichung von den ursprünglichen Intentionen.

29. November
In den letzten drei Tagen konnte ich nicht mehr schreiben. Das Reden über das Debakel sowie die Tatsache, daß es von allen real erlebt wurde, haben mir gutgetan.
Am Dienstag, dem 25., fingen die Proben bei Null an. János hat einige Szenen umgestellt.
Am Mittwoch, dem 26., hat er den Schluß verändert.
Der Durchlauf vom Mittwoch abend, zu dem auch Theaterleute kamen, ist gut gelungen.
An diesen zwei Tagen war unablässig etwas los, bis auf die zwei- oder zweieinhalbstündigen Pausen am Nachmittag probten wir von morgens bis abends.
Drei physische Wracks an der Arbeit.
«Ich muß sie anstacheln!» sagte János im Brummton.
Am Donnerstag abend, bei der Premiere, lief es am besten.
Nach der Vorstellung gingen wir ins Regiezimmer und entkorkten eine Flasche Champagner. Keiner sprach ein Wort.
Die Olsavszky fing schon oben etwas zu weinen an, die Bajcsay erst unten.
Auch ich und János weinten.
Die Bajcsay brachte eine Torte von Herrn Bergmann, auf der Torte waren eine goldene Scheuerbürste und ein goldener Besen, ferner ein Staubtuch und eine Schaufel aus Marzipan.

Als sie die Tortenschachtel öffnete, brachen wir in schallendes Gelächter aus.
Und wie wir so in der Mitte des Zimmers herumstanden, Éva und Mari einander weinend umarmend, wir andern stumm, weinend oder mit den Tränen kämpfend, kam die Ankleiderin Rózsika und berührte Éva sacht am Arm: «Entschuldigen Sie, daß ich Sie störe», flüsterte sie. «Ihre Gäste lassen ausrichten, daß sie auf Sie warten. Aber feiern Sie ruhig weiter!» Und ging leise hinaus.
Darüber mußten wir wieder lachen.

Péter Nádas

Péter Nádas, geboren 1942 in Budapest, wurde im Alter von sechzehn Jahren Waise. Er machte zuerst eine Fotografenlehre. Ein späteres Chemie-Studium brach er ab und arbeitete als Fotoreporter und Journalist. 1967 veröffentlichte er einen ersten Band mit Erzählungen. Heute gehört Péter Nádas zu den wichtigsten europäischen Schriftstellern. 1992 erhielt er den *Kossuth-Preis*, die höchste ungarische Auszeichnung für Kunst und Literatur.

Buch der Erinnerungen *Roman*
Deutsch von
Hildegard Grosche
312 Seiten. Gebunden und
als rororo 22581

Der Lebensläufer *Ein Jahrbuch*
Deutsch von
Hildegard Grosche
400 Seiten. Gebunden und
als rororo 22584

Liebe *Eine Erzählung*
Deutsch von
Christina Viragh
128 Seiten. Gebunden und
als rororo 22579
So radikal, so bestürzend hat Péter Nádas über die Unmöglichkeit der Liebe nie wieder geschrieben.

Heimkehr *Essays*
rororo 22577
Der vorliegende Band enthält eine Auswahl der wichtigsten Arbeiten aus Nádas' umfangreichem essayistischem Werk.

Ende eines Familienromans
rororo 22582

Minotauros *Erzählungen*
Deutsch von Hildegard Grosche, Agnes Relle, Christian Polzin u.a.
304 Seiten. Gebunden und
als rororo 22580
«Ein Autor von hohem Rang.» *Marcel Reich-Ranicki im «Literarischen Quartett», ZDF*

Von der himmlischen und der irdischen Liebe
Deutsch von Magda Berg und Dirk Wölfer
208 Seiten. Gebunden und
als rororo 22583
«Denn es ist bestimmt noch niemand der Liebe entronnen, und es wird ihr keiner entgehen, solange es Schönheit gibt und Augen, die sehen.» *Péter Nádas*
«Ein wunderbar weises Buch.» *Brigitte*

Ohne Pause *Drei Stücke*
rororo 22578

Péter Nádas /
Richard Swartz
Zwiegespräche *Vier Tage im Jahr 1989*
rororo aktuell Essay 13277

rororo Literatur

Imre Kertész

Imre Kertész, geboren 1929 in Budapest, wurde 1944 nach Auschwitz deportiert und 1945 in Buchenwald befreit. Seit 1953 lebt er in Budapest als freier Schriftsteller und Übersetzer. Er schrieb Romane, Erzählungen und Theaterstücke und wurde mit mehreren Preisen ausgezeichnet.

Roman eines Schicksallosen
Deutsch von
Christina Viragh
288 Seiten. Gebunden und als rororo 22576
«Ohne der Versuchung zu Superlativen nachzugeben: Kertész hat mit seinem Roman mehr als nur ein Buch geschrieben. Er hat mit sparsamsten Mitteln eine Sprache gefunden, die vieles verschweigt, aber alles sagt. Da legt einer Zeugnis ab, für den Leiden und Leben identisch sind. Im Schmerz erfährt er Wahrheit. Im Unglück ahnt er so etwas wie Glück.»
Süddeutsche Zeitung
«Ein literarisches Meisterwerk.» *Der Spiegel*

Galeerentagebuch
Deutsch von
Kristin Schwamm
320 Seiten. Gebunden und als rororo 22575

Der Holocaust als Kultur
Essays. Mit einem Vorwort des Autors
rororo 22571
Kertész wagt es als Überlebender von Auschwitz, Holocaust und Moderne, Totalitarismus und Freiheit zu Ende zu denken.

rororo Literatur

Die englische Flagge
Erzählungen
rororo 22572
Die Erzählung führt zurück ins stalinistische Ungarn der 50er Jahre und erzählt die Geschichte eines Mannes, der vergeblich versuchte, sich mit dem System zu arrangieren, um sich schließlich für Jahrzehnte in ein selbstentwortenes geistiges Leben zu flüch-ten. Imre Kertész' Erzählungen sind Bausteine in seinem Lebenswerk, ihr autobiographischer Hintergrund ist offenkundig.

Kaddisch für ein nicht geborenes Kind *Roman*
rororo 22574
Eine «Todesfuge in Prosa, die in ihrer ergreifenden Schönheit noch einmal das geistige Erbe des Abendlandes aufleuchten läßt, bevor es im Grauen von Auschwitz untergeht». *Neue Zürcher Zeitung*

Ich – ein anderer *Roman*
Deutsch von Ilma Rakusa
128 Seiten. Gebunden und als rororo 22573